Für Christina!

[illegible]

Der lieben Christine
Bussi
[illegible]

Wien 31.1.18

ars vivendi
Krimi

Christine Grän wurde in Graz geboren, lebte in Berlin, Bonn, Botswana und Hongkong und ist heute in München zu Hause. Die gelernte Journalistin wurde durch ihre Anna-Marx-Krimis bekannt. Bei ars vivendi erschien 2014 ihr Kurzgeschichtenband »Amerikaner schießen nicht auf Golfer«, 2015 folgte »Sternstraße 24 – Weihnachtsgeschichten vom Parterre bis unters Dach«.

Hannelore Mezei kommt aus Graz und studierte dort Germanistik und Anglistik. Sie arbeitete viele Jahre als Redakteurin in Wien. Heute lebt sie als freie Journalistin und Autorin in Wien und Velden am Wörthersee. Hannelore Mezei veröffentlichte bisher Kurzgeschichten für Anthologien sowie Sachbücher.

2016 erschien bei ars vivendi »Glück am Wörthersee«, der erste gemeinsame Kriminalroman von Grän & Mezei. Mit »Glück in Wien« legen sie die Fortsetzung vor.

Grän & Mezei

Glück in Wien

Kriminalroman

ars vivendi

Originalausgabe

Erste Auflage Januar 2018

www.arsvivendi.com

Lektorat: Dr. Felicitas Igel
Umschlaggestaltung: FYFF, Nürnberg
Motivauswahl: ars vivendi
Coverfoto: © Don Espresso/photocase.de
Foto Rückseite: © HerrSpecht/photocase.de
Druck: CPI books GmbH, Leck
Gedruckt auf holzfreiem Werkdruckpapier
der Papierfabrik Arctic Paper

FSC www.fsc.org
MIX
Papier aus verantwortungsvollen Quellen
FSC® C083411

Printed in Germany

ISBN 978-3-86913-883-1

Glück in Wien

Kapitel 1

Mozarts *Requiem* und ein zartes Quietschen begleiten den Sarg auf dem Weg ins Feuer. Diskretes Schluchzen. Ein schreiendes Kind. Dann öffnen sich schwere Türen, und der Sarg gleitet gemächlich in das ewige Nichts. Letzter Akt. Vorhang fällt.

»Na wer, bittschön, nimmt a Kind zu so wos mit? Is doch a Kulturschock.«

Romana Petuschnigg erkennt die Stimme und dreht sich zur Frau mit Hut. Er ist schwarz mit einem kleinen Schleier dran, überhaupt ist die ganze füllige Person in penetrante Trauerfarbe gehüllt. Romana nickt Maria hochmütig zu, der Zugehfrau der Verstorbenen. Der Nachname fällt ihr nicht ein, Dienstboten sind nun mal Leut, an die man sich nur per Rufnamen erinnert. Was pudelt die sich auf? Romana denkt, dass Maria schon immer was Impertinentes an sich hatte, auch wenn sie noch so devot daherkam. Nona, muss aber auch nicht leicht gewesen sein, für Cousine Sissy zu hackeln. Die war ein schöner Drachen. Geld wie Heu, geerbt von ihrem Gott-hab-ihn-selig Erich Wallner, der ein Juweliergeschäft in der Kärntner Straße und ein Zinshaus im ersten Bezirk besaß. Mit Seitenblick auf die Oper, mon dieu.

Elisabeth »Sissy« Wallner überlebte ihren Erich um fünfzehn Jahre. Aber jetzt ist sie tot, gleich nur noch Asche. Romana, die ihr Alter mit »um die sechzig« angibt (und das will sie noch mindestens zehn Jahre so halten), findet es traurig, in diesem Jahr schon beim vierten Begräbnis zu sein. Die Leut sterben einem unter der Hand weg. Dass die Cousine mit fünfundachtzig plötzlich und unerwartet dahinschied, wie es im Partezettel heißt, tangiert sie nur peripher. Man sah sich selten und teilte eine oberflächliche Abneigung gegen die jeweils andere »arrogante Trutschn«: Romana mit ihrer Playboy-Vergangenheit und der altersschwachen Villa am Wörthersee – und Sissy, die Juwelierswitwe mit ihrem picobello Haus in Opernähe, denn genau genommen sieht man die Oper nur von einem Eckbalkon, während Sissy immer so tat, als ob sie nur rüberspucken müsst ...

Aber die Cousine war eine G'stopfte, während Romana vornehm arm ist. Weshalb der Todesfall durchaus eine Bereicherung sein könnte. Denn Sissy und Erich hatten keine Kinder, die nächsten Verwandten sind Romana und Erichs Nichte Karin Kirchhofer, die Ehemann und Tochter nebst Baby zur Trauerfeier mitgebracht hat. Wenn die Familie vollzählig anrückt, wird sie auf fette Beute hoffen. Romana tut dies ebenfalls, obwohl sie weder Mann noch Kind hat, allenfalls den Martin Glück hätte sie mitnehmen wollen, aber der lehnte kategorisch ab. Ein Begräbnishasser.

Aber es sei doch nur eine Abschiedsfeier in der Simmeringer Feuerhalle, hatte Romana zu Martin gesagt. Weil die Sissy sich doch einen Aufenthalt in der Nähe von Udo Jürgens gewünscht habe. Im Urnenhain. Half nix. Martin meinte, dass er allerhöchstens zu Romanas Begräbnis erscheinen werde, was ihr nicht so charmant vorkam. Hat sie doch nicht vor, so bald die Seiten zu wechseln. Und wenn, dann möge man ihre Asche in den Wörthersee streuen. Und beim Leichenschmaus ganz viel Schampus trinken und lachen und lustig sein.

Die Sissy hat für ihr letztes Fest genaue Anweisungen gegeben. Ihr Notar Otto Baron Keltenbach, der sich Romana gleich vorstellte (schaut sie vielleicht aus, als würde sie schon ein Testament brauchen?), überwacht die Inszenierung. »Merci Cherie« am Anfang, dann die Trauerrede des Bischofs (gegen eine gewaltige Spende, davon ist Romana überzeugt, weil für Sissy der gewöhnliche Pfarrer nicht gut genug war), lang und belanglos, danach Mozart, und ab die Post in den Ofen. Die Gestecke und Kränze blieben draußen. Die kommen später in den Urnenhain, aber beim Versenken der Urne wollte Sissy niemanden mehr dabeihaben. Vielleicht, weil sie sich genierte, doch nicht direkt neben Udo Jürgens zu ruhen, sondern ein paar Ecken weiter.

Der größte Kranz mit weißen Lilien und Orchideen stammt natürlich von Edgar. Edgar von Siebers-Adelmauseder, Sissys langjähriger Freund. *In ewiger Liebe* ... Sie hatte einen Hang zum Blaublütigen, die Gute, ein Wunder eigentlich, dass sie Edgar in all den Jahren nie geheiratet hat. Andererseits günstig für die Erben, denkt Romana, Sissy wird doch diesem Falotten nicht viel vermacht haben? Blut ist dicker als sonst was: Romana hofft, dass sie und die Nichte Haupterbinnen sind – mit ein paar Legaten für die Maria und Edgar und den Hausarzt und Sissys Busenfreundin Alma Zoppot, die am Sarg so schluchzte, als habe sie ihre Mutter verloren, das verlogene G'fraßt.

Am Ende verabschieden sich alle von dem mit Blumen umrankten Bild von Sissy, auf dem sie wie fünfzig ausschaut und nicht wie fünfundachtzig. Photoshop. Romana ist sich ganz sicher, dass Sissy auch das Bild ausgesucht hat, sie war so was von eitel, dagegen war selbst die Kaiserin ein Schmarrn. Sissy Wallner ging zweimal die Woche zum Frisör, zur Kosmetikerin, Pediküre, Maniküre, und ihr Gewand war immer nur vom Feinsten. Pelzmäntel bis zum Abwinken, und Schmuck hatte sie wie eine Königin. Hochhackige Schuhe mit roter Sohle, obwohl sie kaum noch krauchen konnte nach der letzten Hüft-OP. Oh ja, die Sissy war eingefroren »in den besten Jahren«, und das Wort »alt« war mit einem Bann belegt, der zu Enterbung führen konnte.

Edgar muss mindestens zwanzig Jahre jünger sein, denkt Romana, und dass er irgendwie schon edel ausschaut. Nadelstreifenanzug, weiße Orchidee im Revers, schwarzes Mascherl, die silbrigen Haare nach hinten gegelt. Ein bisserl unseriös aber auch. Ist nie einer ernsthaften Arbeit nachgegangen, soweit Romana weiß. Polospielen, Pferdewetten, Autorennen, in der Art, und die Familie besitzt nur noch ein verlottertes Anwesen in der bayerischen Pampa. Stark verarmter Adel. Und jetzt fängt er ihren kritischen Blick ein und grinst sie frech an. Denkt der vielleicht, sie hat's nötig? Schleich di, Strizzi, sagt ihr strenger Blick, bevor sie sich abwendet und den Trauergästen nach draußen folgt in den strahlend schönen Frühlingstag. Keine Wolke am Himmel, als ob die Sissy auch noch Gott bestochen hätt, damit ihr letztes Fest perfekt wird.

***

»Wir sehen uns zum Leichenschmaus im *Vestibül* im Burgtheater, Universitätsring zwei«, ruft der Notar den Leuten zu, die zu ihren Autos gehen. Romana, die mit dem Zug aus Kärnten gekommen ist, sieht sich nach einem Taxi um, als Baron Keltenbach sie anspricht: »Wollen S' nicht mit mir mitfahren, gnädige Frau? Ich transportier auch die Maria Burgstaller, die Perle unserer teuren Verstorbenen.«

Romana nickt gnädig. Es ist genügend Platz in seinem Mercedes, und sie sitzt selbstverständlich vorne, auf dem Beifahrersitz. Passt schon, denkt sie, weil sie Geld fürs Taxi gespart hat. Von der Simmeringer Hauptstraße bis in die

Innenstadt ist's ein gutes Stück. Sie fragt, ob die Sissy das alles verfügt habe?

»Aber sicher, gnä' Frau, bis ins Detail. Das Sissy-Menü, das der Domschitz für uns zaubert, hat sie mit ihm besprochen.«

»Es war ihr Stammlokal«, sagt Maria von hinten. »Die Frau Wallner ging zweimal die Woche hin, mindestens, sie hatte dort ihren Tisch, und alle sind gesprungen, wenn sie kam, obwohl sie keine Burgschauspielerin war.«

»Aber eine sehr vermögende und großzügige Frau.« Der Baron erinnert sich an seine Mittagessen mit Sissy. Sie hatte ihren Stammtisch in der Loge, in der sich einst der Geheimaufgang zum Burgtheater befand, natürlich nur der kaiserlichen Familie vorbehalten.

Aber mir hat sie kein Geld geliehen, denkt Romana. Ein hassenswertes Gespräch war das damals, und sie hat es Sissy nie verziehen. Aber sich natürlich nichts anmerken lassen, schließlich war an das Erbe zu denken. Der Notar neben ihr weiß schon, wer was kriegt. Natürlich kann sie ihn jetzt nicht fragen mit Maria Burgstaller auf dem Rücksitz. Die macht sich bestimmt auch Hoffnungen. Aber die Sissy war nicht blöd. Zwar auf die Maria angewiesen, besonders nach ihrer Hüft-OP, aber selbst den Edgar hat sie auf Distanz gehalten. Ihm hier und da was bezahlt oder auch geschenkt, aber an das große Geld ist er nicht rangekommen. Da hat sie die Hand drauf g'habt. Sie wollte ja hundert werden. Mindestens.

»Wie ist sie eigentlich genau gestorben?«, fragt Romana den Notar.

Die Antwort gibt Maria: »Ich war dabei. Ich hab sie an dem Tag ins Bett gebracht, zum Mittagsschlaf. Nach der Operation hat sie sich immer von drei bis fünf hingelegt. Und ich hab sie dann mit einem Kaffee aufgeweckt. Nur eine ganz kleine Schaumrolle dazu, sie hat sehr auf ihre Figur aufgepasst. Öffentlich hat sie nie was Süßes gegessen.«

Du kanntest sie besser als wir alle. Und gut möglich, dass du sie gehasst hast, die Königinmutter. Romana dreht sich um: »Ja und dann?«

»Na, als ich um Punkt fünf an die Tür geklopft hab, hat sie nicht geantwortet. Da bin ich mit dem Tablett rein und dachte, sie schläft halt fest. So friedlich ist sie dagelegen, die gnä' Frau. Der Mund a bisserl offen, aber gelächelt hat sie wie ein Engerl. Ich hab das Tablett abgestellt und gesagt: Jetzt ist's aber Zeit zum Aufstehen. Nix. Da hab ich sie ein bisserl gerüttelt. Auch nix. Danach hab ich ihr einen Spiegel vor den Mund gehalten, den von der Kommode. Wieder nix. Na, und dann hab ich den Dr. Huber angerufen. Der war noch in der Ordination, und sie haben mich gleich durchgestellt, weil ich sagte, dass es um die gnä' Frau geht und dass es ein Notfall wär.«

»Ihr Hausarzt«, ergänzt der Baron. »Dr. Huber ist dann gleich in die Wohnung, er ordiniert ja ums Eck, und er hat Sissy untersucht und den Totenbeschauarzt angerufen. Der hat dann den Totenschein ausgestellt. Herzversagen. Möglicherweise eine Spätfolge der ja doch schweren Operation. Sie war außerdem nicht mehr die Jüngste.«

»Das hätten Sie sich zu ihren Lebzeiten aber nicht sagen trauen.« Romana lacht pietätlos, und im Hintergrund schnaubt Maria, die über die Kärntner Cousine nur Anrüchiges gehört hat.

»Bis auf die Hüfte war sie pumperlg'sund, die gnä' Frau.«

»Ja, weil Sie sie so gut versorgt haben, liebe Maria.«

Romana sieht den Notar von der Seite an. Was schmeichelt der sich denn bei der Perle ein? Erbt die vielleicht mehr, als man denkt? Ein furchtbarer Gedanke! Romana hat nicht nur ein paar Spielschulden, sondern auch offene Rechnungen von Lieferanten. Die *Villa Romana* ist ein Fass ohne Boden, und die paar Sommergäst bringen nicht so viel ein, dass sie davon gut leben könnt. Die Erbschaft erscheint ihr wie ein unverhoffter Segen, dass sie Gott oder wem auch immer jeden Tag dafür danken könnt. Dafür hat sie auch ein paar Tage in Wien in Kauf genommen, obwohl die Stadt sie nervös macht. Zu voll, zu laut, Staus ohne Ende. Romanas Pension in der Josefstadt ist zwar billig und zentral gelegen, aber schon ein schäbiges Etablissement, das wohl auch stundenweise Zimmer anbietet. So hört es sich jedenfalls an in der Nacht. Sobald sie weiß, dass sie geerbt hat, wird sie ins *Imperial* umziehen!

Der Baron jubelt innerlich, weil er einen Parkplatz in der Nähe der Burg gefunden hat. Er öffnet den Damen die Türen und geht voraus ins Restaurant, das Sissy für ihr Abschiedsessen ausgesucht hat.

»Nach der Operation«, sagt Maria, »bin ich oft mit ihr hergegangen. Sie hat mir dann Geld für den Würstelstand gegeben, damit ich mir die Zeit vertreib, bis ich sie wieder abhol.« Ihre Stimme klingt triumphierend: »Aber jetzt ess ich selber da. Im *Vestibül*. Die gnä' Frau hat schon gewusst, wer ihr bis zuletzt beigestanden hat!«

Na ich sicher nicht, denkt Romana. Aber wir waren Cousinen. Blut ist dicker als Dienstleistung. »Sie hat Sie ja auch anständig dafür bezahlt, net wahr?«

»Nona. Die gnä' Frau hat ihr Geld net zum Fenster rausg'schmissn.« Maria deutet mit einer Handbewegung an, dass sie der Cousine den Vortritt ins Lokal lässt. Aber da ist was in ihrem Blick, das Romana missfällt. Spott vielleicht? Oder bildet sie sich das nur ein, weil sie nervös ist wegen der Erbschaft? Sie lächelt Karin Kirchhofer zu, die sie von einer Geburtstagsfeier bei Sissy kennt. Magister Kirchhofer, Apothekerin, verheiratet, zwei Töchter, ein Enkelkind, das plärrende. Die Oma schält sich gerade aus einem Lodenmantel, den ein Kellner einsammelt. Eine recht fesche Person, denkt Romana, auch wenn die Haare in einem furchtbaren Rot gefärbt sind. Der Mann neben ihr wirkt fad und farblos, ein ÖVP-Nationalrat, der wie ein Buchhalter aussieht. Blass. Sehr hübsche Tochter, das Baby soll ein Bankert sein von irgendeinem verheirateten Industriellen. Den Klatsch hat sie noch von Sissy bei ihrem letzten Besuch in Wien. Da hat die Cousine sie auch in ihr »Stammbeisl« eingeladen, und natürlich war Romana beeindruckt von der Pracht – und den Preisen. Und dem Essen. Sie hat sich aber nichts anmerken lassen, schon um die Sissy zu ärgern. Da war immer eine Art Rivalität zwischen ihnen: Wer hat's besser gemacht? Ich, denkt Romana. Weil ich noch leb!

***

Sie haben im *Vestibül* einen Tisch für zwölf Personen gedeckt und Tische zusammengerückt in der Nähe der Loge, wo Sissy immer saß. Darauf weist der Notar hin, der die Anwesenden auf ihre Plätze verteilt. »So eine schöne Tafel«, sagt Maria Burgstaller laut, sie wird zwischen den Hausmeister und Taxifahrer platziert, der Sissy immer chauffiert hat. Romana bekommt den Stuhl zwischen Hausarzt Huber und Alma Zoppot zugewiesen, Sissys Busenfreundin. Die sagt gleich: »Wir waren ja so oft hier, die Sissy und ich. War fast wie ihr Speiszimmer, das *Vestibül.* Und ich mag den Stallgeruch von der Burg …«

»Ach ja«, sagt Romana. »Sie sind die Schauspielerin. Sissy hat Sie mal erwähnt. Spielen Sie auch in der Burg?«

Das war gemein. Alma schluckt und setzt dann ihr arrogantestes Gesicht auf. »Ach, nein. Und Sie müssen die entfernte Verwandte aus der Provinz sein. So ungewöhnlich – diese orangeroten Haare.«

Touché. Romana lächelt sauer, inständig hoffend, dass diese Bissgurn keinen Groschen erben wird, und wendet sich linker Hand dem Hausarzt zu. Dr. Stefan Huber schaut aus wie ein Fernsehdoktor: grau meliert, braun gebrannt, mit blauen Augen, Lachfalten und sehr weißen Zähnen. Kein Wunder, dass die Sissy nie den Arzt gewechselt hat. Sie hatte ein Faible für gut aussehende Männer, und fand sich bis zuletzt jung genug, mit ihnen zu flirten.

»Das muss ja ein furchtbarer Schock für Sie gewesen sein – dieser plötzliche Tod«, sagt Romana.

Das verhaltene Lächeln, er weiß um sein Aussehen und die Superzähne: »Ja, damit hat keiner gerechnet. Sissy war pumperlgesund, na ja, das Herz war ein bisserl gestresst nach der langen Narkose. So eine Operation in dem Alter ist ja nicht ohne. Aber ich hab ihr herzstärkende Mittel verschrieben und viel frische Luft verordnet – und na ja, sie fühlte sich so jung, man möcht fast sagen – unsterblich.«

Am Ende der Tafel ist ihr Foto aufgebaut, umrankt von Lilien und Orchideen. Schaut fast so aus, als säße sie selbst dort, nur dreißig Jahre jünger statt tot.

»So fesch sieht sie aus«, flüstert Dr. Huber. »Und es gibt ihr Lieblingsessen, von Küchenchef Domschitz eigenhändig zubereitet.«

Romana greift nach der Menükarte: Frittatensuppe, Hummerkrautfleisch, Kalbsfilet mit Morcheln, Marillensorbet, Veilchenparfait mit kandierten Veilchen – das Lieblingsdessert der kaiserlichen Sisi. Als Begleitung

Champagner, Riesling aus der Wachau, Rotwein aus dem Burgenland, und zum Dessert eine Trockenbeerenauslese.

Edgar von Siebers-Adelmauseder hat sich mit Sektglas erhoben und die Trauergäste begrüßt. Dann hebt er sein Glas in Richtung des Fotos: »Meine liebste Sissy! Auch wenn du physisch nicht mehr unter uns weilst, wirst du doch immer in unseren Herzen bleiben. So liebenswert und attraktiv wie du warst ...«

»... und vor allem reich ...«, flüstert Romana.

Das hat der Redner gehört und sieht sie strafend an. Dann fährt er fort: »Eine schöne Seele hattest du, liebste Sissy. Einen scharfen Verstand. Den wahrhaft aufrechten Charakter. Die Fähigkeit, das Leben zu genießen. Wir hatten wundervolle Jahre miteinander ... und ich werde dich nie-niemals vergessen. Meine große Liebe in alle Ewigkeit!«

Er setzt das Glas an die Lippen und trinkt, die anderen machen es ihm nach. Eher erschlagen als beeindruckt von so viel Pathos. Dann setzt sich Sissys Quasi-Witwer wieder auf seinen Stuhl. Weint er? Romana kann es auf die Distanz nicht erkennen, und jetzt setzt er eine Brille auf, als müsse er Tränen verbergen. Burgschauspieler!

»Er hat ein gutes Gehör, der Edgar«, sagt Alma Zoppot. Ihr anderer Tischnachbar, der ÖVP-Abgeordnete, unterhält sich mit Sissys Steuerberater, sodass sie mit Romana reden muss. Flüsternd: »Fragt sich nur, was aus der ewigen Liebe wird, wenn er nicht so viel erbt, wie er glaubt.«

»Die Sissy hat doch jedem was versprochen«, meint Karin Kirchhofer, die gegenübersitzt. »Angeblich soll der Edgar ihre Wohnung bekommen, sagt er jedenfalls. Und auf Bargeld hofft er auch. Wo der doch noch nie im Leben was Anständiges gearbeitet hat.«

Alma Zoppot hebt ihr Glas, auf dass es nachgefüllt werde. »Na, mir hat sie auch die Wohnung versprochen. Und Schmuck. Und ein paar Pelze. Mein Lieblingsstück war der weiße Zobel.«

Darin sähe die Schwarzhaarige sicher bombenmäßig aus, denkt Romana. So ein südländischer Typ, das Alter ist schwer zu schätzen, müsste aber gut unter fünfzig liegen. Die Busenfreundin. Alma hat Sissy oft auf Reisen begleitet und sich durchgeschnorrt. Sagte Sissy. Sie hatte ein böses Maul, das mochte Romana an ihr.

»Ich wär schon mit ein bisserl Geld zufrieden«, lügt sie. Den Zobel hat ihr Sissy auch versprochen bei ihrem letzten Treffen. Weil Romana den so zärtlich gestreichelt hatte. So verlangend. Und etwas von den kühlen, feuchten Wintern am Wörthersee gemurmelt hatte.

»Aber wer weiß«, hatte Sissy dann zum Abschied gesagt: »Du bist ja auch nicht mehr die Jüngste, Romana. Vielleicht stirbst vor mir – zobellos.«

Falsch gedacht, meine liebe Sissy! Romana lächelt in sich hinein, während sie die Suppe löffelt. Guter Stoff, auch wenn sie die exotische Küche bevorzugt.

Magister Kirchhofer kann die Suppe gar nicht schätzen, weil sie daran denken muss, was dieser Leichenschmaus kosten wird. Geht ja schließlich vom Erbe ab. Man kann nicht grad sagen, dass Sissy das Geld zum Fenster rausgeschmissen hat. Aber ganz schön verschwenderisch war sie schon. All der Schmuck und die Pelze und immer die teuersten Schuhe und Anziehsachen. Und dann dieses Edelbeisl! Na ja, wenn sie das Haus erbt, will sie sich nicht aufpudeln. Den Zweikaräter will sie aber auch – und den Zobel und den blauen Nerz! Wird schließlich auch Bargeld im Safe sein, und nicht zu wenig. Sissy hat den Banken nicht getraut. Und ihrem adeligen Freund auch nicht, dem Herrgott sei Dank. Den Edgar hat sie in den letzten zwei Jahren ganz schön schlecht behandelt, aber er war anhänglich wie ein Zeck – na, warum wohl?

Andererseits: Warum haben sie die Sissy denn immer wieder eingeladen? Zum Kaffee und zum Abendessen, ins Konzert und zum Heurigen ... die Erbtante war ein ständiger Streitpunkt zwischen Karin und ihrem Mann Ludwig. Denn der konnte Sissy nicht leiden und hielt die »Erbschleicherei« der Familie für degoutant. Weil Ludwig der Meinung ist, dass eine Apothekerin und ein Nationalrat zusammen genug Geld verdienen, um gut zu leben. Das Argument, dass man niemals genug haben könne, hat Ludwig nicht verstanden. Außerdem müssen sie die beiden Töchter durchfüttern und den Enkel. Und Karin träumt von einem Haus in Kitzbühel, neben den Swarowskis am besten. Weil das nämlich reich wäre. Und dann würden die Töchter in der Hautevolee verkehren und sich entsprechende Ehemänner angeln. Für so was fehlt dem Ludwig total die Fantasie. Und genauso fad ist er im Ehebett. Ach, besser nicht daran denken, sonst vergeht ihr noch der Appetit. Und das Essen ist schon gut, auf die Idee mit dem Hummerszegediner muss man erst einmal kommen. Karin wendet sich dem Notar zu ihrer Rechten zu: »Ein köstliches Mahl, und wie schad, dass Sissy es nicht mehr genießen kann.«

Baron Keltenbach prostet ihr zu: »Wie wahr, gnä' Frau. Aber vielleicht gibt's im Himmel ein *Vestibül* für alte Engerl? Oh, jetzt hab ich das Unwort ausgesprochen! Kreuzigen tät sie mich. Auf ihren Urnengrabstein kommt übrigens nur der Name und das Sterbedatum. Sie will nicht, dass jemand ihr Alter erfährt.«

»Aber wir wissen es doch.«

»Nicht alle. Der von Siebers-Adelmauseder zum Beispiel nicht. Vielleicht war das der Grund, warum sie ihn nicht heiraten wollte. Dann hätt er ja ihr Geburtsdatum erfahren.«

Karin greift nach dem Weinglas und flüstert: »Was für ein Glück! Sonst hätt der Erbschleicher womöglich alles gekriegt. Ich nehme an, dass Sie uns umgehend über die Erbmodalitäten informieren. Man will ja nicht allzu lang im Ungewissen bleiben.«

Er lächelt fein und wendet sich der Hauptspeise zu, die gerade aufgetragen wurde. Die Runde der Erbschleicher ist jetzt mit dem Fleisch beschäftigt, das wahrhaft herrlich ist. Nur schad, dass sie es nicht richtig genießen können, weil sie einander belauern. Lediglich Maria Burgstaller, die dralle Zugehfrau, isst mit konzentriertem Appetit. Und der Taxler und der Hauswart, alle, die der Verstorbenen zu Diensten waren. Die Adelmaus unterhält sich angeregt mit der hübschen Kirchhofer-Tochter, deren Baby jetzt Gott sei Dank schläft. Und was für eine Hybris ist das denn, Visitenkarten mit seinem vollen Titel zu verteilen? In Österreich sind Adelstitel immer noch verboten, man hat sie, man weiß es, die anderen auch, aber schwarz auf weiß geht gar nicht. Weshalb auf seiner schlicht »Otto Keltenbach – Notar« steht.

Alma Zoppot unterhält sich mit ihrer Nachbarin über Klatsch am Wörthersee und Klatsch in Wien. Man hat ein gemeinsames Thema gefunden und die Anfangsschwierigkeiten überwunden. Eigentlich findet sie die Rothaarige recht amüsant. Und eine Konkurrenz ist Romana ja grad nicht. Alma ist fünfundvierzig geworden und auf der Suche nach einem sicheren Lebensabend in Form eines Ehemannes. Schönheit vergeht, auch die eigene. Schiach darf er sein, aber auf keinen Fall arm. Wer von kleinen Ersparnissen leben muss, die sich außerdem bald dem Ende zuneigen, kriegt großen Respekt vor Geld. Ihr neuester Verehrer Eduard wäre ein passender Kandidat. Ministerialrat im Vorruhestand mit familiärem Vermögen und schlichtem, freundlichem Charakter. Ein bisserl schüchtern ist er, aber das wird schon noch. Wertkonservativ, was spricht dagegen? Alma wäre nicht arbeitslose Schauspielerin, wenn sie sich nicht mit falschem Enthusiasmus auf ihn und seine Familie gestürzt hätte. Man muss sie einzeln umgarnen, um sie im Rudel auf die eigene Seite zu ziehen.

Eduard, denkt sie manchmal, ist ihre letzte Chance auf ein sorgloses Leben. Schon möglich, dass Sissy ihr was vermacht hat, aber sicher nicht das Haus, eher Schmuck und Kleidung und Pelze. Vielleicht Bargeld, das wär zu schön! Sie wär ja schon mit Hunderttausend zufrieden. Oder Zwei...

»Wissen Sie, wer der Mensch mit den großen Ohren ist?«, flüstert sie Romana zu.

»Wer?«

»Na, der neben dem Taxler sitzt! Der ausschaut wie eine Fledermaus.«

Romana taucht ihren Löffel ins Dessert. »Ach der, der hat sich mir vorgestellt am Friedhof. Das ist Elvis Hudlicka.«

»A geh?«

»Ja, so an Namen merkt man sich.«

»Und was macht der hier?«

»Ich denk, die Sissy hat ihn eingeladen zu ihrer Abschiedsparty. Elvis leitet ein Hundeheim, das sie unterstützt hat.«

Alma stochert im Nachtisch. »Und jetzt will er noch mehr Geld für die Hunderl!«

Romana muss im Stillen zugeben, dass der Domschitz besser kocht als sie. »Sissy hatte halt ein Herz für Tiere.«

Alma denkt an den toten Mops, und ihr wird schlecht. Sie schiebt den Teller zur Seite.

Romana schielt darauf, sagt aber nichts. »Sissy hatte doch auch lang einen Hund.«

Alma bekämpft den Würgereiz der Reue: »Ja. Einen Mops. Casanova ist in ein Auto gelaufen, der blöde Hund.« Sie verschweigt, dass sie am Tatort war.

Genau genommen war er ihr entwischt, als sie mit ihm Gassi ging. Wetten könnte sie darauf, dass Sissy ihr das nie verziehen hat, auch wenn sie es behauptete. Sie hat sie danach nie wieder zu einem gemeinsamen Urlaub eingeladen, nur zum Essen oder Einkaufen oder zu den Bridge-Abenden. Und was, wenn der Fledermaus-Hudlicka alles erbt? EINFACH ALLES???!!!

Kapitel 2

»A Schrebergarten am Küniglberg is wira Lottogwinn«, gibt ihr der Taxler zum Abschied mit. Der Küniglberg liegt oberhalb von Hietzing und ist mehr oder weniger ORF-Terrain, Intrigantenstadl auf hoher Ebene. Zwischen ORF und dem Villenviertel hinter Schloß Schönbrunn stehen Wiener Gemeindebauten, von den Sozis einst hingestellt, um den Bezirk nicht allein den natürlichen Gegnern der Arbeiterschaft zu überlassen. Ganz oben am Berg, der eher ein Hügel ist, wohnt jetzt Martin Glück in einer Kleingartenanlage. An der Klingel steht der Name »Kubischek«, das ist der Freund, der ihm sein Häuschen überließ gegen Bezahlung der laufenden Kosten und Pflege des Gartens. Martin Glück konnte seins kaum fassen, als er das Angebot bekam, und zog sofort ein, als Kubischek für ein Jahr nach London ging.

All das weiß Romana von ihren Telefongesprächen zwischen Kärnten und Wien, und Martin schien sich zu freuen, als sie ihm ihren Besuch ankündigte. Nur zog er damals gerade ein und sagte nichts von Übernachtungsmöglichkeiten. Deshalb die Pension, die schäbige, aber jetzt, da sie ihn auf dem schmalen Weg auf sich zukommen sieht, freut sie sich sehr, ihn zu sehen, den Buben, der auch schon gut über vierzig ist. Magerer sieht er aus als damals in Velden. Durchtrainierter. Der Achillessehnenriss scheint komplett verheilt zu sein.

»Ich freu mich sehr, dich wiederzusehen«, sagt er, während er sie umarmt. Kuss links und rechts auf die Wangen, und sie spürt Bartstoppeln und riecht Aftershave, irgendwas zwischen Zitrone und Zeder. Auf beiden Seiten des Weges sind kleine Häuser in kleine Gärten gebaut, alles picobello gepflegt und ein bisserl spießig, wie Romana findet. Sagt sie aber nicht, sondern bewundert das Haus, das in vorderster Reihe liegt und einen herrlichen Blick auf Wien hat. »Mei schön hast du's hier, Martin. Fast wie am Wörthersee, nur anders.«

Er lacht. »Du bist ein See-Snob, Romana. Schau, für meine bescheidenen Verhältnisse ist es perfekt. Und ich hab einen Garten, in dem ich mich austoben kann! Bei Lotte in der WG hab ich es keine vier Wochen ausg'halten. Dann haben sie mich eh in die Pampa versetzt, und als ich zurück in Wien war, da hat mir der Freund sein Haus angeboten. Komm doch rein. Es ist klein, aber fein. Und meines – für ein Jahr.«

Ein Holzhaus, umrankt von immergrünem Efeu und Weinlaub, noch im Frühlingskokon. Sehr romantisch, denkt Romana, und ist überrascht, wie geräumig es innen ist. Ein großer Raum mit einem alten Herd und Bauernschränken und einem Holztisch mit antiken Stühlen. Zwei gemütliche Sessel in der Ecke, Regale mit Büchern und CDs. Ein Plattenspieler. Eine antike Standuhr. Teppiche auf Holzboden. »Sauber«, sagt sie, und diesmal ist es aufrichtig.

»Oben sind Schlafzimmer und Bad, hier unten noch eine Speiskammer und das Klo. Im Keller hat der Kubischek eine Sauna und einen Fitnessraum eingerichtet und einen kleinen Weinkeller. Was braucht der Mensch mehr?«

Romana denkt an ihre Riesenvilla, dieses alte Sparschwein, dabei würd ihr so was auch genügen, aber es müsst halt am Wörthersee liegen. Sie besichtigt noch oben und unten und setzt sich dann an den großen Tisch, den Martin fürs späte Frühstück gedeckt hat. Schinken, Kren und Eier, Käse, Gurkerln, Paradeiser und Liptauer, Honig und Marmelade und Brot und Semmeln ...

»Mei Martin, da hast dich aber schwer ins Zeug g'legt.«

»Sonntagsbrunch.« Er schenkt ihr Kaffee ein, weiß noch, dass sie weder Milch noch Zucker nimmt.

Martin mustert Romana mit Zuneigung: rot lackierte Fingernägel, passend zu den roten Haaren, die sie zu einem Knoten gesteckt hat, sodass sie fast seriös aussieht. Grüner Hosenanzug mit blauem Pullover, das sind ihre Lieblingsfarben, und für ihre Verhältnisse trägt sie wenig Schmuck. Sein Jugendschwarm ist graziös gealtert.

»Was schaust?«

»Du wirst nie älter. Nur schöner. Was macht der Wörthersee?«

Romana nimmt sich ein Brot und streicht Liptauer drauf. Geschmeichelt ist sie schon, will mehr hören. »A geh, ich komm langsam in die Jahre. Merk's daran, wie es hier und da zwickt. Man muss sich halt zusammenreißen im Alter! Aber der See hat jetzt die schönste Zeit, wo er noch uns Kärntnern gehört. Ich soll dich von Alex grüßen und von der Maresa, die zwei sind wieder zusammen, glaubt man's? Davor hat sie ihrem Andy noch an Haufn Geld abg'nommen bei der Scheidung. Sie hat einfach zu viel von seinen Mauscheleien g'wusst.«

Soso, die betrogene Ehefrau und der Schönling. Na wenn's passt! Martin schaut durch das Panoramafenster auf die Silhouette Wiens, die sich gerade aus dem Frühnebel befreit. Sein Haus auf Zeit ist klein, aber er fühlt sich heimatlich hier. Doch dass Romana ihn nicht von Lily grüßt, enttäuscht ihn. Er wagt nicht nach ihr zu fragen.

»Und wie war die Einäscherung gestern? Von der ... wie hieß sie noch mal ...?«

»Sissy Wallner. Meine Cousine. Wir ham uns nie recht leiden können. Aber sie war halt reich.«

»Oh. Dann war das sicher eine pompöse Verabschiedung. Nimm doch von dem anderen Schinken. Der geräucherte ist einmalig.«

Romana lässt sich nicht zweimal bitten. »Die Sissy hat ihren Abgang generalstabsmäßig vorgeplant. Simmeringer Feuerhalle. *Merci Cherie* am Anfang und *Requiem* am Schluss. Urnennische in der Nähe von Udo Jürgens. Leichenschmaus im *Vestibül* mit einem Sissy-Menü. Sie hat sich nicht lumpen lassen zu guter Letzt.« Da hätt sie mir auch den Kredit geben können, denkt Romana. Aber so was sagt man nicht.

Martin pfeift anerkennend. »Man möcht halt auch den Übergang irgendwie nett gestalten.«

Ironie? Romana ist sich nicht sicher. »Oder am Ende noch einmal protzen. Na, ist ja auch wurscht, jetzt geht es ums Erbe. Die Magister Kirchhofer und ich sind die einzigen näheren Verwandten. Aber die Sissy hat einen festen Freund g'habt und ein paar Aasgeier von Bekannten und Bediensteten. Meiner Meinung nach müsst aber genug für alle da sein. Morgen wiss ma mehr. Da will uns der Notar Keltenbach aufklären. Und es gibt a Wohnungsbegehung. Und ihr Safe wird aufgemacht.«

»Spannend«, sagt Martin kauend. »Woran ist sie denn g'storben?«

»Herzversagen. Sie war fünfundachtzig, ich bitt dich, da stirbt man halt so langsam an irgendwas.«

Er ist ein Kriminaler, das kann er nicht unterdrücken: »Seid ihr sicher, dass da nicht jemand nachgeholfen hat? Ich mein, die Leichenbeschauärzte schauen ja bei alten Leuten nicht so genau hin, wenn der Hausarzt schon vor Ort ist und keine Einschusswunde oder Würgemale zu sehen sind. Die werfen einen Blick auf die Leich und unterschreiben dann. Ich möcht zu gern wissen, wie viele perfekte Morde es gibt.«

Romana sieht ihn entgeistert an. »Was meinst? Dass jemand sie vergiftet hat, die Sissy?«

»Oder ihr ein Kissen aufs Gesicht gedrückt. Ersticken geht recht schnell bei älteren Leuten, wenn man weiß, wie man's macht.«

Romana fühlt sich überhaupt nicht betroffen, die Älteren sind immer die anderen. Sie denkt an Maria Burgstaller und Dr. Huber, verdrängt das Bild und sieht Martin strafend an. »Jetzt hörst aber auf damit. Ein Mord! Ich bitt dich! Mir san doch nit in aner Krimiserie. Auch wenn die Sissy ewig leben wollt. So was passiert halt.«

»Lotte möchte auch hundert werden«, sagt Martin. Er meint seine Mutter, die zu einem spätberufenen Hippie und einer ambitionierten Computer-Hackerin wurde. Imagewandel um hundertachtzig Grad. Sie lebt jetzt in einer Wohngemeinschaft, in der viel gekifft und wenig Fleisch gegessen wird. Schlechter Wein und endlose Grundsatzdiskussionen. Das war nichts für ihn. Da ist er schnell wieder ausgezogen.

Romana will sich nicht weiter zu Lebenserwartungen äußern, ihr scheint ein Themenwechsel angebracht. »Und du? Was machst jetzt immer? Wie war's in Bad Gastein?«

Nach seinem Ausraster und einer Beurlaubung setzen sie Chefinspektor Martin Glück jetzt als Springer ein. Eine Bestrafungsaktion auf Zeit. Für den ersten Einsatz ging's nach Bad Gastein, um die dortigen Kollegen zu unterstützen. Ein russischer Kurgast war tot aufgefunden worden. Hatte sich beim Sturz über eine der steilen Treppen das Genick gebrochen. Russische Mafia? Die Ehefrau? Die Ermittlungen kamen zu keinem eindeutigen Ergebnis, sodass der Tod als Unfall zu den Akten gelegt wurde. »Gruslig-schön war's. Der Ort ist entrisch, warst mal dort?«

»In jüngeren Jahren«, sagt Romana und lässt offen, wann genau das war. »Damals waren's grad wieder am aufsteigenden Ast. Haben das *Grand Hotel* renoviert und neu aufgemacht ...«

»... und gingen dann pleite. Inzwischen besteht Bad Gastein überwiegend aus leer stehenden Hotels. Und die Gäste reden überwiegend russisch.«

»Eine schöne Sprach«, sagt Romana. Sie war einmal in einen hinreißenden Russen verliebt. Leider ein Hochstapler.

»Für mich war es jedenfalls wie Urlaub, verstehst? Nur im Moment, da haben s' mich in eine Kammer im Keller vom Landeskriminalamt gesetzt und geben mir Akten zum Lesen. Wartezeit bis zum nächsten Einsatz. Ich könnt sterben, so fad isses.«

»Du armer, armer Bub.« Romana streicht mit der Hand über seine Wange. »Du könntest dich auch mal rasieren, oder wächst der Bart schneller im Keller?«

»Ich überlege, mir einen stehen zu lassen, Romana. Ist zurzeit in. Die Frauen mögen's.«

»A geh. Willst wie Rasputin ausschaun?« Sie nimmt sich mehr vom Schinken, belegt ihn mit Kren und rollt ihn um ein Essiggurkerl. »Und – was machen die Frauen so?«

Martin hebt seine Schultern in einer Geste der Unschuld. »Nichts. Mit Larissa telefonier ich ab und zu. Beim letzten Mal hat sie zart das Wort Scheidung eingeworfen. Vielleicht hat sie jemanden kennengelernt. Oder will klare Verhältnisse schaffen. Mir ist es wurscht mittlerweile. Wir hatten unsere schöne Zeit, und jetzt ist sie halt vorbei.«

Das sah in Kärnten noch ganz anders aus, denkt Romana. »Willst zum Einsiedler werden hier oben?«

Martin mag sie sehr, aber ihre Neugierde kann penetrant sein. »Na, ich bin ja erst seit drei Wochen wieder in Wien.

Ob du's glaubst oder nicht: Ich bin ganz gern allein. Weit weg von der Stadt und trotzdem nah. Hier kann man herrlich joggen.«

Pfui Teufel, denkt Romana. Außer Schwimmen hat sie zeitlebens jeden Sport verabscheut. Sie überlegt, ob Martin gar der Kontrollinspektorin Lily Prokopp nachtrauert? Zuzutrauen wär es ihm, er ist in der Romantik stecken geblieben. »Hast noch einen Kaffee für mich? Übrigens hab ich die Lily in Velden gesehen vor einer Woche. Mit so einem Typen.«

Er schaut sie irritiert an. »Was für einem Typen?«

Sie ziert sich, trinkt erst den Kaffee, den er ihr eingeschenkt hat. »Nona, so ein Kerl halt. Groß, schlank, fesch. Mit Bart.« Das Letzte ist ihr rausgerutscht, stimmt aber.

»Da hast du's. Frauen stehen auf Bärte.« Martin sagt es leichthin, meint es aber schwer. Dieser blöde Satz von ihr wird ihn jetzt eine Weile beschäftigen. Er ignoriert Romanas forschenden Blick. »Und du? Irgendwelche G'schichten am Wörthersee? Wie geht's dem Flock? Wie laufen die Bauarbeiten?«

»Die laufen ruckizucki, wirst sehen, Anfang Sommer steht die Villa. Hugo kommt jeden Tag mit dem Boot, um die Fortschritte zu kontrollieren. Und seine Frau soll ihn mit einem seiner Leibwächter betrügen. Heißt es, aber du weißt ja, wie am See getratscht wird.«

Sie hofft immer noch, dass Flock sich scheiden lässt und sie heiratet.

Martin betrachtet Romana im harten Licht des Mittags. Spuren von Schönheit, Spuren von Resignation, von Erfülltem und Unerfülltem. Aber da ist immer noch ein Glanz, ein fast kindlicher, in ihrem Gesicht. »Und was wirst du mit dem vielen Geld machen, wenn du erbst? Hast schon einen Plan?«

»Als Erstes zieh ich ins *Imperial* um«, sagt Romana. »Und wenn ich das halbe Haus erben sollte, was der größte

Batzen wär, dann verkauf ich meinen Teil, und dann buch ich mir im Winter eine Kreuzfahrt in die Karibik und lern einen Millionär kennen, den ich an Bord heirat und auf der Heimfahrt über die Reling schubse ...«

»Das nenn ich einen perfekten Plan«, sagt Martin unbeeindruckt von ihrer mörderischen Schlagseite. »Und wie lang wirst noch in Wien bleiben?«

»Kommt drauf an, wie die Erbschaftssache läuft. Für heute Abend hat mich deine Mutter eingeladen, ob du's glaubst oder nicht. Ich dacht immer, Lotte könnt mich nicht leiden, aber sie hat mich angerufen, und als ich ihr sagte, dass ich in Wien bin, meinte sie, ich soll am Sonntagabend vorbeikommen, sie kocht was.«

»Mein Beileid«, sagt Martin, doch als ihm Romanas Mittwochsessen einfallen, nimmt er es innerlich wieder zurück. Lotte mag eine unbegabte Köchin sein mit ihren zehn Variationen von Spaghetti. Romana aber ist eine Sadistin am Herd, so kam es ihm jedenfalls vor, als er bei ihr essen musste.

»Mit dem *Vestibül* wird sie nicht mithalten können«, sagt Romana, »aber haklich bin i nit.«

Wie auch? Martin sucht in der Westentasche nach seinen Zigaretten, öffnet das Fenster und zündet sich eine an. Altes Laster, doch jetzt kann ihm keine Ehefrau mehr vorwerfen, dass er nach Rauch stinkt, weshalb er ihm ab und zu wieder frönt. »Wenn's dich stört, geh ich raus.«

»Nein, nein, ein bisserl Frischluft tut gut. Magst nicht mitkommen zur Lotte heut Abend? Sie würd sich sicher freuen, dich zu sehen. Oder hast was vor?«

Martin bläst Rauch ins Freie und sucht verzweifelt nach einer Ausrede. Darin war er nie gut, im Erfinden von schnellen Lügen. Auch im Schmeicheln und Dienern und akrobatischen Wursteln durch die Parteibüchelpolitik ist er so was von unbegabt. Weshalb er es – jenseits seines Faustschlags ins Chefgesicht – nicht mehr weiterbringen wird in seiner Karriere. Da, wo er ist, wird er auch bleiben. Aber hoffentlich nicht in dem Kammerl.

»Na?«

»Na nix. Lotte und ich hatten einen ganz schönen Wickel, bevor ich ausgezogen bin.«

»Na dann wird's Zeit für Versöhnung. Wir treffen uns bei Lotte um sieben.«

Romana kann so unerbittlich sein! Gottergeben: »Also gut. Aber lang kann ich nicht bleiben. Ich muss morgen früh zum Zahnarzt.«

»Passt mir schon, ich hab den Termin beim Notar um neun. So eine unchristliche Zeit.«

»Du übertreibst.« Martin steht auf, um seine Zigarette auszudrücken, und schließt das Fenster wieder. »Sollen wir einen kleinen Spaziergang machen, es ist so schön draußen. Ich räum nur ab.«

»Wart, ich helf dir.« Romana nimmt ein paar Teller und transportiert sie Richtung Abwasch. Auf dem Weg bleibt sie vor einem Bild stehen. »Das ist ja der Wörthersee – ein Bild von deinem Vater.«

Martin stellt das Tablett ab. »Ja. Es ist eins meiner Lieblingsbilder. Ein paar sind oben im Schlafzimmer. Den Rest hab ich eingelagert.«

»Er war ein großer Maler, dein Vater, da können die sagen, was sie wollen. Ich hab Hugo Flock überredet, seine Bilder zu behalten – halt unter dem echten Namen. Er hat sie bloß von den Herschels weggehängt. Was sagst?«

Martin umarmt Romana. »Das ist großartig«, murmelt er in ihren roten Dutt. Sie fühlt sich warm und weich an. Riecht nach Alter und gelegentlicher Güte und Chanel N°5.

Sie schiebt ihn weg. »Ach geh, jetzt wirst anhänglich, weil ich zu Geld komm und deine Erbtante werd.«

»Ich mag dich mit und ohne Geld«, sagt Martin. Es ist die reine Wahrheit.

Kapitel 3

»Was ist los? Werden wir verfolgt?«

»Was glauben Sie denn!« Alma, die bei der U-Bahn-Station am Stephansplatz zufällig auf Romana traf, wirft dieser einen mitleidigen Blick zu: *Ja siehst du denn das Offensichtliche nicht?*

Höchstens fünf Minuten sind sie bisher auf der Kärntner Straße zum Notariat unterwegs. Für Romana sind es gefühlte Stunden, in denen ihr Alma Zoppot auf den Geist geht. Checkt wie ihr eigener Leibwächter die Umgebung, dreht sich alle paar Sekunden nervös um, und jetzt hat sie auch noch ihr beiges Kopftuch weit ins Gesicht gezogen. Dazu die tellergroßen Sonnenbrillengläser. Da wird sogar einer unerschütterlichen Kärntnerin ein bisserle mulmig. Jetzt nimmt Alma Zoppot sie auch noch am Ellbogen und zerrt sie in eine Passage.

Diese Angst vor Verfolgung, Entführung, Überfall kennt Romana zur Genüge – von ihrer Ex- und Immernochliebe Hugo Flock, dem Wörtherseemilliardär. Der hat allerdings Grund dazu. Aber zwei mittellose Frauen mittleren Alters? Da fällt ihr Martins Bemerkung über einen möglichen Mord an Sissy wieder ein, obwohl sie das gestern nicht ernst genommen hat. Und er wohl auch nicht. Doch wer weiß! Jetzt ist sie ja selber bald reich. Dass da vielleicht einer …

»So, jetzt haben wir sie ausgetrickst. Haben Sie die Kameras gesehen?!«, sagt Alma und zieht Romana auf die Kärntner Straße zurück.

»Ja und? Touristen halt. Jedenfalls keine Entführer.« Romana verkneift sich, ihr den Vogel zu zeigen.

»Aber geh, das waren doch sicher Pressefotografen. Sie glauben ja nicht, wie lästig es ist, eine öffentliche Person zu sein. Seit *Gloria* kann ich nicht mehr unerkannt auf die Straße gehen. Die Leute haben kein Gespür für Distanz«, seufzt sie bühnenreif und schenkt einem vorüberschlendernden Paar ein huldvolles Kopfnicken.

Die Zoppot hat aber echt einen Huscher. Gloria? He? Romana braucht ein paar Sekunden, um mitzukriegen, was ihre Begleiterin meint. *Gloria*, natürlich, das war vor gut zwanzig Jahren ein bekannter Film mit einem aufgehenden Stern: Alma Zoppot, richtig, so hat die Hauptdarstellerin damals geheißen. War ein Mordstrara um die, sie kam auch einmal an den Wörthersee. Hat natürlich mit anderen Promis im Schloss gewohnt und nicht in der *Villa Romana*. Der neue Stern am österreichisch-deutschen Filmhimmel. Seither hat man aber nix mehr von ihr gehört. Eine Sternschnuppe. Was diese Alma aber nicht abzuhalten scheint, vor imaginären Paparazzi zu fliehen.

Romana legt sich eine spöttische Bemerkung auf die Zunge, als sich überraschenderweise eine Prise Mitleid darüberbreitet. Im Grunde ist die ein armes Würschtel. Nicht mehr prominent, kein Geld, nur das Hochtrabende ist ihr geblieben. Vielleicht aber auch ein fettes Erbe? Und fort ist das Mitleid!

»Auch unterwegs zur Testamentsbesprechung?« – Aus einer Seitengasse ist nun Karin Kirchhofer aufgetaucht.

»Nona! Also weiter geht die Erbenwanderung.« Romana fragt sich, warum ihr die Kirchhofer so unsympathisch ist. Das scheußliche Rot allein kann's nicht sein.

***

»So, dann wären wir vollzählig. Alle Erben sind anwesend.« Dr. Keltenbach blickt zufrieden in die Runde, während seine Sekretärin auf Augarten-Porzellan Kaffee serviert.

»Aber die Maria ist nicht da. Hat sie der überhaupt nix vererbt?«, fragen Romana und Karin gleichzeitig.

Der Notar lächelt fein. »Doch, doch, aber Frau Burgstaller bekommt ein Legat und ist nicht Erbin. Daher wird sie separat verständigt.«

Verständnislose Blicke. Nur Elvis Hudlicka, der in Begleitung eines sehr großen Bewohners seines Hundeheims gekommen ist, scheint damit Erfahrung zu haben. »Des kenn i. Ein Legat ist ein kleiner Geldbetrag, wie wir ihn für unsere Viecherln öfter von Tierfreunden bekommen.«

»Na ja, nicht immer ...«, bevor der Notar jedoch weitere Erklärungen abgeben kann, läutet sein Handy, und er verlässt das Zimmer.

»Wir könnten übrigens der Maria die kleine Wohnung im Parterre geben«, flüstert Karin ihrer Sitznachbarin Romana zu. »Schaut zwar in den Lichthof, vermieten kann man sie eh nicht, aber Bad und Klo sind in der Wohnung, separates Schlafzimmer, super Gegend. Da ist die sicher dankbar, wenn sie aus ihrem Tschuschenloch rauskommt, und dafür soll sie dem Hausmeister zur Hand gehen. Der schafft das ganze Haus eh nimmer allein.«

»Ja, ja, das goldne Wiener Herz!« Romana sieht zur Stuckdecke hoch. Jetzt weiß sie es: Karin Kirchhofer ist so was von berechnend, da muss man aufpassen.

»Ich glaube nicht, meine Damen, dass dies im Sinne unserer teuren Verstorbenen wäre«, mischt Edgar sich ein.

»Wieso? Wir zwei sind die einzigen Verwandten und bekommen daher sicher das Haus.«

»Nein, nein, das meine ich nicht. Ich meine, eine Wohnung für die Burgstaller wäre nicht in ihrem Sinn. Sissylein war nämlich drauf und dran, ihrer Perle zu kündigen.«

»Und trotzdem erbt die was?« Das Erstaunen an Keltenbachs Konferenztisch ist groß.

»Sissy wollte ohnehin das Testament ändern, ist aber leider nicht mehr dazu gekommen.« Edgar holt ein weißes Stofftaschentuch aus der Brusttasche seines Kaschmirsakkos und tupft damit ein paar Tränen weg.

Die wirken echt, denkt Romana. Arme Adelmaus. Aber nein, der Schlawiner hatte es doch immer nur aufs Erbe abgesehen. Vor so einem Erbschleicher muss man sich in Acht nehmen.

Karin spricht aus, was sich die meisten Anwesenden fragen: »Warum sollte sie der Frau Maria kündigen wollen? Die war ihr doch seit über zwanzig Jahren treu ergeben!«

»Tja, wie soll ich es formulieren? Es ist ja nicht so, dass die Maria selbst ... da kommt Frau Burgstallers missratener Sohn ins Spiel, wenn ich das so sagen darf«, setzt Edgar zu einer langatmigen Erklärung an. Das allgemeine Interesse am Schicksal der Putzfrau ist jedoch nur von kurzer Dauer.

»Apropos: Was schätzt du, wie hoch unsere Mieteinnahmen aus dem Haus sein werden?«, wendet sich Karin wieder an Romana.

»Hab i mir lei auch schon überlegt. Also sechs Stockwerke à drei Wohnungen zu je zweihundertzwanzig Quadratmeter: achtzehn Wohnungen. Zweitausend Euro Miete werden die schon zahlen pro Wohnung ...«

»Was heißt zweitausend? Mindestens vier, wenn nicht fünf!«

Romana versucht, das jährliche Mieteinkommen im Kopf auszurechnen, und scheitert. »Da sollten wir jedenfalls nit verkaufen«, zieht sie für sich einen logischen Schluss.

»Nicht so voreilig!«, mischt Edgar sich wieder ein. »Mich dürfen Sie bei Ihren Mieteinnahmen nicht mitrechnen. Ich werde ja Sissys Wohnung mit Blick auf die Oper im *Eigentum* übernehmen. Die hat sie mir vererbt, weil wir darin unzählige glückliche Stunden verbracht haben. Commémoratif sozusagen. Außerdem bin ich ein großer Opernfreund, und täglich dort hinüberzublicken, zu dieser heiligen Stätte …«

Doch die anwesenden Erben sind inzwischen mit ihren eigenen Gedanken beschäftigt. Und die drehen sich nur um eins: wie viel?

Karins Handy hat gerade mit fröhlichem Pfeifen eine böse SMS angekündigt: Die Apothekerin ballt in Gedanken die Faust. Sie wechselt die Gesichtsfarbe von blass zu fleckigrot und wirft einen hilfesuchenden Blick in Richtung Hausarzt.

Den dieser nicht sieht oder ignoriert. »Mir hat sie Bilder von Rudolf von Alt und eine Loetz-Vase versprochen«, teilt er gerade dem neben ihm sitzenden Tierfreund Elvis mit.

»Loetz? Aha. Hast g'hört, Schnecki?« Der Vierbeiner fühlt sich von dieser Information offensichtlich überfordert, hebt nur kurz den Kopf, gähnt und schließt wieder die Augen.

Edgar hat etwas von seiner Contenance eingebüßt und mit einer fahrigen Handbewegung seinen Kaffee verschüttet. *Bitte, lieber Gott, mach, dass sie mir nicht nur die Wohnung, sondern auch noch mindestens fünfhunderttausend Euro vererbt hat,* schickt er eine Dringlichkeitsbitte ins Universum, während er ungeschickt versucht, das Malheur mit seinem tränenbenetzten Taschentuch aufzuwischen.

Auch Alma Zoppot bangt um ihren Lebensstandard. *Wozu habe ich ihr jeden Sonntag geopfert, wenn mir dann doch eines Tages die Mindestsicherung droht? Ich war überzeugt, dass ich ihre Wohnung kriege und nicht der schleimige Edgar, der zum Schluss eh in Ungnade gefallen ist*. Was sie aber am meisten beunruhigt: Die Videokassette befindet sich noch in Sissys Wohnung. Und die Burgstaller hat einen Schlüssel …

Inzwischen ist Dr. Keltenbach ins Zimmer zurückgekehrt und hat ein Bündel Formulare mitgebracht, die er vor sich auf den Tisch legt. »Das sind die Erbantrittserklärungen, die Sie mir später unterschreiben müssen. Doch vorher zum Testament: Es war eingangs ja von einem Legat die Rede. Offenbar ist Ihnen der Begriff nicht geläufig. Der Unterschied zwischen einem Legat und einem Erbe ist einerseits der, dass Legatare nicht über das restliche Testament informiert werden, sondern nur über jenen Passus, der sie selbst betrifft. Erben wie Sie erhalten jedoch Information über das gesamte Testament. Daher habe ich die Legatare auch nicht zur heutigen Besprechung eingeladen. Sie werden zu einem gesonderten Termin in meine Kanzlei kommen, um die Annahme des Legats zu unterschreiben.«

»Ja ja, alles klar, aber was erben wir denn jetzt?« Romana rutscht angesichts der langatmigen Erklärungen ungeduldig auf ihrem Sessel herum. Die anderen pflichten ihr kopfnickend bei.

»Es gibt noch einen weiteren wesentlichen Unterschied«, setzt Dr. Keltenbach ungerührt seine Ausführungen fort. »Alle Gebühren, die anfallen – Gerichtskosten, meine notarielle Wenigkeit, Gutachten et cetera sowie eventuell vorhandene Schulden – müssen von den Erben bezahlt werden, nicht von den Legataren. Ich rate Ihnen daher, nur eine bedingte Erbantrittserklärung abzugeben. Dann können Sie nicht für jene Kosten und Schulden herangezogen werden, die Ihr Erbe übersteigen.«

»Waas? Die wird uns doch keine Schulden vermacht haben«, ergreift wieder Romana das Wort. »Bei dem Vermögen!«

»Sissylein hatte garantiert keine Schulden«, bekräftigt Edgar.

Karin: »Was ist, wenn man sich weigert?«

»Ein nicht angenommenes Erbe beziehungsweise Legat wird unter den anderen Begünstigten aufgeteilt. Dasselbe gilt auch, wenn ein Erbe verstirbt, bevor er die Erklärung unterschrieben hat. Sobald aber die Unterschrift geleistet ist, geht das Vermächtnis an den Erben des verstorbenen Erben weiter. Aber das alles wollen wir ja bei Gott nicht annehmen.« Keltenbach blickt in die Runde. »So, und jetzt lassen Sie mich mit dem Verlesen des Testaments beginnen: *Meinen Schmuck, der sich im Safe meiner Wohnung befindet, vermache ich zu je einem Drittel Herrn Edgar von Siebers-Adelmauseder, Frau Magister Karin Kirchhofer und Frau Romana Petuschnigg. Im Safe findet sich eine genaue Aufstellung, wer welche Stücke bekommen soll. Frau Magister Kirchhofer und Frau Petuschnigg erhalten darüber hinaus je hunderttausend Euro aus meinem Barvermögen.*«

Der Notar richtet einen freundlich-herablassenden Blick auf Romana. »Bei Ihnen, Frau Petuschnigg, findet sich noch ein Zusatz mit dem Wortlaut: *Nicht ins Casino tragen!!*«

Betretenes Schweigen löst sich rasch in verhaltenem Kichern auf. Doch Romana ist weit davon entfernt, peinlich berührt zu sein. Allerdings wird ihr wütendes »Gitschn depperte« übertönt von Dr. Keltenbachs nächsten Worten *»Meine Gesellschafterin, Frau Alma Zoppot …«*

»Waas? Gesellschafterin? Ich war ihre intimste Freundin!« Alma Zoppot wirft stolz ihren Kopf zurück und fährt sich mit den Händen durch die dunkle Haarpracht. Filmreif.

Tja, da werden noch andere Wutausbrüche kommen, denkt Keltenbach. Nicht umsonst hat er sich auf die Verlesung dieses Testaments irgendwie gefreut. Abgesehen davon, dass es nett war, immer wieder auf die harmlosen Flirtversuche der Verstorbenen einzugehen, verfügte Frau Sissy auch über eine gehörige Portion Schadenfreude. Manchmal macht ihm seine Arbeit sogar Spaß. Testamentsverlesungen kommen oft an Krimis heran. So viel Gier – verhohlen und unverhohlen.

»Das hat Frau Wallner sicher nicht bös gemeint, gnädige Frau«, beruhigt er Alma mit einer gnädigen Lüge. »Also wo waren wir? Ach ja, *Meine Ges...* also ja hm, *Frau Alma Zoppot soll jenes Jugendfoto im Silberrahmen von mir bekommen, das sie immer so überaus wortreich bewundert hat.«* Nach einer Kunstpause: *»Sowie eine Summe von fünfzigtausend Euro.«*

Alma tobt innerlich. Das blöde Foto und 50.000 Euro Gage für jahrelange Sonntagsbesuche und eine kilometerlange Schleimspur an Schmeicheleien? Diese alte Hexe! Jetzt wird wohl nichts anderes übrig bleiben, als die Eheschließung mit dem faden Eduard voranzutreiben. Ob es unpassend wäre, wenn sie ihm einen Antrag macht? Immerhin ist sie ein Promi, wenn auch verarmt, und er nur ein unscheinbarer, allerdings sehr wohlhabender Ministerialrat. Auf jeden Fall muss sie vorher an das Video kommen!

In der Zwischenzeit hat Keltenbach verkündet, dass Hausarzt Dr. Huber Sissys Rudolf-von-Alt-Bilder und die Loetz-Vase erhält. Der zumindest freut sich.

Dann die erste Bombe: *»Dem Tierheim ›Treue Pfoten‹ des Herrn Elvis Hudlicka, dem ich im Namen meiner verstorbenen Hunde zu großem Dank verpflichtet bin, vermache ich die Hälfte meines Zinshauses in 1010 Wien, Operngasse.«* Die Überraschung ist gelungen. Hudlicka fassungslos, die anderen entsetzt, aufgebracht, feindselig ...

Edgar schaut neugierig von Romana zur Apothekerin. Die waren sich ja beide schon so was von sicher! Wer muss jetzt wohl das Haus mit dem Hundeheini teilen? Dass er es nicht bekommt, war ihm klar. Er will ohnehin lieber die Wohnung und ein schönes Sümmchen Bares als die ganzen Scherereien mit Instandhaltung und Mietern. Andererseits: Nehmen würde er das halbe Haus schon.

»Die zweite Hälfte des Hauses geht als Legat an meine langjährige Haushaltshilfe Frau Maria Burgstaller.« Keltenbach lässt jedes Wort genießerisch auf der Zunge zergehen, während er in Vorfreude des Kommenden in die Runde der Erben blickt.

»Und meine Wohnung? Und das Geld?« Mit Edgars Ruhe ist es dahin. Er wird richtig laut, seine Stimme überschlägt sich.

»Tut mir leid, Herr von Siebers-Adelmauseder. Sie sind nicht weiter in dem Testament erwähnt.«

Elvis ist inzwischen aus seiner Starre erwacht. »Und ich hab dacht, wir kriegen nur ein kleines Legat, Schnecki. Hast g'hört, wir san richtige Erben! A halbes Haus in der Innenstadt. A Vermögen für unsere Viecherln.« Ausgelassen packt er seinen vierbeinigen Begleiter an den Vorderpfoten und tanzt mit ihm durch den Konferenzraum.

»Aufhören!«

»Das Haus geht an zwei Proleten, das kann und darf es nicht geben!« Adelmauseder verliert die Contenance und zeigt mit dem Finger anklagend auf Elvis.

»Ich hab immer so ein Pech beim Erben«, klagt Alma. »Einmal hab ich ein Haus geerbt, und das hat mir dann mein Freund ...«

Falscher Zeitpunkt, falsches Publikum. Jeder hat seine eigene Wut im Bauch.

»Das werden wir anfechten!«

»Und diese provozierende Tanzerei! Raus mit dem Kalb! Wieso darf das Viech überhaupt ohne Beißkorb hier sein?«

Der tanzende Schnecki wedelt freundlich und fegt dabei mit seinem Schweif ein Wasserglas vom Beistelltisch, das auf Edgars handgenähten Schuhen landet. Tropfen, die das Fass zum Überlaufen bringen. Baron von Siebers-Adelmauseder stürzt sich auf Elvis, was die Beschützerinstinkte des Hundes weckt. Er beißt zu, nicht allzu fest, aber immerhin.

Menschliches Aufjaulen. Edgar sieht entgeistert auf seinen zerrissenen Ärmel und ein paar Tropfen Blut, Alma schreit bühnenreif, der Arzt stürzt sich auf die Wunde, Romana schaut eher interessiert zu. Mitten in diesem Chaos lässt Keltenbach mit Bedacht die letzte Bombe hochgehen: *»Das Barvermögen in Höhe von zwei Millionen Euro erhält als Legat Herr Max Rainer, Enkelsohn meiner Jugendliebe Franz Rainer aus Untermittelstetten.«*

Kapitel 4

»*Imperial, Sacher* oder *Vestibül*? Ich lad ein.« Romana Petuschnigg strahlt wie die Sonne über dem Wörthersee.

»Käsekrainer beim Bitzinger.«

Romana bleibt unbeeindruckt. Sie kennt Martins deftigen kulinarischen Geschmack. Aber nicht heute! »*Vestibül* war ich schon, ins *Imperial* hab ich heute zum Übernachten eingecheckt. Würstelstand ist kein Thema. Also *Sacher*.«

»Ja spinnst du? Mit welchem Geld?«

»Ich hab schließlich geerbt.« Zielstrebig stöckelt Romana, die sich mit Martin vor der Oper verabredet hat, auf das legendäre Hotel zu – stolpert und wäre gefallen, wenn Martin sie nicht am Arm gepackt hätte.

Er schaut vorwurfsvoll auf ihre Stilettos.

»Geht schon wieder«, sagt Romana. »Bin nur umgeknickt. Ich weiß, was du denkst: Was muss die Alte auch Schuhe mit so hohen Stöckeln tragen? Weißt, warum, Martin? Das sind Pradas in Blau und Grün, meinen Lieblingsfarben. So was hab ich mir ich weiß nicht wie lang schon gewünscht. Und jetzt konnte ich sie mir leisten. Aus, basta.«

»Leisten?! Die Erbschaft kriegst du doch erst irgendwann ausgezahlt. Oft dauert so was Monate. Und auf die Art sind die Hunderttausend auch gleich weg.«

»Du vergisst, dass ich ja noch am Schmuck beteiligt bin, den ich verkaufen kann. Ich selber brauch ja nicht mehr als meinen Brilli vom Hugo. Zu viel Schmuck macht eh alt – das war auch die Devise von der Sissy, drum hat sie in den letzten Jahren fast nur noch Modeschmuck getragen und den echten im Safe gelassen. Also krieg ich da sicher noch einmal einen ordentlichen Batzen Geld.«

»Hat sie nicht im Testament erwähnt, dass du das Erbe nicht verschleudern sollst?«

Hätt sie ihm nicht erzählen sollen. »Jetzt sei kein Ungustl, Martin! Nicht verspielen soll ich's. Das ist ein feiner Unterschied.«

»Verschleudern ist verschleudern«, murmelt Martin, muss Romanas Sorglosigkeit aber auch bewundern. In puncto Lebensfreude kann er von ihr noch lernen. Von ihr und seiner Mutter und einer Menge anderer Leute. Lily zum Beispiel. Romanas Satz mit dem feschen Burschen an Lilys Seite brodelt im Sud seiner Eifersucht. Sie haben sich nicht mehr gesehen, seit er aus Velden abgereist ist. Klar gab es keine Versprechungen. Er ist verheiratet, sie hat ein Kind, und zwischen Wörthersee und Wien liegen viele Sehnsuchtskilometer. Ab und zu telefonieren oder mailen, das reicht halt dann doch nicht. Er hätte sie öfter besuchen sollen. Ihr erzählen, dass er sie sehr mag und auch vermisst und dass ja vielleicht was werden könnte aus der zarten Pflanze, die sie gemeinsam eingetopft haben ... die Sprache des Hobbygärtners, nur leider hat er ihr nichts davon gesagt, immer nur von Fällen erzählt oder von einem neuen Film oder Buch ... er ist wirklich ein Idiot, wenn es um Gefühle geht!

***

»Und dann hat der Hund die Adelmaus in den Arm gebissen«, erzählt Romana später, nachdem sie an einem Ecktisch in *Sachers* Roter Bar Platz genommen und ihr Essen bestellt haben.

Martin lacht auf, eher bitter als lustig. »Du wirst es nicht glauben, aber diesen Fall habe ich in der Abteilung *Leib und*

Leben auf den Tisch bekommen, nachdem der Typ es angezeigt hat. Ich krieg jetzt wirklich den letzten Scheiß zugeteilt.«

»*Leib und Leben*?« Romana beginnt zu lachen. »Heißt eure Abteilung lei wirklich so?«

Was soll daran komisch sein? »Ja, alles mit Handgreiflichkeiten, Verletzungen, Totschlag, Mord. Leib und Leben eben. Und der Mann in der Kammer kriegt die Brösel vom Verbrecherkuchen.« Martin haut mit der Faust auf den Tisch, gerade so fest, dass die Gläser klirren und die Gäste vom Nebentisch strafend zu ihnen herübersehen.

Romana legt ihm die Hand auf die Faust. »Was bist denn so bös? Sind die Gummibären ausgegangen?«

Martin tut es schon leid. Er holt zwei Stück aus der Innentasche seiner Lederjacke und steckt sie in den Mund. »Entschuldige, aber manchmal nimmt der Frust überhand. Dafür geh ich jetzt zum Anti-Aggressionstraining.« Dass das eine Anweisung seines Vorgesetzten war, muss er ihr ja nicht erzählen.

»Eh g'scheit«, Romana denkt an die fatalen Folgen, die der Jähzorn für Martins Vater August hatte.

Liebevoll tätschelt sie ihrem Zornpinkel die Hand. Der versucht ein Lächeln. »Wär leichter, wenn die Psychologin, die das leitet, nicht so verbissen wär. Erinnert mich irgendwie an diese grausliche Masseurin, die mich damals in der Reha so gequält hat.«

Nachtragend ist er auch noch. »Was läuft denn sonst nit? Stört dich vielleicht das mit der Lily, weil ich die mit einem Mann gesehen hab?«

Gute Frage, Romana. Er bemüht sich um einen beiläufigen Ton. »Sah es denn nach was Ernstem aus?«

»Frag sie selber. Du bist gut, es hat doch jeder Blinde gesehen, dass die Kontrollinspektorin Lily Prokopp in dich verliebt war. Aber du bist ja dann weg. Da darfst dich nicht wundern, wenn ein anderer auftaucht.«

Martin findet, dass er sich sehr wohl wundern darf, wie schnell das bei Frauen gehen kann. »Außerdem, bei mir im Haus …«

Der Kellner kommt an den Tisch und stellt zwei Teller Hummersuppe hin. »… stinkt es erbärmlich nach Scheiße«, setzt Martin seinen Satz fort.

»Wie bitte?« Der Kellner zieht die Augenbrauen hoch.

»Nona, nicht Sie, ich meine, nicht die Suppe.«

»Wieso stinkt's bei dir?« Romana löffelt mit Genuss.

»Ich hab ein Problem mit einem Außenfallrohr. Gestern waren so Rohrröntgenologen da, die haben das mit einem Endoskop untersucht. In dem Rohr hat die Lüftung ein Loch und bläst mir den Fäkaliengeruch durch die Holzwand ins Haus.«

Romana ist nicht zimperlich, meint aber dann doch, dass dieses Thema so gar nicht zum Hummer passt. »Na Mahlzeit! Jetzt lass dir lieber von der Erbschaftsg'schicht weitererzählen: Das Beste war ja der Hausarzt bei der Schätzung der Bilder. Der ist durch die Wohnung getänzelt, einen Rudolf von Alt nach dem anderen in Händen, und hat dem Fahrnisgutachter …«

»Dem was?«

»Das heißt so. Halt der Mensch, der die Fahrnisse, also Einrichtung und Bilder, schätzt. Na jedenfalls hat der Doktor Huber dem Gutachter ständig mit den Bildern vor dem Gesicht herumgewachelt und gerufen: ›Die gehören mir, die hat sie mir vererbt.‹ Dann hat der alles genau inspiziert und sein Todesurteil gesprochen: Alle Rudolf-von-Alt-Bilder sind Drucke. Schätzwert gegen null.«

Die Schadenfreude ist unüberhörbar. Romana hat sich

nie groß verstellt. Das mag er an ihr. »Das Erben macht aus den Leuten oft echte Witzfiguren.«

»Ja eh. Also, der Edgar, weißt, der von Siebers-Adelmauseder, der Lover von der Sissy, verdächtigt die Maria Burgstaller, dass die beim Tod der Sissy nachgeholfen hat, damit die das Testament nicht mehr ändern kann. Vielleicht hattest doch recht mit deinem Mordverdacht?!«

Martin winkt lachend ab. »Aber geh, das war doch nicht ernst g'meint.«

»Siehst, kaum is von Mord die Rede, lachst schon wieder! Ah, da kommen unsere Steaks! Das ging aber schnell.« Romana hatte als Gastgeberin einfach über das Menü entschieden und für beide bestellt. Ohne großen Widerstand von Martins Seite, der mit allem einverstanden ist, solange Romana nicht selber kocht ...

Die Steaks sind tatsächlich perfekt gebraten, zart wie Butter. Auch der Rotwein, den Romana ausgesucht hat, schmeckt ihm. »Weißt du, dass man in Wien sagt, einen guten Wein muss man beißen?«

Romana hebt lächelnd ihr Glas, und Martin stößt mit ihr an. »Ärgerst dich, dass nicht du als Verwandte das Palais geerbt hast, sondern der vom Tierheim und die Haushälterin?« Prüfender Chefinspektor-Blick.

Sie hält ihm stand. »Am Anfang schon, aber mei, ma muss sich mit den Tatsachen abfinden. Schließlich waren wir ja nicht so eng, die Sissy und ich. Und hunderttausend ist doch besser als gar nix.« Plötzlich verstummt sie.

»Is was, Romana?«

»Der Herr da oben beschütze sie, er beschütze sie!« Dabei kreuzt sie ihre Finger hinter dem Rücken.

»Seit wann hast du's mit dem Herrn da oben? Und wen soll er beschützen?«

»Na, die Maria Burgstaller.« Romanas Lächeln ist schwer zu deuten. »Sie is ja noch relativ jung, aber stell dir vor, die segnet das Zeitliche, bevor sie das Legat unterschrieben hat. Dann würde ihre Haushälfte auf alle anderen Erben aufgeteilt.«

Martin bleibt vor Überraschung der Mund offen.

Bevor ihm eine Antwort einfällt, ist seine Begleiterin schon weiter in ihren Überlegungen: »Gut wär natürlich auch, wenn man ihr nachweisen könnt, dass sie die Sissy ins Jenseits befördert hat. Dann verliert sie sicher ihr blödes Legat, und wir kriegen es. Kannst da nicht nachforschen?«

»Ich bitte dich, Romana! Erstens ist die Verstorbene ja kremiert worden ...«

»Eben, das ist doch verdächtig, da kann man im Nachhinein nix mehr feststellen!«

»Und zweitens – ach, hör doch auf damit! Wer ist eigentlich dieser geheimnisvolle Max, der die zwei Millionen erbt?«

Bevor sie antwortet, nimmt Romana noch einen kräftigen Schluck Rotwein. »Also, der Max ist ja der Enkelsohn von ihrer Jugendliebe, dem Franzi. Ich kann mich sogar an den erinnern. Einmal war ich mit der Mama bei der Tante Mitzi und der Sissy in Untermittelstetten, irgendwo in Niederösterreich, fast an der tschechischen Grenze. Die hatten da ein Gasthaus. Ich war damals fünf oder sechs, und die Sissy schon eine junge Frau. Als wir alle in der Gaststube beisammensitzen, taucht ein junger Mann, der Franzi, auf, beschimpft die Sissy wild und haut ihr eine Watschn herunter.«

»Und deswegen vererbt sie seinem Enkel zwei Millionen?«

»Na, wart. Mir haben s' damals erzählt, der Franzi und die Sissy wollten heiraten, und sie hat ihn verlassen. Später hab ich erfahren, dass die Sissy damals grad den Wallner, den reichen Juwelier, kennengelernt und deswegen den Franzi ad acta gelegt hat. Obwohl er offenbar ihre große Liebe war. Glücklich war sie mit dem Wallner ja nie, und Kinder konnte der auch nicht … Na ja, jedenfalls hat sie irgendwann zufällig den Max in der Tierklinik getroffen, wo ihr Mops in Behandlung war. Der Max studiert nämlich Tiermedizin.«

»Und sie hat gewusst, wer das ist?«

Romana hat vom Erzählen eine trockene Kehle und gießt Mineralwasser nach, während Martin sein drittes Glas Rotwein »beißt«.

»Der Max soll das Ebenbild von seinem Großvater sein. Also, da war's nicht schwer. Aber nie wär ich drauf gekommen, dass die dem was vererbt, noch dazu so viel. Im Alter wird man offenbar sentimental.«

»Hatte sie denn regelmäßigen Kontakt mit dem Max?«

»Keine Ahnung. Ich weiß nur vom Hausmeister, dass ein fremder junger Mann, auf den die Beschreibung passt, an dem Tag bei der Sissy war, an dem sie gestorben ist. Glaubst, dass *der* sie ermordet hat?«

»Zwei Millionen wären schon ein Motiv«, räumt Martin ein.

Romana lächelt triumphierend: »Na, wenn der wegen Mord ins Gefängnis geht, kriegen wir die zwei Millionen.«

Sie würde das Geld im Spielcasino verschleudern, denkt Martin. Romana ist spielsüchtig, das weiß er längst, nur nicht, bis zu welchem Grad. Sie streitet natürlich alles ab oder spielt es herunter. Ob Romana jemanden umbringen könnt für viel Geld? Ach was! Die redt nur so blöd daher …

Ein bisschen wackelig auf ihren High Heels, aber erhobenen Hauptes und gestützt von Martin stakst Romana am späteren Abend dann von der Oper über den Ring zum *Hotel Imperial*, ihrer neuen Herberge. Zu Martin: »Willst dir nicht auch hier ein Zimmer nehmen, bis das Rohr an deinem Haus repariert ist? Ich würd dich darauf einladen. Wie kannst bei dem G'stank überhaupt schlafen?«

Das Angebot ist schon verlockend, doch er verwirft es, will er doch nicht an ihrem finanziellen Ruin mitwirken. »Danke, lieb von dir. Aber ich spazier jetzt zur U-Bahn und fahr nach Haus. Ich lass einfach alle Fenster weit offen, das geht schon.«

»Schlaf trotzdem gut, Martin! War ein schöner Abend.«

»Ja wirklich! Danke für die Einladung und deinen Erbschaftskrimi. Aber halt in Zukunft dein Geld zusammen, Romana.«

Sphinx-Lächeln. »Morgen ist Schmuckschätzung, da weiß ich dann, wie viel ich noch verschleudern kann.« Sie küsst ihn auf die Wange, dreht sich um und trippelt zur Rezeption.

Der Abend hat mir richtig gut getan, denkt Martin, als er die Stiegen zur U-Bahn-Station hinuntergeht. Er fühlt sich besser und beschließt, gleich morgen früh Lily in Klagenfurt anzurufen. Sei's drum. Romana hat recht, er hat ja wirklich wenig Initiative ergriffen, weil für ihn damals die Ehe mit Larissa gefühlsmäßig noch nicht abgeschlossen war.

Da klingelt sein Handy. Lily! »Wenn das nicht Telepathie ist. Ich hab grad an dich gedacht.« Das scheint sie zu freuen, und sie sagt ihm gleich, dass sie in ein paar Tagen nach Wien käme. Dackel Blau müsse zu einer Untersuchung an der veterinärmedizinischen Uniklinik. »Kennst du eine billige Pension, wo ich übernachten kann – oder hast du vielleicht ein Gästezimmer?«

Martin denkt an den grausigen Geruch, der sein Haus durchströmt, und druckst herum. »Ja, wenn's dir nicht passt ...« Lilys Stimme klingt nicht mehr so fröhlich. Gerade, als er antworten will, wird er von einem jungen Polizisten in Uniform gestoppt. »Sie dürfen da nicht durch, die U-Bahn fährt jetzt nicht. Wir sind dabei, einen Schienenersatzverkehr einzurichten.«

»Was ist los?«, fragt Martin.

Zu Lily: »Wart einen Moment.« Irrtümlich drückt er den roten Knopf, und Lily ist weg. Das auch noch, jetzt glaubt sie ...

»Unfall«, antwortet der Polizist knapp.

»Viel passiert?«

»Darf ich Ihnen nicht sagen.«

Als Martin seinen Dienstausweis zeigt, salutiert der junge Beamte andeutungsweise vor dem Chefinspektor und wird gesprächiger. »Eine Frau ist auf die Gleise gefallen – oder gesprungen, weiß man nicht so genau. Sie wurde vom Zug erfasst und war gleich tot.«

Vom Bahnsteig hört er einen anderen Polizisten einem Kollegen zurufen: »Jetzt hamma den Ausweis. War eh in der Handtasche, die noch auf dem Perron liegt. Maria Burgstaller heißt die Tote.«

Kapitel 5

Magister Karin Kirchhofer, Romana Petuschnigg und Edgar von Siebers-Adelmauseder stehen im Halbkreis um Sissys Tresor, während Notar und Gerichtskommissärin ihn öffnen. Man könnte die berühmte Stecknadel fallen hören. Karin und Romana mit einer Mischung aus Freude und Spannung, Edgar in sich gekehrt, in der Hoffnung auf das Unwahrscheinliche. In Kenntnis von Sissys Hang zur Bosheit ahnt er jedoch das Unvermeidliche.

Frau Benedikt, Pretiosengutachterin, hat inzwischen die beiden Koffer mit ihren Arbeitsutensilien im Esszimmer ausgepackt und auf dem großen Tisch bereitgelegt. Dort werden jetzt auch die Schachteln und Lederbeutel mit dem Schmuck ausgebreitet. Als Frau Benedikt den ersten Beutel, beschriftet mit »Für Edgar von Siebers-Adelmauseder«, öffnet, kullert Sissys Zweikaräter heraus. Sehnsüchtige Seufzer von Romana und Karin. Wie oft haben sie Sissy um diesen Ring beneidet. Edgar bleibt überraschend ruhig.

»Na, das ist doch was!« Karin wirft Edgar einen neidvollen Blick zu.

»Ach, ich trag so was natürlich nicht, nur meinen Siegelring. Und wem soll ich so einen Ring schon schenken? Verkaufen könnte ich Sissys Schmuck nie, es würde mir das Herz brechen. Wir können also gerne Schmuckstücke tauschen, wenn Sie den Ring möchten«, bietet er an.

»Das können Sie nachher machen«, unterbricht der Notar. »Zuerst müssen alle Pretiosen auf ihre Echtheit geprüft, geschätzt und nach dem Willen von Frau Wallner aufgeteilt werden. Dann erst können Sie damit machen, was Sie wollen.«

»Na, dann fangen wir doch gleich damit an, wenn er mir schon entgegenrollt«, lächelt Frau Benedikt, nimmt den Ring mit dem immensen Stein zwischen zwei Finger und setzt die Lupe ans Auge.

»Was schätzt du?«, flüstert Romana Karin zu.

»Dreißigtausend?«

Edgar tupft sich mit dem Taschentuch ein paar Schweißperlen von der Stirn und bittet um ein Glas Wasser. Er weiß, was kommen wird, und ist mehr als echauffiert.

Frau Benedikt stutzt kurz, holt eine zweite Lupe hervor und begutachtet den Ring erneut. Dann öffnet sie etwas, das in den Augen der drei Beobachter wie ein Stempelkissen aussieht, tropft Flüssigkeit darauf und reibt den Ring daran.

»Was ist denn das?«, fragt Karin Kirchhofer neugierig.

»Das ist ein lydischer Kieselschiefer für Edelmetallstrichproben. Der Ring ist zwar punziert, aber die Punze kommt mir eigenartig vor. Daher kontrolliere ich, ob es sich tatsächlich um achtzehn Karat Gold handelt.«

»Und wie erkennen Sie das?«

»Ich habe jetzt eine Achtzehn-Karat-Säure auf den Kieselschiefer getropft. Wenn ich das Metall daran reibe, muss ein Rückstand bleiben. Das ist hier nicht der Fall. Es handelt sich also nicht um achtzehn Karat Gold. Jetzt versuchen wir es noch mit der Vierzehn-Karat-Säure. Vielleicht stammt der Ring aus dem Ausland und wurde nachträglich falsch punziert.«

Wieder benetzt sie den lydischen Kieselschiefer und reibt den Ring daran. »Tut mir leid, aber die Punzierung ist offensichtlich falsch, der Ring ist nicht aus Gold.«

»Aber wie kann man denn einen so großen Brillanten auf einen Ring setzen, der nicht aus Gold ist?«, fragt die Gerichtskommissärin, die nun ebenfalls neugierig geworden ist.

»Tja, auch der Stein zeigt andere Einschlüsse, als sie bei Diamanten vorkommen. Ob ein Stein echt ist oder nicht, sieht man nicht auf einen Blick, außer man hat viel Erfahrung. Grundsätzlich aber sind die Einschlüsse bei natürlichen Steinen anders als bei künstlichen. Ich muss nach allem, was ich gesehen habe, davon ausgehen, dass dieser Ring als Ganzes nicht echt ist.« Sie sieht Edgar beinahe entschuldigend an. »Um sicherzugehen, werde ich ihn aber in meine Werkstatt mitnehmen und eine Röntgenuntersuchung vornehmen.«

Edgar schluckt, Karin und Romana blicken mit einer Mischung aus Mitleid, Schadenfreude und Entsetzen zur bleich gewordenen Adelmaus. Womöglich sind die ganzen Klunker nichts wert, auch ihr Anteil nicht, denkt Romana. Was aber hat Sissy mit dem echten Schmuck gemacht?

In der Zwischenzeit hat die Gutachterin ein etwas protziges weißgoldenes Collier mit drei einkarätigen Brillanten aus dem Schmuckbeutel geholt. Auch hier ein niederschmetterndes Urteil: eine Fälschung.

Als dann die fünfreihige, roséfarbene Perlenkette untersucht wird, ist Edgar bereits speiübel. Er weiß, was kommt, und kennt sie alle, die Pretiosen, die ihm per Testament zugeteilt wurden.

»Wissen Sie, wie man echte von falschen Perlen unterscheidet?«, fragt Frau Benedikt in die Runde. Kopfschütteln. »An der Oberflächenstruktur und an den Wachstumsmerkmalen. Je weniger die Auster von Umwelteinflüssen beeinträchtigt wurde, umso gleichmäßiger sind die Schichten der Perle. Trotzdem changiert bei echten Perlen die Oberfläche und weist eine gewisse Struktur auf, aber keine Poren.

Falsche Perlen wie diese haben hingegen eine glatte Oberfläche mit vielen kleinen Poren, und auch der Lüster, also der Glanz, ist hier allzu gleichmäßig.«

Edgar fühlt eiskalte Schweißperlen. Die alte Hexe ist ihm doch tatsächlich auf die Schliche gekommen. Bestimmt hat die Burgstaller dahintergesteckt. Die hat ihn einmal beobachtet, als er den falschen Schmuck in den Safe legte.

Sein Selbstmitleid ist unermesslich. Schuld an allem hatte Herta, Sissys Vorgängerin, ebenfalls einige Jährchen älter als Edgar. Ein kleiner finanzieller Engpass, dessentwegen er sie um Hilfe gebeten hatte. Doch Herta konnte ganz schön geizig sein und war zudem nicht alt genug, um bald das Zeitliche zu segnen. Für ihn damals Grund genug, sich zu verabschieden. Vorher wechselte er noch schnell ein paar ihrer Ringe aus, von denen ein ihm bekannter Goldschmied täuschend echte Imitate angefertigt hatte.

Die gute Herta entdeckte den Schwindel erst, als sie selbst knapp bei Kasse war und den Schmuck verkaufen wollte. Edgar war zu diesem Zeitpunkt bereits seit vielen Jahren mit der wesentlich reicheren Sissy zusammen. Hertas Drohung, ihn auffliegen zu lassen, hätte seinen Lebensplan gehörig durcheinandergebracht. Er versprach ihr also, den Schaden zu begleichen. Leider musste dafür ein neuerliches »Tauschgeschäft« getätigt werden. Also ließ er diesmal Sissys wertvollste Schmuckstücke, die ohnehin die meiste Zeit im Safe lagen, »nacharbeiten«. Die echten konnte er über seinen Goldschmiedefreund gut verkaufen, damit die Schulden an Herta bezahlen und sich selbst noch ein bisschen was gönnen. Damit Sissy keinen Verdacht schöpfte, wenn sie die Schmuckstücke zur Hand nahm, hatte er ihr eingeredet, echter Schmuck mache alt, sie solle doch lieber Modeschmuck tragen und den echten Schmuck sicher im Safe verwahren. Was sie dann in den letzten Jahren auch tat.

Und nun hat ihm die gute Sissy, der er die besten Jahre seines Lebens geopfert hat, tatsächlich seine eigenen Fälschungen vererbt. Und nur die. Wäre nicht ausgerechnet er betroffen, müsste man sie für ihre Bosheit ja bewundern. Aber so könnte er einfach nur heulen.

»Leider unecht«, hört er zwischendurch immer wieder von Frau Benedikt und beobachtet, wie die beiden Miterbinnen zusehends verfallen. *Keine Sorge,* könnte er ihnen zurufen. *Alle Fälschungen habe schon ich abbekommen, euer Schmuck ist sicher echt.* Doch nach außen hin bewahrt er Haltung und beginnt in Gedanken, Sissys wohlhabende verwitwete Freundinnen Revue passieren zu lassen. Nach ihrer posthumen Rache muss er sich wohl oder übel selbst um seine finanzielle Zukunft kümmern.

Die österreichische Bundeshymne – der Klingelton von Dr. Keltenbachs Mobiltelefon – stört jedoch seine Überlegungen. Der Notar verlässt kurz das Zimmer und kommt nach wenigen Minuten zurück. »Ich muss leider unterbrechen! Ich habe soeben eine schreckliche Nachricht erhalten, die Sie alle betrifft. Frau Burgstaller hatte gestern einen tödlichen Unfall.«

Kurzes betretenes Schweigen.

Dann fragt Romana mit unangemessen munterer Stimme: »Hatte sie das Legat schon unterschrieben?«

Kapitel 6

Leutnant Franz Fassbender trägt den Spitznamen »Fassl« in Anlehnung an seinen Leibesumfang. Nach außen entspricht der Neununddreißigjährige dem Bild des lustigen und gemütlichen Dicken, aber Martin hat so eine Ahnung, dass es bei Franz innen drin ganz anders ausschaut. Der hat eine dünne, düstere Seele, daran glaubt er – und auch, dass sein Kollege seinen Spitznamen ebenso hasst wie Martin seinen: Gummibär. Bloß weil er fast immer ein Sackerl Gummibären dabeihat, um Anflüge von Wut zu beherrschen. Zwei, die sich mögen. Manchmal sitzen sie in der Kantine zusammen und essen den Polizeifraß oder nachmittags die Mehlspeis zum Kaffee. An diesem Donnerstag gibt es Punschkrapfen und Apfelstrudel zur Auswahl. Martin wählt den Punschkrapfen, Fassl nimmt von beidem ein Stück, weil er sich nicht entscheiden kann. Sie setzen sich an einen der Tische am Fenster, ein Stück weg von den Kollegen, mit denen sie beide wenig verbindet. Man grüßt sich und arbeitet zusammen, wenn's sein muss, mehr ist da nicht. Es gibt Seilschaften und Rivalitäten und die Ausgrenzung jener, die beim Polizeisport und Gemeinschaftssaufen nicht mitmachen. Dazu gehören Fassl und Gummibär, und seit Martin nicht mehr mit dem Chef Tennis spielt und aufs Abstellgleis gestellt wurde, muss man auch nicht mehr so tun, als ob.

»Haben sie dich denn immer noch nicht wo zugeteilt?«, fragt Franz, nachdem er seinen ersten Hunger mit dem Apfelstrudel gestillt hat.

»Nein, ist offenbar wenig los in der Provinz. Weshalb ich immer noch im Keller sitz und Hundebisse bearbeite. Die letzte Anzeige geht in die Kriminalgeschichte ein. So ein

Adelsfuzzerl, der von einem Hund gepiekst wurde. Kaum Blut, nur ein Kratzer und ein Riss im Ärmel. Feiner Piefke, du weißt schon. Von der nachtragenden Sorte.«

Franz seufzt, während er seine Gabel behutsam in den weichen Krapfen gleiten lässt. Essen kann so erotisch sein, und auf dem Gebiet ist in seinem Leben sonst eh wenig los. Ab und zu geht er zu den Huren, aber danach schämt er sich. Nicht wegen der Sünde, sondern wegen der Ausbeutung der Frauen. Die armen Hascherln, die so dünn sind und zerbrechlich …

»Franz?!?«

»Oh, entschuldige. Ich hab über meinen neuen Fall nachgedacht, grad auf den Schreibtisch bekommen vom Chef. Tote in der U-Bahn-Station: Unfall oder Selbstmord oder Mord, eins von den dreien wird es wohl sein.«

»Doch nicht die Maria Burgstaller?«

Franz schaut bekümmert auf den letzten Bissen auf seinem Teller. »Genau die, hast es aus der Zeitung?«

»Nein, aber ich war in der U-Bahn-Station, grad nachdem es passiert ist. Und eine Kärntner Freundin von mir kannte die Frau. Die Burgstaller hat von ihrer Herrschaft ein halbes Mietshaus in der Nähe der Oper geerbt, stell dir vor. Ein kleines Vermögen – und daraufhin stürzt sie sich auf die Gleise? Also wenn du mich fragst: Selbstmord kannst vergessen!«

»Ui«, sagt Franz, und es ist nicht klar, wen oder was er damit meint. »Na gut. Dann bleiben aber immer noch zwei Möglichkeiten. Ich hab mir die Kameraaufzeichnungen schicken lassen, willst mit reinschauen? Dir ist eh nur fad, oder?«

Da hat er recht. Auf Martins Schreibtisch liegen nur drei Akten, der lächerliche Hundebiss und zwei Anklagen wegen

Körperverletzung: Frisör rasiert Kunden den Bart ab, statt ihn nur zu stutzen; und Schüler stellt Lehrer ein Bein, worauf dieser unglücklich stürzt und sich das Schulterbein bricht. Beides Fälle von solcher Brisanz, dass Martin schon beim Lesen einschlafen könnte. »Aber gern. Und vier Augen sehen immer mehr als zwei.«

***

Sie schieben die DVD in Martins Computer im Keller, weil es dort ungestörter ist als in Fassls Großraumbüro. Zu sehen ist darauf das zu dieser Zeit übliche Gedränge auf dem U-Bahnsteig, sie schauen eine Weile, bis Martin »Stopp« ruft. Er zeigt auf das Foto der Verstorbenen in der Akte und dann auf den Bildschirm. »Da ist sie, die mit dem Hut, schau – ganz am Bildrand.«

»Bist sicher?« Franz setzt seine Lesebrille auf. So eine hatte John Lennon auch, nur war dessen Gesicht nicht so rund. Trotz Brille ist Fassl nicht ganz sicher, ob Martin die Richtige identifiziert hat: »War das so eine stämmige Kurze?«

Er holt andere Fotos aus der Akte: Ganzkörperaufnahmen von Maria Burgstaller als Leiche, ein Arm ist ab und ein Bein zerquetscht, außerdem waren da noch viele innere Verletzungen. Sie war nicht groß, doch breit gebaut, eher muskulös als fett.

Franz: »Ich erkenn sie nur an dem Hut. Und was, wenn zwei Frauen so einen Hut aufhatten?«

»Eher unwahrscheinlich, oder? Nein, das muss sie sein, sie steht ganz nah am Rand, siehst es?«

»Und jede Menge Leut um sie rum. Da kann es doch passieren, dass sie zufällig geschubst wird und fällt, oder?« Franz holt aus seiner Hosentasche einen Kaugummi. Seit er mit dem

Rauchen aufgehört hat, braucht er orale Beschäftigung. Natürlich hat er zugenommen seither, er isst einfach zu gern. Und was, wenn er eine Frau träfe, die einen wie ihn schön fände?

Martin hat das Bild eingefroren und vergrößert. Die Frau hält mit einer Hand ihren Hut fest, mit der anderen trägt sie eine große Handtasche. Sie sieht nach oben zu den Anzeigetafeln. Dann lässt er die Bilder weiterlaufen. Auf der Anzeigetafel steht, dass der Zug einfährt. Die Menschen bewegen sich nach vorn, Maria Burgstaller ist in der ersten Reihe. Die Gestalten rings um sie herum sind unscharf, schwer zu identifizieren. Da ist ein Mann (oder eine Frau?) mit weitem, schwarzem Kapuzenpulli fast auf der Höhe von Maria, die Kapuze ist über den Kopf gezogen. Auf der anderen Seite eine Frau mit riesiger Sonnenbrille und langen, hellblonden Haaren. Sonnenbrille in der U-Bahn-Station! Verdächtig? Vielleicht hat sie aber auch eine Augenentzündung oder ein blaues Auge, das sie verbergen will. Und dann eine Bewegung in der Menge, der Zug fährt ein … die Frau mit Hut ist vom Bild verschwunden …

Martin spult wieder und wieder zurück. Der Fall oder der Schubs – er wurde von der Kamera nicht eingefangen. Nur dass Maria B. von einer Sekunde auf die andere nicht mehr auf dem Bahnsteig war, während die Menge zurückweicht und der Zug einfährt.

»Siehst du was, was ich nicht sehe?«

»Nein«, sagt Franz. »Sind einfach zu viele Menschen um sie rum gewesen. Hätt jeder sein können, der in ihrer Nähe stand. Falls sie geschubst wurde.«

»Sind denn alle verhört worden auf dem Bahnsteig?«

»Na ja, die, die noch da waren, als die Polizei eintraf. Das war ein paar Minuten nach dem Vorfall. Alles wurde abgeriegelt, und wir haben die Personalien aufgenommen.«

Franz hat die Akte aufgeschlagen: »Es gab zwei Zeugen, die sich freiwillig meldeten, der Rest hat angeblich nichts mitbekommen. Da fällt eine Frau zu Tode, und die stehen da mit ihren Earphones und Handys und hören und sehen nix. Weil ihnen alles wurscht ist, was in der Welt vorgeht.«

»Die Zeugen, Franz«, sagt Martin sanft.

»Ach so, ja, da ist eine Rentnerin, die ist angeblich neben der Burgstaller gestanden und sagt, die sei von selbst gesprungen. Aus dem Stand, ohne Vorwarnung. Genau in dem Moment, als die U-Bahn einfuhr. Beinah hätt sie sie mitgerissen, sagt die Zeugin, und dass sie schon den Todeshauch gespürt habe. Hat sie übrigens auch der *Kronen-Zeitung* erzählt. Die ist richtig aufgeblüht bei der G'schicht, weshalb die Aussage mit Vorsicht zu genießen ist.«

»Und der andere Zeuge?«

»Ein junger Typ mit einem Boxer, den kannst du auch auf dem Bildschirm erkennen. Er steht nicht ganz neben, sondern schräg links hinter ihr. Siehst du ihn? Der sagt wieder ganz was anderes. In dem Moment, in dem der Zug einfuhr, habe es eine Bewegung in der Masse gegeben, von hinten, sagt er, und dass er irgendwie auch nach vorn gedrängt wurde, bloß hat sein Hund sich dagegengestemmt. Nach seiner Aussage ist die Burgstaller nach vorn gestolpert, das hat er gesehen. Nicht, wie sie fiel, aber das ging ja alles sekundenschnell ...«

»Also können wir es uns aussuchen«, sagt Martin. »An den Selbstmord glaub ich eh nicht. Nicht nach dieser Erbschaft. Ein Unfall wär möglich – aber auch, dass jemand das Chaos und Gedränge ausnutzte und ihr den finalen Stoß gab. War ja nicht schwierig, weil sie so schön weit vorn stand ... und das war alles, was bei der Zeugenbefragung rauskam? Da standen doch Dutzende Leute neben ihr.«

Franz blättert in der Akte. »Wir haben alle Personalien aufgenommen. Und soll ich dir was sagen? Von einigen wurden wir beschimpft. Weil sie aufgehalten wurden und sie es eilig hatten und hier- und dorthin mussten. Bevor wir abgesperrt haben, um die Leiche zu bergen, haben viele noch versucht, Fotos zu schießen. Ich kann gar nicht so viel essen, wie ich speiben könnt, Martin!«

Er schiebt sich noch ein Zuckerl in den Mund, während Martin in der Akte blättert. Viele Namen mit Adressen, doch keiner, der ihm was sagt. »Verwandte?«, fragt er schließlich.

»Entfernte Verwandte in Niederösterreich, da kam sie her. Hier in Wien lebt ihr Sohn René Burgstaller, Vater unbekannt. Der Sohn ist ein Tachinierer, hat zwei Vorstrafen wegen illegalem Anbau von Cannabis beziehungsweise Dealens. Der Typ lebt hauptsächlich von seiner Mutter, ab und zu jobbt er im Zentralfriedhof, aber eher selten. Hat Gärtner gelernt, aber nie eine feste Stelle g'habt.«

»Und der Sohn erbt? Hast ihn schon vernommen?«

Franz sieht auf seine Uhr. »Kommt in einer Stunde, ich hab ihn einbestellt. Ich nehme an, dass er die Marie kriegt – das liebe Geld. Muss aber noch rausfinden, welcher Notar zuständig ist.«

»Das kann ich machen«, sagt Martin schnell. »Weil ich in dieser Erbschaftssache über die Romana eh schon drin bin. Ich muss sie nur anrufen. Hast du denn was dagegen, wenn ich dabei bin bei der Vernehmung?«

Suggestivfrage. Das kann Franz nur schwer ablehnen. Er denkt eine Weile darüber nach und schüttelt dann den Kopf. »Vernehmungsraum zwei, und wenn einer was sagt, bist zufällig dabei, weil du mit mir was bereden wolltest. Klar?«

»Klar – und ich find bis dahin raus, wer von ihrem Tod profitiert.«

Im Hinausgehen wählt Martin Romanas Nummer, sie lässt eine Weile läuten, bevor sie das Gespräch annimmt. Ihre Stimme klingt verschlafen. »Was willst so früh?«

»Es ist drei Uhr Nachmittag, Romana. Was hast denn getrieben?« Sie war im Spielcasino, denkt er, doch sie wird es abstreiten. Tatsächlich sagt sie, dass sie bei einer alten Freundin versumpft sei. Habe noch im *Imperial* gefrühstückt und sei dann ins Bett und habe geschlafen, bis Martin sie geweckt habe. Sie verzeiht ihm das und gibt ihm die Nummer vom Notar Keltenbach durch. »Wozu brauchst die überhaupt? Wegen der Hundeg'schicht mit der Adelmaus?«

»Nein, wegen der Maria Burgstaller. Die Polizei muss wissen, wer erbt.«

Romanas Stimme klingt plötzlich sehr viel wacher. »Na, der missratene Sohn wahrscheinlich.« In anderer Tonlage: »Oder hatte sie das Legat noch nicht unterschrieben?«

»Das will ich doch grad rausfinden – beim Notar.«

»Du meinst, sie ist umgebracht worden? Selbstmord hat die nicht begangen, Martin, die war nicht der Typ dazu.«

»Ich meine gar nichts. Könnt ja auch ein Unfall gewesen sein. Dass sie gestolpert ist ... es war sehr voll auf dem Bahnsteig, und die Leut standen wie immer zu dicht dran. Und dann hat die Menge nach vorn geschoben ...«

Lieber Gott, mach, dass das Legat nicht unterschrieben ist, denkt Romana. Dann erben ich und die anderen das halbe Haus. Im Spielcasino letzte Nacht hat sie zehntausend Euro verloren, das hat schon wehgetan, besonders, weil es ihr letztes Erspartes war.

»Romana, bist wieder eingeschlafen?«

»Ach was. Ich hab nachgedacht. Der Sohn – vielleicht hat der sie auf die Gleise geschubst, um zu erben. Ist ja nicht schwer so was. Also wenn ich jemanden umbringen wollte …« Den Satz lässt sie im Äther schweben.

»Ich muss jetzt auflegen und den Notar erreichen.« Martin drückt Romana weg, obwohl er weiß, dass sie das hasst. So wie Lily, die er schon dreimal zurückgerufen hat; jedes Mal blieb er beim Anrufbeantworter hängen. Obwohl's doch nicht Absicht war bei Lily. Das hat er ihr auch auf den AB gestottert. Martin hasst ABs. Und fürchtet Frauen, die nachtragend sind.

Und als ob sie von Wien bis Kärnten seine Gedanken lesen könnte, ruft Lily jetzt an. »Ich hab mir schon eine Pension herausgesucht, irgendwo am Prater. Kein Problem, wirklich. Wir können uns ja einmal zum Essen treffen oder so …«

»Blödsinn. Du kannst schon bei mir wohnen. Es stinkt halt. Irgendwas mit dem Rohr, aber heute Abend kommt einer, der es richten wird – hoffentlich. Wenn du nicht zu geruchsempfindlich bist, kann ich dir auf der Wohnzimmercouch ein Bett richten. Ehrlich, das mach ich gern.« Sie widerspricht, und er fällt ihr widersprechend ins Wort, bis sie nachgibt und er ihr seine Adresse durchsagt. Auch, wo der Schlüssel am Gartentor versteckt ist, falls er nicht zu Hause ist. Am Schluss sagt sie »Ich freu mich« und er »Ich auch«, und dann legen sie auf, und Martin pfeift dabei. Ist ehrlich, die Freude. Lily Prokopp hat so was Fröhliches, das er sehr anziehend findet. Wie auch ihre Rundungen, die meist strahlenden Augen, den großen Mund, den sie selten halten kann. Ja, er freut sich auf die Kollegin aus Klagenfurt, der er näher gekommen ist, als sie am Wörthersee einen Fall zusammen lösten. Aber nur bis zum Kuss, mehr war da nicht. Unter anderem auch, weil Larissa auftauchte, seine künftige Exfrau.

Darüber ist er schon hinweg, die Scheidung wird ihn nicht mehr aufregen, und wenn sie sich treffen, Larissa und er, können sie ganz vernünftig und freundlich miteinander umgehen. Da war einmal eine große Liebe – und jetzt ist sie weg. Keiner weiß, wohin. Warum, schon eher. Sie haben sich auseinanderentwickelt, Larissa und er. Sie ist eine Karrierefrau geworden und er der Polizist geblieben, der seinem Chef eher ins Gesicht haut, als ihm in den Arsch zu kriechen. Das war schon eine komische G'schicht damals – und bis heute weiß er nicht genau, ob zwischen Larissa und seinem Chef was war. Im Zweifelsfall hat er die Situation halt missverstanden.

Martin wählt die Nummer des Notars auf seinem Amtstelefon. Keltenbachs Sekretärin versucht erst, ihn abzuwimmeln, stellt ihn aber dann doch durch, als er ihr Namen und Dienstgrad sagt.

»Sie rufen sicher wegen der Frau Burgstaller an«, sagt Keltenbach. »So eine Tragödie, ein schrecklicher Unfall.«

»Das steht noch nicht fest«, erwidert Martin sanft, »aber uns interessiert in jedem Fall, wer denn der Begünstigte ist nach ihrem Ableben.«

Der Notar ziert sich, Martin setzt nach, und Keltenbach sagt plötzlich: »Die Sache ist glasklar. Frau Burgstaller hatte das Legat noch nicht unterschrieben. Sie wollte heute zu mir ins Büro kommen, um eben das zu tun. Das bedeutet, dass ihr Sohn von der Erbschaft der Frau Sissy Wallner gar nichts bekommt. Frau Burgstallers Legat wird unter den anderen Erben aufgeteilt.«

»Das halbe Mietshaus?«

»Exakt«, sagt der Notar. »Der Wert des Hauses ist noch nicht geschätzt. Auf jeden Fall eine Summe im achtstelligen

Bereich. Der Sohn war übrigens vor einer Stunde bei mir, dieser René Burgstaller. Er hat mich beinahe attackiert, als ich ihm das eröffnet habe. Hat herumgeschrien, bis ich mit der Polizei gedroht hab. Dann ist er gegangen. Ein unangenehmer junger Mann, wirklich.«

»Also hat er zum Zeitpunkt ihres Todes nicht gewusst, dass seine Mutter das Legat noch nicht unterzeichnet hatte.«

»Davon geh ich aus«, sagt der Notar. »Woher soll so ein ungebildeter Mensch überhaupt wissen, was ein Legat ist?«

Du bist ein schöner Snob, denkt Martin, sagt aber nichts.

Keltenbach überlegt, was jetzt noch an Arbeit – und Honorar – auf ihn zukommt, wenn die Erbschaft neu verteilt wird. »War es denn etwa kein Unfall, Herr Chefinspektor?«

»Wir stehen noch ganz am Anfang. Danke, dass Sie mir geholfen haben.«

Martin legt auf. Eine Spur schlauer sind sie schon, und jetzt ist er gespannt, was René Burgstaller der Polizei zu sagen hat.

Kapitel 7

René Burgstaller mag keine Polizisten. So ein kleiner Hass, gespeist aus Erfahrungen mit Uniformierten, dabei kam er immer schlecht weg. Weshalb er sich überwinden musste, der Vorladung zu folgen. Er hat noch einen kleinen Joint geraucht, um ruhiger zu werden, und danach Pfefferminzkaugummis eingeworfen. Und jetzt steht er vor einem dicken Bullen, der sich mit »Leutnant Fassbender« vorstellt, flankiert von einem »Chefinspektor Glück«. Darüber könnte René einen Witz reißen, den er sich aber verkneift.

»Setzen Sie sich doch, Herr Burgstaller. Unser Beileid zum Ableben Ihrer Frau Mutter.«

René knirscht ein »Danke« und setzt sich gegenüber von dem Dicken, der ihm gemütlicher vorkommt als der drahtige Dunkelhaarige. Der sieht irgendwie gefährlich aus, findet er, weshalb er es vermeidet, ihn direkt anzuschauen. Er spricht seine Personalien in das Mikro, das man ihm vor die Nase gesetzt hat, und nimmt sich vor, so wenig wie möglich zu reden. Wo er zum Zeitpunkt des Todes seiner Mutter war? Was ist das für eine Scheißfrage? »Zu Hause«, sagt René. »In der Wohnung meiner Mutter.«

»Keine Zeugen?«

»Na. Wozu brauch ich an Zeugen? Die Mama hatte einen Unfall. Und zwar *bevor* sie das Scheißlegat unterschrieben hat. Weshalb ich statt einem halben Mietshaus nix erb. Nur die Möbel und ihr Gwand und ihre blöden Liebesromane …«

»Liebesromane?«, fragt Glück.

»Ja, die Mama hat sich für eine große Autorin g'halten. Liebesg'schichten hat sie g'schrieben auf der Schreibmaschin, weil sie sich mit Computern net auskennt hat. So ein Lore-Roman-Schaas, den keiner haben wollt. Wär besser g'wesen, sie hätt *unterschrieben*. Ich frag euch, wie viel Pech kamma habn?«

»Tut uns echt leid«, sagt Leutnant Fassbender. »Vielleicht kann man sie posthum veröffentlichen, die G'schichten?«

»Des glaub i net. De san echt unterirdisch.« René fragt, ob er rauchen darf, obwohl er die Antwort schon kennt. Er scharrt mit den Füßen und steckt sich noch einen Kaugummi in den Mund anstelle einer Zigarette. Das Sparbüchl, das er gefunden hat, erwähnt er nicht. Drauf sind vierzehntausend Euro, was schon ein Batzn ist, und René fragt sich, woher seine Mutter das Geld hatte? So viel hat ihr die alte Schachtel nicht bezahlt, dass sie davon hätt groß sparen können. Ob sie's ihr gestohlen hat? Zutrauen tät er es ihr schon, und immerhin ist es ein kleiner Trost, das Büchl. Mit dem Geld kann er seine Schulden bezahlen und sich vielleicht ein Auto kaufen, ein gebrauchtes. Das war's dann aber auch. In die Hölle soll sie fahren, die Mama, weil sie net rechtzeitig unterschrieben hat!

»Könnten Sie sich vorstellen, dass Ihre Mutter freiwillig ... in den Tod gesprungen ist?«, fragt Glück.

Ehrliche Entrüstung: »Die Mama woa net suizidgefährdet.« René ist stolz auf das Wort, das ihm noch schnell eingefallen ist.

»Es besteht immerhin auch die Möglichkeit, dass man Ihre Frau Mutter auf die Gleise gestoßen hat.« Der Dicke sieht ihn erwartungsvoll an. Er schaut aus wie ein freundlicher Hamster. Aber René hat kein Herz für Haustiere. Er hatte einmal ein Kaninchen, das hat er mit Freunden geschlachtet und aufgegessen. Eine Jugendsünd, aber bereuen tut er's nicht wirklich. Außerdem hat's nicht geschmeckt, war irgendwie zach.

René sieht sich mit dem Problem der Entsorgung des durchgekauten Kaugummis konfrontiert. Ihn unter den Tisch zu kleben, traut er sich nicht. Die Kieberer können ganz schön brutal werden, wenn man sie ärgert. »Na, i waaß net. Wer soll's denn g'wesen sein?«

»Das würden wir gegebenenfalls herausfinden«, sagt Glück. »Die Frage ist doch, wer vom Tod Ihrer Mutter profitiert.«

Schon wieder könnt er vor Wut schreien. »Na i net, meine Herren. Weil i nix erb.«

»Wussten Sie denn, dass Ihre Mutter das Legat noch nicht unterschrieben hatte?«

Tückische Frage des Dunkelhaarigen. René entscheidet sich für die spontane Lüge. »Schon eh. Ich sollte sie nämlich zum Notar begleiten, die Mama. Also bitte.«

»So ganz«, sagt der Glück, »kann das aber nicht stimmen. Weil Sie, wie wir vom Notar wissen, nach dem Tod Ihrer Frau Mutter bei ihm aufgetaucht sind und eine Riesenschau abgezogen haben, weil Sie nun doch nichts erben. Sie wussten es eben *nicht*, Herr Burgstaller. Ist doch so, oder?«

René verschränkt die Arme und schmollt schweigend. Das hat er schon als Kind gemacht, wenn man ihn bei einer Lüge ertappte. Und er hat oft gelogen. Leise: »Na und wenn. Ich werde doch nicht mei eigene Mutter vorn Zug stoßen. Bin vielleicht nie der Supersohn g'wesen, aber geliebt hab ich sie schon. Weil sie alles für mich g'macht hat.«

Die beiden Polizisten schweigen. Martin denkt, dass René auch von einer lebenden Maria Burgstaller profitiert hätte. Sie hat ihn offenbar bedingungslos unterstützt. Schwach mag er sein, aber ein Mörder ...?

Um das Schweigen zu brechen, fragt Franz, ob René die anderen Erben kenne.

Die jetzt sein Geld kriegen! Er könnt das G'fraßt umbringen. »Na, vom Sehen. Wenn ich die Mama besucht hab bei der Sissy. Diese Ex-Schauspielerin und der Fernsehdoktor. Der snobby Edgar, der hing ja dauernd in der Wohnung rum, und dann noch die Nichte, diese Magister soundso. Na, de wern sich jetzt aber freuen, dass die Mama tot ist.«

Der Gedanke ist nicht von der Hand zu weisen. Martin Glück kann sich vorstellen, dass auch Romana nicht allzu heftig trauert.

»Kennen Sie auch den Legatar, der die zwei Millionen erbt? War der auch einmal bei der Frau Wallner?«

René schüttelt heftig den Kopf. »Ist mir noch nicht vorgestellt worden, der Glückspilz.« Er wippt mit den Füßen, ihm ist fad, und er will eine rauchen. Die Kieberer tasten sowieso im Dunkeln, und des is leiwand. Wenn's nach ihm ginge, könnte man alle Polizisten in der Donau ersäufen. »Kann mir denn einer sagen, wann ich die arme Mama beerdigen kann?«

Leutnant Fassbender antwortet: »Sie ist noch in der Rechtsmedizin. Aber sobald wir ... also damit fertig sind, werden Sie benachrichtigt, Herr Burgstaller.«

»Wovon leben Sie eigentlich?«, fragt jetzt der Dunkelhaarige.

Geht den das was an? René überlegt, ob er jetzt einen Anwalt ins Spiel bringen soll, entscheidet sich aber aus Kostengründen dagegen. »Weiß nicht, was das mit dem Tod der Mama zu tun haben soll, aber bitte: von der Stütze, und wohnen tu ich eh noch zu Haus, obwohl die Mama ja jetzt die Miete nimmer zahlt. Und ab und zu vermitteln die mir Aushilfsjobs am Zentralfriedhof. Ich bin nämlich gelernter Gärtner.«

Martin Glück sieht in die Akte: »Abgebrochene Lehre. Dann 2013 eine Verurteilung wegen illegalen Anbaus von Cannabis.«

Scheißkieberer. »Ein paar Pflanzerln, Herr Chefinspektor. So zum Eigenbedarf, aber die Justiz erschlägt die kleinen Leut mit ihrer Waage. So schaut's aus.«

»Eine Bewährungsstrafe«, sagt Martin. »Danach sind Sie noch einmal mit dem Gesetz in Konflikt geraten. Wiederum Rauschgift. Sie wollten einem verdeckten Ermittler Gras andrehen. War das wieder Eigenbau?«

René findet, dass das Gespräch eine unangenehme Wendung nimmt. Aber er wird sein Geld net für an Advokaten rausschmeißen. »Ehrlich net. Ich wollte mit dem Rauchen aufhören und das Gras net grad wegschmeißen … war halt ein Pech, dass ich so einen Schauspieler erwischt hab. Der sah überhaupt net aus wira Kieberer.«

»Und seither sind Sie ganz clean?« Franz Fassbender glaubt inzwischen, dass die Vernehmung dieses Zeugen verschwendete Zeit ist. Und auf seinem Schreibtisch wartet eine Extrawurstsemmel.

»Hand aufs Herz, Herr Kommissar.«

»Leutnant«, sagt Fassbender.

»Ist eh wurscht«, meint René. »Kann i jetzt gehen?«

Franz schaut auf Martin, der die Schultern hochzieht, und sagt dann: »Gut, aber … hier ist meine Karte. Wenn Ihnen noch was einfällt … und die Stadt nicht verlassen, gell?«

René lächelt erleichtert. Wenn er das tut, wird sein Gesicht beinahe hübsch. Eine Art derber Johnny-Depp-Verschnitt. Er streicht sich die langen, dunklen Haare aus dem Gesicht. »Is kloa. Muss eh auf die Mama warten für das Begräbnis.« Dann steht er auf, steckt die Visitenkarte lässig ein und sagt: »Ciao dann. Habe die Ehre …«

Beim Hinausgehen hört er noch, wie Glück sagt: »Ein Falott …« Dann zieht René die Tür sanft ins Schloss und steckt sich gleich eine Zigarette in den Mund. Der Dunkelhaarige ist der Gefährliche, das hat er sofort gemerkt. Der Dicke hat eher die Ruhe weg, einer, der sich nicht überanstrengt. Für René gibt es nur zwei Sorten von Männern: die, denen er sich überlegen fühlt – und die anderen. Vielleicht war er nicht gut in der Schule, aber schlau ist er schon. Zu schlau, um für wenig Geld viel zu hackeln. Gärtnerarbeit ist körperlich anstrengend und wird schlecht bezahlt. Und jetzt?

Auf der Straße zündet er sich die Zigarette an und fühlt, als er das Feuerzeug zurücksteckt, einen Schlüssel. Der lag auf der Kommode, den hatte Mama vergessen, als sie wegging, und René weiß, dass er zu Sissy Wallners Wohnung gehört. Und so lenkt er seine Schritte in Richtung Oper. Müsste ja leer sein, die Wohnung, menschenleer, und da ist eh so viel Zeug drin, dass es gar nicht auffallen würd, wenn sich das ein oder andere absentiert. Ein Silberleuchter eventuell oder ein kleines Bild. Wär ja nur gerecht, wenn er, der eigentliche Erbe, ein bisserl was abbekommt. Schließlich hat sich seine Mutter für die Wallner aufgeopfert. Und was hat sie jetzt davon? Nix! Im Himmel gibt's keine Wienerschnitzel, da ist er sich ziemlich sicher.

Nachdem er sich im Stiegenhaus umgeschaut hat, öffnet René die Wohnungstür. Der schwere, süßliche Geruch hängt immer noch in der Wohnung, die Sissy war immer in Parfumwolken gehüllt gewesen, selbst die Mama roch danach, wenn sie nach Hause kam. *Eines Tages wird's mir der Herrgott vergelten,* hat sie immer gesagt und ans Erben gedacht. Und dann?! ... René kann schon verstehen, dass der Mensch zum Kommunisten wird bei all der Ungerechtigkeit in der Welt.

So viel Platz für eine Person! Aus dem herrschaftlichen Flur führen Türen in die Zimmer mit den hohen Stuckdecken, von denen schwere Kristalllüster hängen. Auf dem

Parkettboden liegen Perserteppiche, leider viel zu groß, um sie ohne Weiteres abzutransportieren. Biedermeier-Möbel, auch zu sperrig. René nimmt einen silbernen Kandelaber auf der Kommode in Augenschein, als er aus dem Schlafzimmer ein Geräusch hört. Er denkt jedenfalls, dass es aus dem Schlafzimmer kommt, stellt den Kerzenhalter zurück und schleicht sich an. Wer hatte noch einen Schlüssel außer der Mutter? Der Notar? Vielleicht wär es besser zu verschwinden? Aber die Neugierde ist größer. Außerdem kann er ja immer noch behaupten, dass er was holen wollte, das der Mutter gehört hat. Was, fällt ihm grad nicht ein, aber lügen ist ihm noch nie schwergefallen. René öffnet vorsichtig die Schlafzimmertür. Sie knarrt ...

»Ja schau, wen hamma denn da?« René steht an der Tür und schaut auf die kniende Alma. Alma Zoppot vor dem geöffneten Fernsehschrank. »Was zum Teufel ...?«

Alma ist so erschrocken, dass sie für ein paar Sekunden nichts herausbringt. Sie starrt René an, und er starrt zurück.

»Servus, René«, sagt sie schließlich. »Was machst *du* denn hier?«

Gute Frage. »Ich hab was von der Mama gesucht. Ihren letzten Liebesroman. Den hat sie hiergelassen, und ich dacht, der muss ja nicht unter die Erbmasse fallen. Und du? Wie bist überhaupt reingekommen?«

Alma Zoppot zaubert ihr Filmunschuldslächeln ins Gesicht. Wirkt nicht mehr ganz so überzeugend wie vor zwanzig Jahren, aber was bleibt ihr schon übrig? »Ach weißt, der Hausmeister hat mich reingelassen. Ein wirklich hilfsbereiter, lieber Mensch. Ich wollt mir nur die Kassetten zurückholen, die ich der Sissy geborgt hab. Fünf Stück, darunter zwei, in denen ich mitgespielt habe. Sie mochte die alten Filme lieber, weißt du. Weil sie ja schließlich eine romantische Seel war unter all der Herrschsucht und dem Geiz und der Boshaftigkeit. Und du – hast du den Liebesroman gefunden? Wie viele hat sie eigentlich geschrieben, deine Mutter? Mein Beileid übrigens.«

»Einen Haufn. Und danke.« René fragt sich, ob Alma weiß, dass seine Mutter ihr Legat nicht unterschrieben hatte. Er greift in die Tasche, holt Zigaretten und Feuerzeug hervor und zündet sich eine an. Blöd jetzt, das mit der Alma. Am besten wär, sie würde vor ihm gehen, damit er sich noch umschauen könnt.

Alma hat sich in eine lässige Position gesetzt, mit einer Hand bedeckt sie den kleinen Stapel Kassetten. »Gibst mir auch eine? Hier stinkt's ja wie in einem Puff, da kommt's darauf auch nicht mehr an.«

Er gibt ihr Feuer. Selbst aus der Nähe sieht sie noch ganz gut aus, die Zoppotsche. Nett konserviert. Scharfe Kurven. Ein bisserl Konversation kann net schaden: »Hast du denn viel geerbt?«

Alma seufzt. »Nicht so viel, wie ich verdient hätte, wenn du schon fragst. Weißt du, wie viel Zeit ich der Sissy geopfert habe? Und immer diese blöden Urlaube in Baden-Baden oder Karlsbad oder Bad Aussee. Zu den Tschuschen oder Spaghettis wollt sie ja nicht fahren, und vor dem Fliegen hat sie sich gefürchtet. Gott, es war sooo langweilig mit ihr. Und du? Kriegst jetzt das halbe Haus, auch nicht schlecht, oder?«

Frage beantwortet. René sagt nichts, soll sie doch glauben, dass er ein reicher Erbe ist. Zurzeit hat er keine Freundin, warum nicht einmal was mit einer Alten anfangen? Eine, die wenigstens was geerbt hat.

»Mich würden die G'schichten von deiner Mutter schon interessieren.« Alma schenkt René ein verführerisches

Lächeln. »Vielleicht, wer weiß, ließe sich ein Film draus machen? So ein Liebesreigen, weißt!«

»A geh, des san doch nur blöde Schnulzen.«

»Ich mag so was. Kann ich sie lesen? Alle? Ich bin eine Frau, die romantische G'schichten mag, weißt.«

René sieht sie ungläubig an. Auf ihn macht Alma eher den Eindruck einer ganz Wachen, Abgebrühten. »Musst halt zu mir kommen in die Wohnung, dann geb ich sie dir.«

»Ehrlich? Ja gern. Montag vielleicht?«

Alma freut sich auf eine Weise, die René misstrauisch macht. Was will die mit den blöden Storys von seiner Mutter? Hat er da was übersehen? Sind da Sparbücheln in den Manuskripten versteckt? Auf jeden Fall wird er sich die anschauen, bevor er sie der Alma gibt. Und sie eventuell noch aufs Kreuz legen in der Wohnung. Wenn sie schon da ist.

»Montag ist gut. Ich schreib dir die Adress auf. Und dafür leihst du mir einen von deinen Filmen, oder?«

Er legt seine Hand auf ihre, und darunter rutschen die Kassetten weg. Auf der untersten Kassette sieht René die nackte und deutlich jüngere Version von Alma Zoppot. Darüber groß der Titel *Alma vögelt auf der Alm*.

Sie hat zu spät reagiert, so erschrocken war sie. René hat die Kassette schon an sich genommen und grinst hemmungslos. »Ach, da schau her. Herrschaftszeitn, Alma, ich wusst gar nicht, dass du ein Pornostar warst.«

Sie will danach greifen, doch er hält sie zu weit weg, immer noch breit grinsend. »Net schlecht, Frau Specht. Aber warum hatte die Sissy so was? Hat die alte Hex etwa Pornos g'schaut?«

Alma könnte ihn ohrfeigen, hält sich aber zurück. »Sie hat die Kassette zufällig gefunden in einem Laden. Sie war ja immer auf der Suche nach Liebesfilmen. Jedenfalls hat sie mich damit ganz schön gefrotzelt, boshaft wie sie war.

Ich schwör's: Es war der einzige Film von der Art, bevor ich zum Star wurde. Ich wusste gar nicht, dass da noch Kopien existieren, ist ja schon eine Ewigkeit her.« Halt, denkt Alma, jetzt nur nicht übertreiben mit dem Alter. »Natürlich ist mir das peinlich, das verstehst du doch. Ich wollte diesen blöden Film ein für allemal vernichten.«

René spürt so was von Oberwasser: »Aber nicht, bevor ich ihn gesehen hab, Alma. Also wirklich. Muss man sich doch net genieren bei dem Körper. Und auf der Alm, da gibt's ka Sünd, haha ...«

Du blöder Aff, denkt Alma, doch sie lacht mit, sie ist Schauspielerin und wird es bis zu ihrem letzten Atemzug bleiben. Sagt dann: »Aber Montag gibst ihn mir wieder. Wenn ich zu dir komm.« Alma macht sich keine Illusionen über René Burgstaller. Sie wird dafür bezahlen müssen, für den Film und die G'schichten von der Maria, die jenseits aller Romantik ein paar böse Wahrheiten enthalten. Das hat Sissy immer erzählt, wenn sie ein Glas über den Durst getrunken hatte. Dass Maria penetrant neugierig wär und einige Sachen über Leut wusste, die diese lieber geheim gehalten hätten. Wie zum Beispiel Alma ihren einzigen Pornofilm – das hat sie auch in einer Liebesromanze verbraten. Dieses elende Dienstboteng'fraßt!

Alma wirft René einen kokett zu nennenden Blick zu. So schlecht schaut der Sohn gar nicht aus. Die Haar müsst er sich schneiden lassen, und sein Outfit lässt auf Vorstadtgangster schließen. Aber vielleicht kann man den Erben ja auch ein bisserl stylen. Noch schnell ein junger Liebhaber, bevor sie sich auf den alten Ministerialrat stürzt, um fürs Alter vorzusorgen.

Alma Zoppot haucht René einen Kuss auf die Lippen, nimmt die vier restlichen Kassetten und steht auf. »So, jetzt muss ich aber. Hier ist meine Karte, sag mir deine Adresse durch. Nein, nein, bleib ruhig da. Ich finde schon allein raus – und du musst ja noch nach Marias Geschichte suchen. Ich sag auch keinem, dass du hier warst, René. Und pass auf, dass dich der Hausmeister nicht sieht, der könnt ja glatt auf dumme Gedanken kommen.«

Sie schwebt aus dem Raum. Die Tür fällt ins Schloss. René fühlt zum ersten Mal, seit er von der verlorenen Erbschaft weiß, eine Andeutung von Glück. Er wird den Pornostar flachlegen. Und sie danach ausnehmen wie eine Weihnachtsgans. Was die Adelmaus mit der Sissy konnte, das kann ein René Burgstaller mit der Alma schon lang!

Kapitel 8

Vierhundertfünfunddreißig Euro darf sie in diesem Monat noch ausgeben, dann ist der Überziehungsrahmen ausgeschöpft. Mehr geht nicht. Bleibt zu hoffen, dass die Kreditkartenabrechnung für die Handtasche erst übernächsten Monat abgebucht wird: Dreitausenddreihundertneunzig Euro! Nicht wenig, okay, aber jeden Cent wert!

Magister Karin Kirchhofer steckt den Montblanc, mit dem sie ihre unerfreuliche Finanzlage auf einem Rezeptblock festgehalten hat, zurück in die schwarze Lederhülle. Sie verwendet nie den Rechner auf dem iPhone. Wer aufhört, selbst zu rechnen, verblödet schneller, so glaubt sie jedenfalls. Außerdem macht es viel mehr Spaß, mit einer exklusiven Füllfeder zu schreiben als auf ein paar Tasten am Handy zu tippen. Ein Wahnsinn, diese Handtasche! Doch Luxus hat so was Tröstliches. Und die Frau braucht Trost.

Zärtlich streicht sie über das feine Lammleder ihrer königsblauen Lady Dior: ihr neuester Luxus-Zuwachs. Dreitausenddreihundertneunzig Euro. *Jeden Cent wert* wiederholt sie in Gedanken und verbannt den Kontostand daraus. Ihr Mann Ludwig, dieser genussferne Groschenzähler, hat für das, was er ihre »sündteuren Überflüssigkeiten« nennt, natürlich kein Verständnis. Und versagt daher auch jegliche finanzielle Unterstützung. Dabei verdient er als Abgeordneter weiß Gott ordentlich, aber mit Geld ist er genauso geizig wie mit Gefühlen.

Natürlich zahlt Ludwig Haushalt, Autos, Versicherungen, Reisen ... Ist ja selbstverständlich. Wozu ist man verheiratet? Aber für Persönliches muss sie selbst aufkommen. Einfach ist das nicht. Erstens hat sie einen erlesenen

Geschmack und zweitens in beruflicher Hinsicht recht instabile Töchter. Da Ludwig auch hier die helfende Hand nur sporadisch reicht, springt eben sie ein. Zwar verdient sie als Apothekerin recht gut, aber irgendwie reicht es hinten und vorn nicht. Was, da macht sie sich nichts vor, an ihrem fatalen Hang zum Luxus liegt. So ist sie erzogen worden von ihren Eltern, mit Villa und Angestellten und Reitpferd, doch dann ging der Vater pleite – und vorbei war's mit den Herrlichkeiten. Nur nicht mit ihrem Geschmack daran ...

Deshalb und nur deshalb hat sie mit dem kleinen Nebeneinkommen angefangen. Aber sie weiß auch, dass sie damit aufhören muss. Bald! Vielleicht noch ein paar Tausender, die bräuchte sie jetzt dringend. Andererseits hat sie große Angst aufzufliegen. Den geradezu unanständig anständigen Ludwig, der nicht einmal falsch zu parken wagt, würde der Skandal glatt umbringen.

Wenn man vom Teufel spricht ... das iPhone summt und kündigt den Gatten an. »Ich bin auf dem Heimweg. Die Sitzung ist schon aus. Was gibt's zu essen?«

»Nix. Ich hab Nachtdienst.«

»Ja und? Hast nichts vorgekocht?«

»Nein!«, zischt Karin ins Telefon und klammert sich an ihre neue Handtasche.

»Das heißt, ich hab heut kein Abendessen?!?« Vorwurfsvoll leidend. Ludwig in seinem ehelichen Element – der Opferrolle.

»Dann geh halt irgendwo essen. Oder faste!« Genervter Langzeitehefrauentonfall. Manchmal kann sie sich nicht beherrschen.

»Ich bin doch nicht wahnsinnig, das Geld zum Fenster hinauszuschmeißen. Nächstes Mal ...«

Ein anderer Anrufer klopft an. Stefan, ihr Kontrastprogramm. Rasch würgt sie Ludwig ab: »Ich habe Kunden. Muss aufhören.«

»Wie geht's meinem Mausespitz?«, gurrt Stefan ins Telefon.

Ihr eben noch harscher Tonfall schlägt blitzschnell in glucksendes Teenagerkichern um. Kaum hört sie seine Stimme, geht ihr Verstand in Mittagspause, und sie verwandelt sich von der gestandenen Akademikerin, Ehefrau, Mutter und Großmutter zum pubertierenden Ganserl.

»Ich hab eine Überraschung für dich, Mausespitz! Irene ist bei einem Charity-Event, und ich bin *frei*. Soll heißen, ich komm vorbei und versüß dir deinen Nachtdienst. Was sagst?«

»Na ja, ich hab natürlich schon was zu tun, aber ...« Ein mehr als halbherziger Einwand, den er routiniert zur Seite wischt.

»Geh. Wird eh nix los sein. Ein paar Patienten mit Husten hab ich heut in der Ordi gehabt, aber sonst nur die üblichen Verdächtigen. Da werden sie auch dir in der Nacht nicht die Tür einrennen. Apropos Tür: Sperr den Privateingang auf, damit ich reinkann. Ich komme, Mausespitz.« Anzügliches, heiseres Lachen.

Glückshormone breiten sich aus und verdrängen die Ängste. »Ich liebe dich«, rutscht ihr heraus, und sie könnte sich dafür ohrfeigen. Aber Stefan Huber hat Gott sei Dank schon aufgelegt und den fatalen Satz hoffentlich nicht mehr gehört. *Ich liebe dich* – absolutes No-Go, wenn das Objekt der Lust verheiratet ist.

Seit zehn Monaten mischt Stefan ihre Sinne auf. So alt musste sie werden, um so viel Spaß beim Sex zu haben. Da kann man ihm schon verzeihen, dass er in finanzieller Hinsicht halt auch keine große Hilfe ist, kehren ihre Gedanken wieder zum aktuellen Kontostand zurück. Ihr Liebhaber hat schließlich selbst eine teure Sammelleidenschaft – für Oldtimer. Finanziert von der reichen Gattin, die seinerzeit auf dem Standesamt promoviert hat. »Frau Doktor Huber« lässt sie sich beim Fleischhauer titulieren. Hat nicht einmal Matura, die blöde Gans, nur einen Vater, der nicht weiß, wohin mit seinem vielen Geld. Karin hasst Frauen, die sich mit dem Titel ihrer Männer schmücken. Und solche, die Männer mit ihrem Geld festhalten. Wie Irene Huber, die hasst sie schon ganz besonders.

Das halbe Palais in der Operngasse wäre in jeder Hinsicht die Rettung gewesen. Genug Geld für ein bisschen Luxus und für Stefans Scheidung von Irene. Ohne Geld kann sie sich ja nicht einmal die eigene Trennung von ihrem Langweiler leisten. Daher müssen sie bei ihren Treffen auch vorsichtig sein. Schließlich will sie nicht in einer winzigen Garconniere und mit Nullachtfünfzehn-Handtaschen aus dem Kaufhaus enden. Und Stefan will leider auch nicht auf seine teuren Autos und das Geld seiner Irene verzichten. Wo soll da das Happy End herkommen?

So fest hat sie mit dem halben Haus gerechnet! Aber die läppischen Hunderttausend, die Sissy ihr vererbt hat und die sie vielleicht in einem halben Jahr ausgezahlt bekommt, sind nur ein Tropfen auf dem heißen Stein. Und den Schmuck wird sie keinesfalls verkaufen. Darauf hat sie lange genug gewartet.

»Kann ich ein bissel früher Schluss machen, Frau Magister? Oder brauchen Sie mich noch? Sie wissen eh, ich hab heute Tanzkurs mit meinem Verlobten.« Die pharmazeutisch-kaufmännische Angestellte ist so leise nach hinten ins Offizin gekommen, dass Karin aus ihren Gedanken hochschreckt. »Schon gut, Sandra. Gehen Sie nur.«

Die junge Frau wünscht einen ruhigen Nachtdienst und schließt die Tür hinter sich. Karin geht zum Hintereingang, um für Stefan aufzusperren.

Noch zwei Minuten bis sechs. Dann kann sie vorne schließen, das Display auf »diensthabende Apotheke« stellen und ist nur noch via Glocke und Guckloch erreichbar. Da die Erkältungswelle am Abklingen ist, könnte es tatsächlich ein ruhiger Nachtdienst werden. Genug Zeit für Stefan und das, womit er ihr die Zeit versüßen will.

Da signalisiert ein Klingelton, dass in letzter Minute doch noch ein Kunde die Apotheke betreten hat. Schnell zieht Karin ihren weißen Mantel über und geht nach vorn zur Tara. Und erschrickt … denn vor ihr steht René Burgstaller.

»Was willst *du* denn?«

René lächelt böse. »Na, was glaubst? Am besten darf's auch diesmal wieder a bisserl mehr sein, Frau Magister …«

Sie weiß, was er will. Sie will nicht. »Keine Drogensubstitution im Nachtdienst«, sagt sie mit strenger Stimme.

»Was heißt Nachtdienst? Is eh noch offen. Noch keine sechs. Was is los mit dir?«

Sie hätte sich nie auf ihn einlassen dürfen. Das war ein schrecklicher Fehler. »René, hör gut zu, das muss aufhören. Ich kann nicht so weitermachen, es wird zu gefährlich.« Eigentlich wollte sie das noch gar nicht sagen, aber jetzt ist es heraus.

Nervös schaut Karin zur Tür in der Hoffnung, dass noch ein Kunde kommt. Möglichst groß, möglichst stark, möglichst seriös, bitte! Denn sie hat Angst vor René, der nun eine drohende Körperhaltung eingenommen hat.

Sie muss ihn irgendwie loswerden! »Also gut, eine Kapsel, und die schluckst du vor mir, okay? Gib schon her dein Rezept.«

»Was für a Rezept? Ja, spinnst?« René beugt sich über das Verkaufspult, greift grob nach Karins Arm und fixiert sie mit einem eisigen Blick. »Brauchst vielleicht ka Marie mehr, weilst geerbt hast?« Er denkt an sein verdammtes Pech und dass er jetzt dringend einen mentalen Aufheller braucht. Er drückt fester zu.

»Au, das tut weh«, schreit Karin auf und schaut wieder hilfesuchend zur Eingangstür.

»Mir tut aa vieles weh, kannst ma glauben. Zum Beispiel, dass meine Mamsch viel zu früh g'storben is«, seufzt René und lockert seinen Griff. »Schau, jetzt machst die Kraxel auf ein paar Rezepte von deinem G'schamsterer, gibst mir die übliche Anzahl und fertig. Fifty-fifty teil ma, wie immer.«

»Wozu brauchst jetzt noch Geld aus deinen Deals, kriegst ja von deiner Mutter das halbe Wallner-Palais.«

Oder hat René gar nicht geerbt? Karin sieht in sein wütendes Gesicht. Der Notar hat sich bei der Frage, ob die Burgstaller das Legat schon unterschrieben hatte, bedeckt gehalten. Da sich die Verhältnisse geändert hätten, müsse er die Details in Anwesenheit *aller* Erben bereden. Er werde eine offizielle Besprechung ansetzen. Also ist sie davon ausgegangen, dass René Marias Legat bekommt.

»Die blöde Kuh hat noch gar nicht unterschrieben g'habt«, bricht es schließlich zornig aus ihm heraus. »Wie deppat kann ma sein?«

Des einen Leid, des anderen Freud – Marias Hälfte wird aufgeteilt!!! Karin beginnt innerlich zu jubeln.

Renés an sich hübsches Gesicht ist vor Wut entstellt. »Also muss i schauen, wo i bleib. Wo ma schon beim Thema Mama sind: Weißt eigentlich, dass meine Alte kitschige Romane g'schrieben hat?«

Das kurze Glücksgefühl weicht leichter Panik, als René ihr eine Kopie jenes Textes auf das Pult legt, mit dem Maria Burgstaller ihr in letzter Zeit per SMS immer wieder gedroht hat. *Die untreue Apothekerin*, so ein blöder Titel. Diese hinterhältige Fotzn hat angedeutet, dass sie ihre G'schichten veröffentlichen will und dass dann einige ganz schön blöd schauen würden. Allen hat sie hinterherspioniert, und jetzt ist sie tot! Bevor sie ihr Legat unterschrieben hatte, das ist die gute Nachricht!

Die schlechte ist, dass René sie nun gleich doppelt erpressen kann. Er ist zwar primitiv, aber ziemlich schlau. Der weiß genau, auf welche Wunde er seinen dreckigen Finger legen muss. Nie hätte sie sich auf die Deals mit ihm einlassen dürfen!

Wie komm ich da nur am besten raus, überlegt sie, während sie ins Lager geht, um mehrere Packungen zu holen. René wird die Substitol-Kapseln öffnen, das Pulver in Sackerln verpacken, teuer verkaufen und das Geld halbe-halbe mit ihr teilen. Oder auch nicht. Jedenfalls fiel bisher für sie ein angenehmes Nebeneinkommen ab. Aber schön langsam kriegt sie es mit der Angst zu tun.

Zurück im Offizin holt sie sich den Rezeptblock und füllt fünf verschieden datierte Rezepte aus. Ihre Hand zittert, und weniger routiniert als sonst setzt sie Stefans unleserliche Unterschrift darunter. Was wäre, wenn sie beide aufflie-gen? Sie liebt ihn so schrecklich! Für ihn würde sie vielleicht sogar über Leichen gehen.

***

Das Fitnessstudio ist klein, aber mehr braucht er nicht. Keinen Schickimicki-Palast mit individuellem TV-Programm auf jedem Gerät. Er will ja nicht fernsehen, sondern sich aufs Training konzentrieren.

»Servas, Martin! Auch wieder in Bewegung? Hab schon gedacht, dass d' zum Couch-Potato worden bist, so lang warst nicht da. Aber Figur immer noch halbwegs okay«, grinst Werner, der jeden Tag hier anzutreffen ist, weil er das ganze Jahr für einen Marathon trainiert. Ein »Willkommen daheim«, Werner winkt ihm noch einmal zu und springt dann auf das Laufband.

Irgendwie fühlt Martin sich tatsächlich ein bisschen wie nach Hause zurückgekehrt, als er sich auf dem Stepper ins Schwitzen bringt. Mehr zu Hause als früher in Larissas Luxuswohnung, die nur zwei Häuser weiter liegt.

Zum Wohnen hat Martin zwar den von ihm wenig geschätzten siebenten Bezirk verlassen – zu wenig Grün, zu viel Beton und zu viel Larissa –, aber die Mitgliedschaft im Fitnessstudio läuft noch ein paar Monate. Warum nur förderndes Mitglied sein? Also ist er nach der Befragung des René Burgstaller mit seinem alten Cabrio spontan zum Studio aufgebrochen. Draußen laufen mag er an diesem nieselgrauen Tag nicht. Seit er in Hietzing wohnt, sprintet er bei gutem Wetter vom Küniglberg nach Schönbrunn, dort eine Runde durch den Schlosspark und wieder zurück. Aber heute muss es der Stepper tun. Auch bei diesem Training kriegt man den Kopf frei für die wichtigen Dinge des Tages. Für den Unfall Maria Burgstallers zum Beispiel, an den er nicht glauben mag. Der kommt vielen Leuten allzu gelegen, auch wenn er geneigt ist, René seine Unschuldsbeteuerung abzunehmen. Obwohl – wie vertrauenswürdig ist ein Junkie? Fragt sich außerdem, wer alles davon wusste, dass Maria das Legat noch nicht unterschrieben hatte? Na, auf jeden Fall der Notar. Und wer sonst noch?

Sein Handyton ist klassisch, aber schrill. Die schwitzenden Muskelmänner an den Geräten schauen ihn empört an. Automatisch greift Martin nach dem Telefon, obwohl im Trainingsraum Handyverbot herrscht. Aber für ihn hat man seinerzeit eine Ausnahme gemacht. Der Herr Chefinspektor könnte ja zu einem Mord gerufen werden. Schön wär's, denkt Martin. Vielleicht ein kleiner Ladendiebstahl? Haha. Er sieht nicht, wer anruft, weil seine Lesebrille in der Garderobe liegt.

Husten, Krächzen – und dann unverkennbar Larissas Stimme. »Martin, wo bist du? Noch im Kellerverlies oder schon bei den Gartenzwergen?« Das böse Lachen wird von einem noch böseren Husten abgelöst.

Typisch Larissa, denkt Martin. Selbst wenn es ihr ganz offensichtlich nicht gut geht, muss sie ihn noch frotzeln.

»Weder noch. Ich bin im Fitnessstudio.«

Freudiges Krächzen, das in einen neuerlichen Hustenanfall übergeht. »Das ist ja super! Gleich bei mir in der Nähe. Ich bin sooo krank, Darling. Ich huste Nächte durch und war schon drei Tage nicht in der Agentur. Du musst mir helfen. Komm doch bitte gleich herüber.«

»Medizin hab ich seit unserer Trennung nicht studiert«, erinnert Martin an die aktuelle Beziehungssituation. Trotzdem tut sie ihm leid. Als Kranke war sie immer unerträglich, diese Perfektion auf langen Beinen. »Was soll ich tun, Handerl halten?«

Verschnupfte Stimme.»Nein danke. Du sollst mir aus der Apotheke ein Hustenmittel besorgen. Paracodin-Tropfen. Das Einzige, das hi…« Neuerlicher Hustenanfall.

»Okay, mach ich. Hast du ein Rezept? Soweit ich weiß, ist das Zeug rezeptpflichtig.«

»Das ist es ja. Hab ich nicht! Da ich so krank war, bin ich nicht zum Arzt gekommen. Und ich hab ja niemanden – außer dir.«

Wieso rührt ihn das jetzt? Mitleid? Oder mehr?

»Und wie komm ich ohne Rezept an das Paracodin? Mein Polizeiausweis wird da wenig nützen.« Er wird ihn natürlich trotzdem herzeigen, aber das muss Larissa nicht wissen.

»Schau, in der Apotheke um die Ecke arbeitet eine waaahnsinnig nette Apothekerin, mit der ich mich super verstehe. Ich weiß, dass die heute Nachtdienst hat. Grüß die Karin Kirchhofer von mir. Sag halt, dass du mein Ehemann bist, hihi ...«

Kirchhofer? Irgendwo hat er diesen Namen schon gehört. Aber in welchem Zusammenhang? Egal, er kommt jetzt nicht drauf. »Also gut, ich muss nur schnell duschen und mich umziehen ...«

***

Als er die Apotheke fast erreicht hat, geht die Tür auf und heraus kommt ein junger Mann in Kapuzenshirt und löchrigen Jeans. Könnte ein Junkie sein, der sich Metadon oder Substitol geholt hat, denkt Martin. Aber jetzt am Abend? Dass die Apothekerin den reinlässt, wo sie doch allein Nachtdienst hat?

Tatsächlich wirkt die Frau, die an der Tür steht, ziemlich verstört. Er will gerade fragen, ob er helfen kann, da ist der junge Mann schon an ihm vorbei und um die Ecke verschwunden. Martin hat ihn trotzdem erkannt: Es ist René Burgstaller, der davonsprintet, als wolle er für den Marathon trainieren.

»Magister Kirchhofer?«

Sie sieht sich um, als habe sie jemand anderen erwartet. Dann schaut sie auf seinen Polizeiausweis, den er ihr entgegenstreckt, und scheint sich vor Angst aufzulösen. Ihre Stimme klingt schrill. »Was, was wollen Sie denn von mir?«

Als er ihr erklärt, dass er sozusagen privat hier ist und Larissa das Rezept nach ihrer Genesung vorbeibringen wird, scheint sie sich zu erholen. Farbe kehrt in ihr Gesicht zurück, sic lächelt zum ersten Mal. »Ach kommen Sie doch rein, Herr Glück. Natürlich kriegen Sie die Tropfen. Und Larissa kann mir das Rezept bringen, wenn sie wieder auf den Beinen ist. Und wünschen Sie ihr gute Besserung von mir. So eine hübsche und tüchtige Person, Ihre Frau Gemahlin.«

Sie reicht ihm das Paracodin und will abschließen.

Martin bleibt in der Tür stehen. »Was wollte der René Burgstaller eigentlich von Ihnen?«

Sie dreht sich um, wieder erschrocken. »Woher kennen Sie *den*?«

»Im Rahmen polizeilicher Ermittlungen«, sagt Martin. »Er ist kein unbeschriebenes Blatt, wissen Sie.«

Karin wird wieder panisch. »Ich weiß, Herr Chefinspektor. Aber er ist der Sohn von Maria, Sissys Putzfrau, und sie hat mir den Buben ans Herz gelegt, als der an einem Substitutionsprogramm teilnahm. Ein Drogenopfer, der arme Kerl ...«

So sieht ihn Martin eigentlich nicht. Dann fällt sein Blick auf eine schmale Blattsammlung, die neben der Kasse liegt. Auf dem Titelblatt: *»Die untreue Apothekerin« von Maria Burgstaller.*

»Na so was«, sagt er verblüfft. »War die Putzfrau auch noch eine Schriftstellerin?«

Der Themenwechsel ist ein Gottesgeschenk! »Unsinn«, erwidert Karin. »Man soll über Tote nichts Schlechtes sagen. Aber Maria war eine elende Schnüfflerin, eine boshafte Tratschn und eine Erpresserin obendrauf. Jedenfalls hat sie immer so Andeutungen gemacht. Kein Mensch würde diesen Schund, den sie da verbrochen hat, veröffentlichen. Aber René meint, dass er jetzt damit was verdienen kann. Weil ich offenbar nicht die Einzige bin, über die sie ihr Lügengift ausgegossen hat. Aber da ist er bei mir an die falsche Adresse geraten!«

Karin hält inne, weil sie ein Geräusch hört. »Mausespitz«, ertönt es vom Gang. »Ich bin so was von spitz auf dich, Mausilein …« Schritte, die näher kommen.

Die Wangen der untreuen Apothekerin wechseln von blass auf rot. Martin lächelt ein bisserl schmutzig, sagt: »Vielen Dank, ich geh jetzt wohl besser« und sieht, wie ein braun gebrannter Mann mit sehr weißen Zähnen den Verkaufsraum betritt. Wie ein Ehemann schaut er nicht aus.

Kapitel 9

Romana wäre lieber im Garten geblieben, doch Martin überredet sie zu einem Spaziergang am Küniglberg. »Es ist nicht weit, versprochen, und dann kehren wir beim *Wambacher* ein. Schau, es ist so schönes Wetter!«

Sie war nie eine große Spaziergängerin. Zu Hause, da hat sie den kleinen Park und den See, das genügt ihr an Natur. Romana trottet also eher widerwillig hinter Martin her, entlang der Schrebergartenhäuser, alle etwa fünfzig Quadratmeter Grundfläche, maximal zweistöckig. »Keine architektonischen Highlights«, sagt Martin entschuldigend, »aber der Blick aus der ersten Reihe ist unbezahlbar.«

Liliputhauserl, denkt Romana, sagt aber nichts, um Martins Begeisterung für sein neues Domizil nicht zu schmälern. Am Ende der Siedlung passieren sie ein Tor zum lichten Wald, in dem Spaziergänger mit Hunden flanieren, die an der Leine zu halten sind, worum sich kaum einer schert. »Normalerweise jogge ich hier.« Martin hängt sich bei Romana ein. »Schau, wie es überall blüht. Narzissen und Krokusse und Anemonen und Bärlauch ... sollen wir welchen pflücken?«

»Da pieseln doch die Hunde drauf.« Romana setzt sich auf eine Bank. Ihr ist warm, und ihre Knie schmerzen. Wenn das Geld aus der Erbschaft endlich kommt, wird sie im Winter in die Wärme fliegen. Die *Villa Romana* zusperren und die alten Knochen in warmen Sand legen. »Komm, lass uns ein bisserl ausrasten. Hab ich dir schon von der Schmuckschätzung erzählt, Martin?«

Er setzt sich neben sie, denkt, dass sie ja doch in die Jahre kommt. Nach so kurzer Strecke schon erschöpft? »Hast den fetten Brilli bekommen, den du haben wolltest?«

Sie schaut auf ihre Finger, da ist nur Flocks Ring, den er ihr zum Abschied geschenkt hat. »Na, den hat die Adelmaus gekriegt. Überhaupt die schönsten und wertvollsten Stücke. Aber stell dir vor: Die Schätzerin hat g'sagt, dass des alles Kopien sind. Die Sissy hat der Adelmaus nur unechten Schmuck vermacht! Na der hat vielleicht blöd g'schaut, sag ich dir.«

»Wow, hat sie den Schmuck vielleicht vorher verkauft und durch Kopien ersetzt?«

»A geh, die ist doch in Geld g'schwommen, die Sissy. Na, des glaub i net.«

»Was dann?«

Romana zuckt mit den Achseln. »Ein Mysterium. Wie weit ist es noch zum *Wambacher*?«

»Eine Viertelstund höchstens. Und bergab. Du musst was für deinen Körper tun, Romana. Roulette spielen ist kein Sport, weißt.«

Sie lässt sich hochziehen und verzeiht ihm den blöden Witz. Hängt sich bei ihm ein und bewundert pflichtschuldig die frühlingshafte Blütenpracht. Romana findet Natur überschätzt – und gegen den Wörthersee kommt sowieso nix an. »Die Erbschaftsg'schicht wird langsam zum Krimi, findest nicht? Am besten wär's natürlich, wenn die Maria noch nix unterschrieben hätt. Weißt, was dann wär? Das halbe Haus ginge auf die restlichen Erben und Legatare über.«

Martin: »Vielleicht stirbt ja noch jemand, dann wirst noch reicher.«

Ein blöder Witz, Romana schaut ihn nur streng an.

»Jedenfalls bist du jetzt meine liebste Erbtant!« Martin denkt, dass Romana alles verspielen wird, bis es so weit ist, und warum nicht, wird ja ihr Erbe sein, das geht ihn nix an. »Die Burgstaller war wohl nicht beliebt bei den anderen, oder?«

»Nona, ich hab die Maria nie mögen. Die war so a Mischung aus Demut und Präpotenz. Und neugierig wie der Teufel. Hat immer von ihren Liebesromanen schwadroniert – sagte die Sissy – Gott hab die beiden selig. Glaubst du an den Himmel, Martin?«

»Na. Ich glaub, dass die Burgstaller versucht hat, Leut zu erpressen mit ihrem Geschreibsel. Hat sie's bei dir auch probiert?«

Romana lächelt so von oben herab. »Ich lass mich von so einer Trutschn doch nit einschüchtern! Ich bin a Spielerin, das geb ich ja zu, das hab ich ihr auch g'sagt damals, als sie mit ihrer G'schicht daherkam. Und dass sie sich schleichen soll mit ihrem depperten Groschenroman ... ist es noch weit, Martin?«

»Fünf Minuten, wir sind schon unten. Wollt sie denn Geld von dir?«

»Nit direkt. Sie wollt, dass ich weiß, dass sie was gegen mich in der Hand hat.« Aber jemand anderer nahm das vielleicht nicht so cool wie Romana, denkt Martin. Fast jeder hat Geheimnisse, die er nicht veröffentlicht haben will. Damit gäbe es zwei starke Motive, die dafür sprächen, dass die Burgstaller vor den Zug gestoßen wurde: Geld und Angst. Romana fällt unter Geld, aber nicht unter Angst.

Beim *Wambacher* sind ein paar Plätze frei im Gastgarten, und sie setzen sich in den Halbschatten. »Ist nicht so nobel wie die Veranda im *Imperial*«, frotzelt Martin, und Romana erwidert, dass sie dort schon wieder ausgezogen sei. »War mir à la long doch zu kostspielig.«

»Und wo wohnst jetzt?«

Sie spielt mit dem Ring, das tut sie immer, wenn ihr etwas unangenehm ist. »Bei Lotte in der WG.«

»Echt?« Martin weiß, dass seine Mutter auf Romana nie gut zu sprechen war.

»Es ist halt ein Zimmer frei geworden, und Lotte hat's mir angeboten für die Zeit, die ich in Wien bin. Weiß ja nit, wie lang dieses Erbschaftsdrama sich noch hinzieht. Und deine Mutter ist gar nit mehr so spießig, wie sie früher war. Irgendwie lustiger.«

Es geschehen noch Zeichen und Wunder, denkt Martin, und dass Lotte bei ihrem letzten Telefonat nichts davon erwähnt hat. Er sollte öfter mit ihr reden. Das nimmt er sich jetzt vor.

Der Ober, der mit tschechischem Akzent spricht, legt die Speisekarten auf den Tisch, und sie bestellen G'spritzten und dazu Wiener Schnitzel, die kleine Portion. Romana klagt, ihr sei heiß, und setzt sich ein Stück weiter in den Schatten. Ein Sommertag im April, und Martin denkt, dass er an sonnigen, lichtdurchfluteten Tagen einfach glücklicher ist. Und er freut sich auf Lilys Kommen. Überlegt, ob er Romana davon erzählen soll, und entscheidet sich dagegen. Sie hat keine hohe Meinung von den Frauen in seinem Leben. Dass sie sich jetzt mit Lotte angefreundet hat, überrascht ihn wirklich sehr.

Die Getränke und Schnitzel werden serviert, und sie widmen sich schweigend dem Genuss, bis Martin sagt: »Beim *Lindwurm* sind sie noch besser, die Schnitzel, aber da hätten wir weiter gehen müssen.«

»Also mir schmeckt's.« Romana bestellt einen weiteren G'spritzten. »Weißt, was i mir überleg die ganze Zeit? Was die Maria von den anderen rausbekommen hat, wenn sie ihr Lebtag so spioniert hat? Bei der Magister und dem Hausarzt ... also, die schauen sich manchmal so komisch an. Das ist mir beim Leichenschmaus schon aufgefallen, vielleicht ham die was miteinand – und die Maria hat's rausbekommen!«

Bingo, denkt Martin. »Sieht der Hausarzt aus wie Lex Barker in den Fünfzigern?«

»Genau! Braun gegerbt und schneeweiße Zähn. Kennst ihn?«

Jetzt schon. Martin beschweigt die Frage, bestellt noch ein Getränk und schiebt den leeren Teller weg. Brav aufessen, das sagen alle Mütter in Österreich. Und er weiß jetzt, mit wem die Apothekerin ihren Mann betrügt. »Was ist mit der Ex-Schauspielerin, was denkst?«

»Die Alma Zoppot. Hmmh ... Die Sissy hat einmal so was angedeutet, dass Alma am Anfang ihrer kurzen Karrier in einem nit jugendfreien Film mitg'spielt hat. Nackert. Frag sie doch!«

»Und in welcher Funktion? Ich bearbeite Bagatellen, Romana, keine Mordfälle. Die lassen mich da unten schmoren, bis ich kündig oder wegsterb ...«

»Ach geh, jetzt kein Selbstmitleid, Martin. Es wird schon wieder ... sagte der Löwe zur Gazelle, bevor er sie fraß.«

»Dank dir, du bist so trostspendend. Und was ist mit den anderen, was meinst?«

Romana zieht ihre Lippen nach, bevor sie antwortet. Sie war immer eitel und wird es sein bis zum letzten Tag. »Der Max hat sicher keine dunklen Geheimnisse. Das ist der Veterinärstudent, der Enkel von Sissys Jugendliebe. Jetzt zweifacher Millionär. Ein so ein netter Bub. Fesch und liab und ... ich hab ihn an den Wörthersee eingeladen für den Sommer ...«

Fühlt er jetzt wirklich einen Funken Eifersucht? Martin löscht ihn sofort. »Bist du nicht ein bisserl zu alt für ihn ...?«

Jetzt schafft sie es tatsächlich zu erröten. »Ach geh, nur so. Weil ich ihn mag – wie einen Sohn. Oder wie dich. Ich bin alt und allein, Martin. Hab ja sonst niemanden mehr ...«

»Nur kein Selbstmitleid.« Die Retourkutsche konnt er sich nicht verkneifen. Martin winkt dem Kellner für die Rechnung. »Und ich darf dich einladen, Romana. Mich wirst du immer haben, und ich komm auch gern wieder an den Wörthersee.«

»Erbschleicher«, zischt sie. Doch sie lächelt.

***

Warum sollte Sissy Wallner Schmuckimitate neben echtem Schmuck im Safe aufbewahren? Und warum hat sie ihrem langjährigen Freund und Liebhaber ausgerechnet und ausschließlich diese Stücke vererbt? Diese beiden Fragen bringen Martin dazu, im Polizeicomputer nach dem Vorleben von Edgar von Siebers-Adelmauseder zu forschen. Obwohl es ihn eigentlich nix angeht. Aber Franz Fassl hat so offenkundig wenig Neigung, sich mit dem Fall Burgstaller zu beschäftigen. Franz ist ein lieber Mensch und eine faule Sau. In aller Freundschaft gedacht. Die meiste Zeit des Tages beschäftigt sich Fassl, der ja nicht umsonst diesen Spitznamen hat, mit Essen. Wenn er nicht ans Essen denkt, studiert er Schachbücher. Franz ist Spitzenspieler in seinem Schachclub, in dem leider kaum Frauen sind. Junge Genies und alte Männer, die sich in einem verräucherten Clubraum zweimal die Woche bekriegen.

Halt, da hat er ihn ja. Der gute Edgar ist aktenkundig. Eine Anzeige aus 1992 von einer gewissen Herta Wiesberger. Drei Stücke aus ihrer wertvollen Schmucksammlung waren verschwunden, und sie beschuldigte ihren adeligen »Hausfreund« explizit des Diebstahls. Die Adelmaus wurde verhört und bestritt alles. Ihm konnte nichts nachgewiesen werden, der Fall kam zu den Akten, die vor sich hin staubten. Später zog Herta Wiesberger die Anzeige zurück, sie hatte die Schmuckstücke angeblich verlegt und in ihrer Sommerresidenz am Mondsee wiedergefunden. Akte geschlossen.

Leutnant Fassl steckt den Kopf durch die Tür. Martin lässt sie immer offen, weil er in dem winzigen Kammerl sonst Angst bekäme, lebendig begraben zu sein.

»Servus, Martin. Kommst mit auf einen Kaffee? Heute gibt es Linzer Schnitten und Buchteln.«

»Wolltest nicht eine Frühlingsdiät machen, Franz?« Das war gemein, er sieht, wie das fröhliche Gesicht irgendwie zusammenfällt. »Dann komm wenigstens mit mir trainieren. Oder joggen ... heut Abend vielleicht?«

»Morgen«, sagt Fassl. »Heut um fünf kommt dieses deutsche Adelsfuzzerl. Ich hab alle herbestellt, die von dem Tod auf Schienen profitieren. Glaub net, dass dabei was rauskommt. Aber ich frag halt nach den Alibis und so ...«

»Das ist gut«, sagt Martin. »Und über die Adelmaus hab ich sogar was rausg'funden.« Er erzählt ihm von der alten Anzeige, und dass der langjährige Freund nur gefälschten Schmuck von Sissy Wallner geerbt hat. »Da könnte man doch glatt Parallelen ziehen, was meinst?«

Franz denkt, dass er sich jetzt drüber aufregen könnt, dass Martin sich ungefragt in seinen Fall einmischt. Andererseits mag er ihn, er ist von allen Kollegen der Einzige, der ihn mit seinem richtigen Namen anredet. Und Martin langweilt sich zu Tod in seiner Kellerkammer, also warum nicht? »Ist ja interessant, wennst willst, komm doch mit zum Verhör. Und was ist mit Kaffee?«

Martin begleitet ihn zur Kantine, weil er sowieso nichts zu tun hat. Er isst eine Buchtel und überredet Franz, es bei einem Stück Mehlspeis zu belassen. Sich einzumischen, das ist einer seiner zweifelhaften Charakterzüge. Wenn er denkt, dass etwas nicht in Ordnung ist, muss er sein Maul aufmachen. Franz ist nicht glücklich, weil er zu dick ist. Und gegen sein Unglück tröstet er sich mit Essen. Martin möchte, dass sein nettester Kollege was für sich tut. Also geht er ihm seit Neuestem auf die Nerven mit Fitness und FDH. Und begleitet ihn ins Vernehmungszimmer, wo um Punkt fünf Uhr Edgar von Siebers-Adelmauseder seine Aufwartung macht.

Der graue Anzug sitzt perfekt, das Stecktuch ist blütenweiß wie das Hemd, ergänzt durch eine teure Uhr und Wappenring. Die Haare sind nach hinten gegelt und die Budapester Schuhe hochglänzend poliert, so sieht der Mann von Welt aus. Nicht, dass er die Nase rümpfte, doch seine Blicke auf Leutnant Fassl und Chefinspektor Glück sprechen Bände. Man kann ihm nicht das Wasser reichen. Schlecht angezogene Männer bevölkern Wien und den Rest der Welt und verursachen Augenkrebs. Sein Hochdeutsch ist artikuliert: »Womit kann ich dienen, meine Herren?«

Fassl fragt ihn erst nach dem Alibi zur Zeit von Maria Burgstallers Ableben. Edgar muss nachdenken und kommt zu der Erkenntnis, dass er ein Buch gelesen habe. In seiner Wohnung. Allein. Titel? »*Felix Krull* von Thomas Mann.« Es sei eine durchaus erbauliche Lektüre.

Sehr witzig, denkt Martin. Wenn es etwas gibt, das Österreicher an Deutschen nicht mögen, dann ist es diese gewisse Überheblichkeit. Bei seinem Gegenüber kommt noch die Adelsarroganz hinzu. Fassl wirkt eingeschüchtert, doch Martin fühlt sich eher herausgefordert. Er legt einen Gang wienerisch zu und konfrontiert die Adelmaus mit der lang zurückliegenden Anzeige.

Ein Heben der Augenbrauen. »Mon dieu, das ist ja Ewigkeiten her. Die Anzeige ist zurückgenommen worden, wie Sie sehr wohl wissen. Die gute Herta war im Alter schon ein wenig schusselig, ständig hat sie was verlegt.«

Fassl bringt sich ein: »Sie stehen auf ältere Frauen?«

Adelmaus schlägt die Beine übereinander und zupft an der Bügelfalte. »Damen, wenn ich bitten darf. Ja, ich schätze in der Tat reifere Damen ...«

»... mit Geld.« Martins Beitrag.

Edgar lächelt nonchalant. »Ja warum denn nicht, meine Herren? Chacun à son goût – wie der Franzose sagt. Sissy und ich, wir waren viele Jahre ein sehr glückliches Paar.«

Du falsches Würstl, denkt Martin: »Weshalb hat sie Ihnen dann nur gefälschten Schmuck hinterlassen? Das gibt doch zu denken, oder?«

Seufzen. Edgar schnippt einen Fussel von der Hose. »Lerne einer, die Frauen zu verstehen. Vielleicht wollte Sissy mir eine Lektion erteilen zu guter Letzt. Dass es nämlich nicht auf Geld und Pretiosen ankommt, sondern aufs Herz.«

Und jetzt legt er die Hand auf dasselbe, und Martin weiß nicht, ob er lachen oder weinen soll angesichts dieser Show. Fassl sieht aus, als würde er die Adelmaus am liebsten fressen.

Leichte Wut steigt in Martin auf, sie sitzt jetzt im Magen. »Ja, wir haben es verstanden, Herr Siebers-Adelmauseder. Ich nehme an, Sie wissen, dass das Führen eines Adelstitels in Österreich nicht erlaubt ist. Auch nicht auf Visitenkarten.«

»Werde ich jetzt verhaftet?« Ein Lächeln, das ein wenig gequält wirkt. »Ich finde das im Übrigen sehr reaktionär. Aber ich bin ja nur – wie heißt das hierzulande – a Zuagraster.«

»Und verarschen können wir uns selbst«, sagt Fassl in seinem besten Hochdeutsch. Er sucht fieberhaft nach einer

Möglichkeit, den arroganten Pimpf zu verhaften. Es fällt ihm nur leider nichts ein.

Martin hat sich zwei Gummibären in den Mund gesteckt und schiebt die Packung in Richtung Fassl, der aussieht, als könne auch er Wutstopper gebrauchen. »Eine letzte Frage hätte ich noch: Womit hat Maria Burgstaller Sie zu erpressen versucht? Den Schmuck-Kopien vielleicht?«

Zum ersten Mal registriert er ein nervöses Flackern in den Adelmaus-Augen. Die Frage hat ihn getroffen, doch er fängt sich schnell wieder. »Maria wer? Ach, Sie meinen Sissys Zugehfrau! Wir haben kaum ein paar Worte gewechselt, ich pflege selten Konversation mit Domestiken, wissen Sie. Und von Erpressung weiß ich nichts, rein gar nichts.«

»Ich denk, mir san's«, sagt Fassl.

»Wie bitte?«

»Leutnant Fassbender meint, dass Sie gehen dürfen«, sagt Martin und steht auf. Er ist nicht mehr wütend, dank Bärchen, oder vielleicht liegt's auch an der Therapie. Er geht voraus zur Tür und öffnet sie, und die Adelmaus schreitet hindurch, immer noch ein wenig irritiert. Jetzt lebt er schon so lange in Wien, und er versteht sie immer noch nicht, die Österreicher in ihrer herben Mischung aus devot und boshaft, mit diesem hinterfotzigen Charme, den Sissy auch hatte. Er hofft, dass sie in der Hölle schmort. Und dass ein Taxi anhalten wird, dessen Fahrer kein grantiger Wiener ist.

Kapitel 10

Sie wollen ihn mit dem Monster nicht ins Gebäude lassen, es gibt einen lautstarken Wortwechsel, bis Martin gerufen wird und zur Pforte kommt. Wo Elvis Hudlicka steht mit seinem Hund an der Leine. Eigentlich mehr ein Kalb. Das Tier darf nicht in die Polizeidirektion, und Elvis weigert sich, ihn draußen vor der Tür anzubinden.

»Sie müssen ihn doch kennenlernen, Herr Chefinspektor, damit Sie sehen, dass Schnecki keiner Maus was zuleide tut.« Elvis lächelt seinem Hund zu, der versucht, wie ein putziger Pudel auszusehen, was nicht wirklich gelingt. »Ich habe ihn gerettet, nachdem sie ihn ausgesetzt hatten, die bösen Menschen, einfach auf der Straße aus dem Auto geworfen. Verletzt war er und halb verhungert, als ich ihn gefunden hab. Hat sich ganz klein gemacht, als ob er sich in ein Schneckenhaus verkriechen wollte. Also hab ich ihn ›Schnecki‹ getauft. Er ist ein ganz lieber Kerl, das sehen Sie doch auf den ersten Blick.«

»Tiere dürfen hier nicht rein«, wiederholt der Pförtner zum x-ten Mal. »Vorschrift ist Vorschrift, ganz wurscht, wie liab das Viecherl ist.«

Martin löst das Dilemma, indem er Elvis vorschlägt, dass sie gemeinsam hinausgehen, ein Stück spazieren, dabei könnten sie ja auch reden, und sowieso sei das so ein Bagatellfall, dass jedes Blatt Papier verschwendet sei. Martin sieht nach draußen: Sonnenstrahlen und Frühlingsgefühle. An so einem Tag ist die fensterlose Kammer fast schon Folter. Da kommt ihm der Mann mit Hund gerade recht.

Elvis und Schnecki sind sofort einverstanden. Der Portier schaut ihnen nach und denkt, dass der Chefinspektor nicht zu Unrecht in den Katakomben unten sitzt. Der Glück pfeift doch auf alle Vorschriften, und wenn das jeder tät, gäb es nix als Chaos. Dem österreichischen Beamten ist Chaos ein Gräuel, naturgemäß. Weshalb er den Chefinspektor nur noch sehr knapp grüßt, wenn der an ihm vorbeischlendert. Der Glück ist auch bei den Kollegen nicht sehr beliebt. Mehr so ein Einzelgänger. Und wer, bitte schön, ist so deppert, seinem Chef eine zu tuschen?

Martin und Elvis gehen in Richtung Gmeiner-Park, und Elvis erzählt, dass er sein Tierheim vor vier Jahren gegründet hat. Es finanziert sich aus Spenden, und Sissy Wallner war seine größte Gönnerin. Was für eine Rasse der Schnecki sei? Na, so genau wüsst er's nicht, aber ein Irischer Wolfshund sei bestimmt dabei gewesen.

Die Leute auf dem Gehsteig weichen ein Stück aus, wenn sie an »Schnecki« vorbeimüssen. Elvis lächelt dann, und Martin denkt, dass der große Hund seinem Herrn so was wie Bedeutung verleiht. Elvis ist klein und zierlich, mit langen Haaren, die die abstehenden Ohren nicht gänzlich verbergen. Irgendwie strahlt er was Trauriges aus, eine Melancholie der hängenden Schultern, denen die Welt zu schwer geworden ist.

Martin hat das Gefühl, dass Elvis Tiere näher sind als Menschen: »Sie müssen sich nicht mehr sorgen wegen dieses Vorfalls. Ich habe mit dem Opfer telefoniert, als ich die Akte auf den Tisch bekam. Da war der schon nicht mehr so hysterisch. Kein Schmerzensgeld, und er verlangt auch nicht mehr, dass Schnecki eingeschläfert wird. Das Einzige, was Sie tun müssen, damit die Sache vom Tisch kommt: sein Jackett bezahlen, weil der Riss am Ärmel halt nicht zu reparieren sei.«

»Er ist selber schuld«, sagt Elvis. »Der Hund wollte mich nur verteidigen, weil der auf mich losgegangen ist. Und er hat ihn grad so gestreift. Ich mein, wenn Schnecki richtig zugebissen hätt, wär der Arm weg gewesen.«

Na, ein bisserl fester hätt er schon zubeißen können, der Hund. Martin lächelt Hund und Herrchen an, und Schnecki versucht immer noch, wie ein Unschuldslamm auszusehen. »Sag ich doch, eigentlich ist nix passiert.«

»Und was soll das Jackett kosten?«

»Achthundert Euro.«

»Ui.« Elvis stolpert beinahe. »So viel Geld hab ich grad nicht.«

»Aber bald«, sagt Martin. »Sie erben von Ihrer Gönnerin ein halbes Palais, das ist zig Millionen wert. Können Sie sich nicht von jemandem was leihen?«

Elvis hebt die schmalen Schultern ein Stück nach oben. »Ich hab keine Familie mehr. Die Eltern sind auch tot. Ich hab nur meine Hunde. Und Max vielleicht. Wer sollte mir also Geld leihen?«

»Ich werde mit dem Adelmauseder reden, vielleicht lässt er mit sich handeln. War ja nicht mehr neu, das Jackett. Und wer ist Max?«

Durch den Hermann-Gmeiner-Park, früher Börsepark, ziehen sich auf den Wegen Schriften, die eine jüdische Geschichte erzählen. Martin liest im Vorbeigehen, sie steuern auf die Westseite zu, jenseits des großen, lärmerfüllten Kinderspielplatzes.

Elvis sieht schon ein bisserl entspannter aus: »Max Rainer. Er studiert Tiermedizin. Die Sissy hat uns bekannt gemacht vor einem Jahr ungefähr. Seither hilft mir Max mit den Hunden, er behandelt sie umsonst. Max ist ja fast fertig, na und jetzt hat er zwei Millionen geerbt, das hat er sich wirklich verdient.«

»Warum eigentlich?«

»Weil er ein guter Mensch ist«, antwortet Elvis. Seiner Meinung nach gibt es nicht viele von denen. Aber wen interessiert schon seine Meinung? Also redet er lieber mit seinen Hunden, die hören ihm aufmerksam zu und verstehen ihn.

»Aber deshalb erbt man nicht!«

Elvis steuert auf eine Ruhebank zu. Aus der großen Tasche holt er eine Flasche Wasser, schüttet etwas in seine zur Schale geformte Hand und lässt Schnecki daraus schlürfen. Martin setzt sich dazu, blinzelt in die Frühlingssonne. Erst als der Hund getrunken hat, antwortet Elvis.

»Warum nicht? Die Sissy hat es gesehen. Sie war ja auch ein guter Mensch. Sie liebte Hunde. Leider sind ihre beiden Möpse gestorben. Ich wollt so gern, dass sie ein Hunderl aus dem Asyl nimmt, aber Sissy war auf Möpse fixiert. Trotzdem hat sie reichlich gespendet, dafür ist sie sicher in den Himmel gekommen.«

Elvis richtet seinen Blick nach oben, als könnte er sie dort sehen, aber da ist nur strahlendes Blau. »Max ist außerdem der Enkel von Sissys Jugendliebe. Als sie mit Casanova in der Tierklinik war, hat sie Max getroffen und ... na ja, er sieht wohl seinem Großvater sehr ähnlich ...«

Casanova? Max denkt an die Adelmaus, aber was haben die beiden dann in der Tierklinik gemacht?

»Casanova hieß der Mops«, erklärt Elvis. »Max hat sich aufopfernd um ihn gekümmert, aber das Tier ist trotzdem gestorben. War unter ein Auto gekommen, weil irgendeine blöde Trutschn nicht aufgepasst hat!«

Das erste Mal, dass Elvis' Stimme nicht sanft und leise klingt. Eher böse und rachsüchtig. Diese andere Seite, die jeder in sich trägt, denkt Martin. »Hat Max eigentlich gewusst, dass er so viel erben wird?«

Elvis sieht ihn von der Seite an und entscheidet dann, dass der Chefinspektor Glück zu den Guten zählt: »Ja, schon. Beim Begräbnis von Casanova hat sie ihm gesagt, dass er Millionär wird, wenn sie einmal nicht mehr ist. Aus Zuneigung zu seinem Großvater und als Dank für alles, was er für ihren Mops getan hat. Max war das richtig peinlich damals, aber Geld, hab ich zu ihm gesagt, kann doch nie schaden. Man kann so viel Gutes damit tun. Wenn ich die Erbschaft kriege, werde ich ein neues und größeres Domizil für meine Hunderl kaufen.« Er streichelt Schneckis Kopf: »Gell, das wird schön für euch. Wie im Paradies.«

Der Hund sieht seinen Herrn dankbar an, als ob er verstanden hätte. Was natürlich Blödsinn ist, denkt Martin. Ob Elvis eine Freundin hat? Es geht ihn nichts an, aber er fragt trotzdem.

Elvis sieht zu Boden, als er leise antwortet: »Ich hab keine Freunde außer Max, und eine Freundin hab ich auch nicht. Aber meine Hunde hab ich, die sind mir eh das Liebste. Ich hätte da übrigens schon ein Gelände für ein größeres Tierheim in Aussicht. Da müsste ich aber bald zuschlagen. Vielleicht kann ich bei der Bank fragen, ob sie mir auf die Erbschaft einen Kredit geben? Wie lange kann das mit der Auszahlung der Erbschaft denn dauern?«

»Keine Ahnung. Ein halbes Jahr bestimmt, wenn nicht mehr. Eine Freundin von mir ist unter den Erben. Romana Petuschnigg, kennen Sie die?«

»So eine rothaarige Alte?«

Oh, wenn Romana das hören würde, er hätte eine lebenslange Feindin. Martin nickt nur.

»Der Max hat auch eine rothaarige Freundin«, sagt Elvis. »Sie ist Schauspielerin, ziemlich bekannt sogar. Bea Martini.

Einmal hat sie ihn begleitet, als Max ins Asyl kam, um Molly zu behandeln. Ich kann sie nicht leiden. Bea ist arrogant, redet zu laut und mag Hunde nicht besonders. Eine Katzenfrau, wenn sie überhaupt was für Tiere übrighat. Ich hoffe für Max, dass sie ihn bald verlässt.«

Einen künftigen Millionär sicher nicht, denkt Martin. Er kennt Bea Martini aus den Klatschspalten, einmal hat er sie in der Burg gesehen. Sie ist wirklich sehr hübsch, aber er fand auch, dass ihre Stimme unangenehm war. Zu schrill. Vermutlich eine schöne Hysterikerin, denkt Martin, manche Männer stehen auf so was. Er nicht.

Elvis sieht auf seine Plastikuhr: »Oh, ich muss los, die Hunde füttern. Rufen Sie mich an, wie viel das Jackett kostet? Ich überweise es dann diesem ... Herrn.«

»Mach ich, ich schick Ihnen auch das Gesprächsprotokoll zu, und Sie unterschreiben und retournieren es bitte. Damit alles seine Ordnung hat. War eigentlich Ihre Mutter oder Ihr Vater Elvis-Fan?«

Elvis hält sich an Schnecki fest, und sein Gesicht wird maskenhaft. »Beide. Sie waren auch beide Alkoholiker, ich könnte nicht sagen, wer von ihnen schlimmer war. Ich hatte sicher keine glückliche Kindheit. Mit sechzehn bin ich dann von zu Hause abgehauen, aber das war eigentlich viel zu spät ... Ich hasse Alkohol. Und Drogen!«

Martin wünscht sich, er hätte nicht gefragt. Seine verdammte Neugierde und sein Hang, sich einzumischen. Weshalb er ja auch Kriminaler geworden ist. »Das tut mir leid«, sagt er, was Besseres fällt ihm nicht ein. Er denkt, dass sicher niemand eine perfekte Kindheit hat, aber seine war ganz in Ordnung, obwohl die Eltern oft gestritten haben. »Wie gut, dass Sie Ihre Hunde haben«, sagt er zu Elvis, ein Satz, der tröstend gemeint ist.

Elvis lächelt. »Ja, ich weiß.« Sie sind keine Rettung, das ist ihm schon klar. Aber ein Grund, weiterzuleben.

Sie stehen beide auf und verlassen den Park, Elvis mit Schnecki in Richtung Straßenbahn, und Martin macht sich auf den Weg zurück in sein Kellerstüberl. Ein Frühlingstag in Wien, sonnenverliebt, denkt er. Blühende Zierkirschen- und Magnolienbäume, Krokusse und Narzissen, ausgelassene Kinder am Spielplatz und der Verkehrslärm der Ringstraße. Ein beinahe vollkommener Tag, an dem man einfach glücklich sein könnte.

Kapitel 11

Verdammter Gartenzwerg! Jetzt ist Blau weg, und sie hat einen Bauchfleck hingelegt. Liegt da wie ein gestrandeter Wal. Na ja, Delfin wäre schmeichelhafter.

»Lily, was ist passiert? Wart, ich helf dir auf!«

Na fein! Super Timing für seinen Auftritt.

»Hast dir weh getan? Wo ist der Hund?«

Während Martin ihr die Hand reicht, wirft er einen kurzen Blick in ihr Dekolleté. Ihm gefällt, was er sieht. Lily versucht, zumindest graziös aufzustehen, lächelt etwas verkrampft und zieht das T-Shirt gerade.

Meine Güte, was für ein Wiedersehen mit dem Glück! Das hat sie sich nach der langen Zeit anders vorgestellt, romantischer und vor allem würdevoller. Immerhin sind sie im September am Wörthersee doch mit einem gewissen Prickeln auseinandergegangen. Daher heute auch ihr sexy Outfit: enges, tief ausgeschnittenes T-Shirt, kurzer Rock, Lederjacke, ein Hauch von Ballerinas. Und jetzt? Peinlicher Sturz, aufgeschlagenes Knie und eine breite Laufmasche.

»Willkommen im Revier der Kleingärtner!« Martin legt einen Arm um ihre Schultern, nimmt ihre Reisetasche, und gemeinsam steuern sie auf sein Häuschen zu. »Schön, dass du da bist Lily!«

Sie schiebt den Gedanken an Blau kurz weg und mustert ihn von der Seite. Gut sieht er aus. Der Dreitagebart steht ihm, er hat abgenommen, und der enge Körperkontakt verrät ihr, dass er an Muskeln zugelegt hat. Da, schon wieder so ein blöder Zwerg. »Gehören Kleingärtner und Gartenzwerge denn wirklich zusammen?«

»Ich hab keinen«, lacht Martin. »Und die meisten anderen in der Anlage auch nicht. Das ist ein total überholtes Klischee. Heute sind das ganz normale, wenn auch relativ kleine Einfamilienhäuser. Was hast du außerdem gegen Gartenzwerge? Und wo ist überhaupt der Hund?«

Ja, wo? »Blauuu!!« Lily ruft nach dem Dackel – vergeblich. »Typisch Blau. Wir haben gerade die Anlage betreten, und dann steht da dieser hässliche Gartenzwerg. Der Hund kriegt die Panik, so was hat er noch nie gesehen, rennt um mich herum, wickelt die Leine um meine Beine, und ich lieg flach auf dem Boden. Dann ist er mitsamt der Leine auf und davon. Keine Ahnung, wohin.«

Martin blickt suchend in die Gärten links und rechts, während Lily verzweifelt »Blauuu« ruft. »Jetzt habts wohl beide ein Gartenzwerg-Trauma.« Als Nicht-Hundebesitzer sieht er die Sache eher gelassen. »Er wird schon wieder auftauchen. Die Anlage ist eingezäunt, er kann nicht weit kommen.«

»Aber er kennt sich doch hier nicht aus, Martin!«

»Wie ich Blau kenne, weiß der immer, wohin. Ich hab ihn doch auch einmal am Saissersee ...«

»Ist des Ihna Hundsviech?« Ein grantiger alter Mann im Trainingsanzug kommt mit dem Ausreißer an der Leine aus einem Seitenweg.

Hundsviech? Na hallo! Aber immerhin hat er ihn zurückgebracht. Also besser das »Hundsviech« ignorieren. »Jaa, das ist er. Blau, du verdammter Anarchist! Danke, dass Sie ihn gefunden haben.«

»In meinem Garten war er, Ihr Anarchist! Z'erst hat er auf die neuen, sauteuren Travertinplatten an Haufn hinterlassen und dann mei Beet mit die Stiefmütterchen umgraben. Außerdem kratzt der sich ständig, net dass er uns a no Flöh dag'lassen hat. Haben S' Ihren Hund net unter Kontrolle?«

Lily lächelt entschuldigend: »Nona, das is ein Dackel, der hat mich unter Kontrolle. Wenn man sich nur einen Gartenzwerg hält, ist das natürlich einfacher.«

»Erschießen müsst ma s', die Hundsviecher.«

Das geht Lily eindeutig zu weit. »Das ist eine gefährliche Drohung, Herr ...«

Martin stoppt sie, indem er ihr zwei seiner Gummibären in den Mund schiebt. »Meine Kollegin aus Kärnten is a bisserl aufgeregt, weil sie sich Sorgen um ihren Hund gemacht hat. Außerdem ist sie grad über einen Gartenzwerg gestürzt und hat sich wehgetan. Die meint's nicht so. Net bös sein, Herr Burger. Und großen Dank fürs Zurückbringen. Und außerdem kratzt sich der Hund wegen einer Allergie, er hat keine Flöhe. Also keine Sorge.«

Blau kratzt sich ungerührt. Der alte Mann scheint ein wenig besänftigt.

»Aha, aus Kärnten, a G'scherte. Het i ma glei denken können. Und wer zahlt ma jetzt den Schaden?« Als er keine Antwort bekommt, zieht er schimpfend ab ins Nachbargrundstück.

Lily flüstert: »Ich seh, dein Anti-Wut-Training wirkt schon, Martin.«

»Na ja, nicht immer. Aber da ich in dem Haus von meinem Freund quasi illegal wohne, darf ich mir's mit den Nachbarn nicht verscherzen. Ein paar Beschwerden beim Vereinsobmann, und ich bin meinen Wohnsitz los.«

»Vereinsobmann? So was gibt's doch nur in, in ... jedenfalls nicht im richtigen Leben. Wo simma denn da, Martin?«

»In einem Kleingartenverein mit strengen Regeln. Bitte einzutreten!« Mit einer übertriebenen Willkommensgeste hält Martin für Lily Prokopp die Gartentür zu seinem Refugium auf.

Sie vergisst die Gartenzwerge. »Ist aber echt lieb hier! Und der Blick! Toll!« Nach einem Rundgang durch den kleinen Garten betritt Lily neugierig das Häuschen. Eine halbe Sekunde später ist sie samt Reisetasche wieder zurück. »Wollen wir nicht auf der Terrasse bleiben?«

Fragender Blick von Martin.

»Es stinkt«, fasst Lily ihre olfaktorische Wahrnehmung in zwei Worte.

»Nein, bitte nicht!!« Martin schnuppert kurz ins Haus, sein Gesicht läuft rot an, und er hat auch schon sein Mobiltelefon in der Hand. »Sie sollten doch das Rohr heute reparieren. Warum ist das nicht geschehen?«, brüllt er. »Was heißt ›andere Baustelle‹? Ich sag Ihnen eins: Mit mir ist nicht zu spaßen, ich lass Sie vorführen!! Sie kommen jetzt sofort hierher und erledigen das, und wenn es bis Mitternacht dauert!«

So viel zu seinem Anti-Wut-Training. Und sie hatte tatsächlich vergessen, dass er ihr am Telefon die Geschichte mit diesem kaputten Fallrohr und dem Fäkaliengeruch erzählt hat.

»Lily, es tut mir wahnsinnig leid. Ich war sicher, dass alles erledigt ist, bis du kommst. Sie machen's jetzt morgen Vormittag. Eine Nacht musst du's halt aushalten. Am besten, du schlafst oben im Schlafzimmer, da gehen die Fenster auf die andere Seite und nicht zu dem kaputten Rohr hinaus. Und ich schlaf herunten im Wohnzimmer. Ich bin den Gestank ja mittlerweile leider gewöhnt.«

Scheißromantik, denkt Lily und bringt ihre Tasche schon einmal nach oben in Martins Schlafzimmer, wo sie immerhin ein Doppelbett vorfindet ...

***

Der *Feuerwehrwagner* in Grinzing ist einer jener Wiener Heurigen, wo hauptsächlich die Einheimischen einkehren, kaum Touristen. Martin ist Lilys Wunsch nach einem Heurigenbesuch – »wenn ich schon einmal in Wien bin« – nachgekommen. Sie war auch gleich begeistert, als Martin ihr den schönen, terrassenförmig angelegten Garten zeigte, der direkt an die Weingärten grenzt und in dem Blau sofort seine Signatur hinterließ. Jetzt im April ist es noch zu kühl, um abends draußen zu sitzen, daher haben sie drinnen einen Tisch reserviert. In einer Ecke, sehr privat, sehr gemütlich, sogar ein bisserl romantisch, wie Lily findet.

»Was hat dein benachbarter Hundehasser genau gemeint, als er mich eine G'scherte genannt hat?«, fragt sie, während sie einen ersten Schluck vom Gemischten Satz probieren.

»Ach, das ist eine alte Wiener Redensart. Die Wiener bezeichnen die Leute aus den Bundesländern als G'scherte, was so viel wie ›geschorene Landbewohner‹ bedeutet. Ist aber nicht unbedingt bös gemeint. Eher freundlich herablassend.« Martin streift über Lilys Hand.

Sie spürt die zärtliche Berührung als angenehmes Vibrieren am ganzen Körper und Vorgeschmack auf Weiteres. Aber diesmal wird sie sich keine Blöße geben wie damals in Kärnten mit dem Kuss …

»Na ja, ich weiß net! Also, geschoren bin ich ja nicht unbedingt.« Sie zieht ihre Hand von Martin fort und fährt sich mit den Fingern durch ihr langes, dunkles Haar.

Martin wickelt sich eine ihrer Haarsträhnen um den Finger, während er ihr eine Lektion in Wienerisch gibt. »Das kommt aus der Zeit, als die Leute vom Land, die Bauern, noch nicht frei waren und keine langen Haare tragen durften. Sie waren geschoren, also g'schert. Irgendwann wurde das dann zu einem Synonym für alle, die von außerhalb kommen. Es gibt eh nur mehr wenige Wiener, die den Begriff verwenden. Hauptsächlich ältere. Aber wollen wir nicht was essen?«

Ein Themenwechsel, für den Lily Prokopp immer zu haben ist. »Ich dachte schon, du fragst nie. Aber wir haben noch keine Speisekarten.«

Martin erklärt, dass man sich beim Heurigen das Essen selbst vom Buffet holt. Er muss seine Kärntner Kollegin, die für ihr Leben gern isst, nicht lange überreden, sich mit ihm eines der berühmten Backhendln zu teilen.

Für Blau, der in kulinarischen Begehrlichkeiten seiner Besitzerin in nichts nachsteht, holen sie zwei Knackwürste.

»Aber jetzt erzähl einmal von deinem Mordfall mit den gierigen Erben. Hast schon jemanden in Verdacht?« Lily leckt genüsslich die Panierreste von den Fingern. Denn, wie Martin ihr erklärt hat, darf man laut Benimmregeln manche Teile eines Backhuhns durchaus mit den Fingern halten, wenn es mit Messer und Gabel zu kompliziert wird.

Martin schildert die bis jetzt bekannten Umstände der Erbschaftssache, vergisst aber nicht zu betonen, dass das ja leider nicht sein Fall sei. Er sei gewissermaßen Trittbrettfahrer bei seinem Kollegen Fassl.

»Ich stell mir vor, es war die untreue Apothekerin.« Lily schiebt den leer gegessenen Teller mit leisem Bedauern weg. »Die hat es für ihren Liebhaber getan, damit sie ihn loskaufen kann aus seiner Ehe. Ich denke, ich würde auch aus Liebe morden, wenn's notwendig wär. Und für die Sophie sowieso.«

»Würdest auch für mich morden?« Die blöde Frage hätt er gern auf der Stelle zurückgenommen.

Lily lächelt ihn strahlend an. »Klar. Sag mir, wer das Opfer sein soll, und ich leg los.«

»Hoffentlich kommst du dann an meinen Kollegen Fassl als Ermittler, der ist nämlich zu bequem, den Fällen ernsthaft nachzugehen. Bei dem hättest du gute Chancen, ungeschoren davonzukommen.«

Darauf stoßen sie an und schauen sich in die Augen. Seine sind grau, ihre grün. Lily wendet als Erste den Blick ab, weil sie es oft bereut hat, wenn sie so vorgeprescht ist. Besser, in ungefährliche Gewässer einzutauchen: »Aber eigenartig ist das schon, dass dieser Max zwei Millionen erbt. Den solltest dir genauer anschauen.«

Vieles an dem Fall ist eigenartig, denkt Martin. Bis hin zu der Möglichkeit, dass es überhaupt keinen Fall gibt. »Vielleicht treffen wir ihn morgen eh in der Tierklinik.«

Martins Nähe, seine häufigen »zufälligen« Berührungen im Verlauf des Abends, das gute Essen und reichlich Wein machen Lily dann doch wieder einmal unvorsichtig. Sie ist einfach nicht der raffinierte Frauentyp, der sich geziert erobern lässt. »Weißt du, dass wir nie Bruderschaft getrunken haben? Von einem Bruderschaftskuss ganz zu schweigen. Wir sind einfach total formlos per Du geworden«, steuert sie leicht beschwipst auf ihr Ziel los.

Martin antwortet nicht. Er sieht sie erstaunt an, lächelt liebevoll. Oder belustigt? Lily ist sich schon wieder peinlich. Doch dann neigt er sich zu ihr und haucht ihr einen zarten Kuss auf die Lippen. »Darf ich jetzt Du zu Ihnen sagen, Frau Kontrollinspektorin Prokopp?«

Jetzt ist sie auch noch rot geworden. »Gerne, Herr Chefinspektor Glück. Jetzt muss ich mir aber noch die Erlaubnis für mein Du bei Ihnen holen.« Sie zieht seinen Kopf zu sich heran und gibt ihm einen weniger zarten Kuss. Kurz darauf folgen schon jene Küsse, die nicht mehr unter »Bruderschaft« fallen. Und dann finden sie es beide an der Zeit, möglichst schnell nach Hause zu gehen.

Im Hof vor dem *Feuerwehrwagner* stoßen sie mit einer Frau zusammen, die mit ihren Absätzen zwischen den Pflastersteinen hängen geblieben ist und einen ihrer Schuhe verloren hat. Geflochten, knalliges Rot, mindestens fünfzehn Zentimeter hohe Absätze, mit einem verschlungenen rot-schwarzen Girlandenmuster dekoriert. Martin hebt den Schuh auf und reicht ihn höflich der Besitzerin. Er stutzt kurz, als er sie ansieht. Auch die Frau schaut erstaunt von Martin zu Lily und wieder zurück. In dem Moment taucht ein Mann im grauen Anzug auf, der die Frau unsanft unterfasst und weiterzerrt.

»Mit Lex Barker aus der Apotheke hat dieser Ehemann aber nichts gemeinsam, meine liebe Magister Mausespitz«, murmelt Martin vergnügt. Er erklärt Lily, dass es sich bei der Stilettofrau um die untreue Apothekerin handelt, auch sie eine Profiteurin in der Erbschaftssache. Aber dann haben sie genug geredet, von nun an geht es um Gefühle. Darum, etwas zu vollenden, das sie vor langer Zeit in Velden begonnen haben ...

***

»Es wär wegen dem Rohr!«

Martin fährt abrupt aus dem Schlaf hoch und sieht einen frech grinsenden Mann in blauer Montur vor seinem Bett stehen.

»Ich hoff, ich stör net, aber die Haustür war offen.« Der Arbeiter wirft einen interessierten Blick auf Lily, die tief schläft und entzückend röchelt. Martin deckt sie bis über den Kopf zu, bevor er dem Störenfried einen mörderischen Blick zuwirft. Sie hatten es gestern Abend so eilig, nach oben zu kommen, dass er wohl vergessen hat, die Eingangstür abzusperren.

»Ist aber noch lange kein Grund, gleich im Schlafzimmer zu erscheinen. Es gibt nämlich auch so was wie eine Türglocke!« Martin spürt die altbekannte Wut in sich aufsteigen.

»Wir haben eh ang'läut, hat sich aber keiner g'rührt. Da samma rein. Net dass ma womöglich vorg'führt werden, weil ma zu spät auftauchen, hamma uns dacht.«

Martin ist drauf und dran, dem unverschämten Menschen an die Gurgel zu springen. »Wie spät ist es?«, kommt es leise und verschlafen aus dem Bett. Lily gräbt sich aus der Decke und ist viel zu schlaftrunken, um erschrocken zu sein.

»Sieben, gnä' Frau. Der Gatte wollt ja ursprünglich, dass ma um Mitternacht fertig san. Des is si net ganz ausgangen, aber jetzt fang ma an, wenn's recht is, Chef.«

Nicht provozieren lassen! Deeskalierende Maßnahmen setzen. Martin zählt in Gedanken brav bis zehn und brüllt dann ein »Raus!«, das man bis zum Schloß Schönbrunn hören könnte.

An Morgensex ist jetzt nicht mehr zu denken. Martin drückt Lily einen Kuss auf die Stirn, scheucht den Arbeiter aus dem Schlafzimmer und verschwindet dann im Bad. Der Blick in den Spiegel ist nicht berauschend. Fünfundvierzig intensiv gelebte Jahre schauen ihm entgegen.

Jetzt ist es also passiert. Und? Schön war's. Wovor hast du Angst? Ist doch alles bestens. Die Larissa ist Geschichte. Und wenn du ehrlich bist, warst du schon in Kärnten in die süße Lily verliebt. Das passt jetzt doch perfekt.

Martin putzt sich die Zähne und schneidet Grimassen. *Aber ich weiß nicht, ob ich schon wieder für eine richtige Beziehung bereit bin. Kompromisse eingehen, Frauenlaunen akzeptieren und das alles. Besitzansprüche auf beiden Seiten. Und was, wenn sie dir wehtut? Oder du ihr? Und wer ist der Mann, mit dem Romana sie gesehen hat?*

»Martin, mit wem redest du da drin? Ich muss dringend ins Bad, ich kann ja nicht runtergehen, wo die Arbeiter sind.«

Und wenn sie dir eines Tages auf die Nerven geht?, fragt Martin sein altes Ego und öffnet für Lily die Tür.

***

Stop-and-go, mehr stop als go. Der Stau auf der Südosttangente ist endlos. Es wäre vielleicht doch besser gewesen, über die Innenstadt in den 21. Bezirk zu fahren, wo sich die Uni-Tierklinik befindet, denkt Martin. Aber im Morgenverkehr ist es wahrscheinlich gehupft wie gesprungen. Da steht man einfach überall. Staus machen ihn wahnsinnig.

»Wann ist euer Termin genau?«

»Um halb zehn, das werden wir doch hoffentlich schaffen. Wo ich extra deshalb aus Kärnten gekommen bin.«

»Na ja, nicht nur.« Martin legt seine Hand auf Lilys Oberschenkel. Sie ist so herrlich schön gepolstert überall. »Ganz umsonst war's ja wohl nicht, oder?«

Lilys Antwort ist ein Seufzer, der alles bedeuten könnte. Blau auf dem Rücksitz verhält sich still, er kann Auto fahren nicht leiden. Martin steht im Stau und zehrt vom Glück der Nacht. Bei aller Angst vor einer richtigen Beziehung kann er gar nicht anders, als Lily in sein Herz zu lassen. Aber das mit dem Begleiter in Velden muss er noch klären. Vielleicht heute Abend?

»Danke, dass du uns fährst. Ich würde dort ja nie hinfinden ohne Navi.«

»Mach ich gern« (eine Lüge). »Außerdem kann ich dadurch noch ein bissel Zeit mit dir verbringen« (die Wahrheit).

Lily lächelt. »Und neugierig bist wohl auch auf den Zwei-Millionen-Max. Vielleicht hat er ja grad Dienst.«

Tatsächlich sitzen sie bereits zwanzig Minuten später in einem Warteraum der Veterinärmedizinischen Universität. Blau ist ganz still und versucht, sich unsichtbar zu machen. »Warum bist du so sicher, dass er eine Allergie hat?«, fragt Martin.

»Sicher bin ich nicht, das will ich ja herausfinden. Jedenfalls kratzt er sich seit ein paar Wochen wie verrückt. Eine Freundin hatte mit ihrem Hund das gleiche Problem und ist damals in Kärnten von einem Tierarzt zum anderen. Erst in Wien konnten sie ihr helfen. Deshalb bin ich gleich hierhergekommen.«

»Frau Prokopp mit Hund?« Lily und Blau werden von einem attraktiven jungen Mann, blond, blauäugig, Mitte zwanzig, in Empfang genommen. Das könnte Max sein, denkt Martin und begleitet die beiden ins Untersuchungszimmer, wo sich der junge Mann als Assistent Rainer vorstellt. »Der Herr Dozent kommt gleich.«

»Max Rainer? Aus Untermittelstetten?« Martin lächelt freundlich.

»Ja. Woher ...?«

»Ich bin Polizist.«

Max blickt Martin erstaunt an, wobei ihm der Hund fast entgleitet. Er gibt ihn zurück an Lily und verlässt mit einer gemurmelten Entschuldigung den Raum.

Kapitel 12

»Franz, hast Zeit?« Martin zieht es vor, Fassl anzurufen, anstatt ihn in seinem Großraumbüro aufzusuchen. Es gibt ohnehin schon Gerüchte, dass er im Fall Maria Burgstaller unerlaubt ermittelt.

»Aber nur eine Stunde. Ich muss um elf zum Chef.«

»Also, dann komm schnell runter und bring die Aufzeichnung mit.«

»Die kannst dir in deinem Kammerl auch allein noch einmal anschauen. Da stört wenigstens kein Tageslicht, hahaha. Treffen wir uns im Kaffeehaus um die Ecke. Ich hab noch nicht gefrühstückt«, lügt Fassl.

Als Martin ins Café kommt, hat sein Kollege schon beinahe den ganzen Tisch mit seinem Frühstück okkupiert: Würstel mit Saft, Eier im Glas, zwei Semmeln, ein Butterkipferl ... »Magst was davon?«

Rhetorische Frage, Martin lehnt dankend ab. Zur Serviererin: »Ich nehm nur eine Melange.«

Franz Fassbender zeigt fragend auf die Papiere, die Martin an einer freien Ecke des Tisches auflegt. »Was hast denn da?«

»Ich hab mir alle Beteiligten und mögliche Motive übersichtlich aufgeschrieben. Das wollte ich mit dir durchgehen.«

Franz beißt genüsslich in das knackige Würstel und bedeutet Martin anzufangen.

»Also zunächst einmal hab ich ein paar wichtige Informationen.« Er erzählt von der Begegnung mit Karin Kirchhofer, dem Fernsehdoktor und der Erpressung durch Maria Burgstaller und René.

»Das ist doch ein wunderschönes Mordmotiv, das die Apothekerin da hat.« Franz streut Schnittlauch über die Eier, salzt und pfeffert sie, zum Schluss noch ein Schuss Tabasco. »Vielleicht ist der Fall schneller aufgeklärt, als wir dachten.«

Martin überlegt laut: »Sie wird also erpresst, weil sie einen Geliebten hat. Und sie will nicht auffliegen. Aber ist das Grund genug für einen Mord? Was passiert, wenn sie auffliegt?«

»Sie ist ihren Ehemann los. Oder auch nicht.«

Martin denkt an Lily, die die Apothekerin im Visier hat. »Und dann haben wir noch den Doktor, den Liebhaber, der finanziell gesehen eine ertragreiche Ehe zu führen scheint. Wie würdest du dich verhalten, wenn deine Frau stinkreich wär und du daneben ein Verhältnis mit einer verheirateten Frau hättest?«

Die Frage ist Fassbender peinlich. Wie soll er sich in so eine Rolle hineinversetzen? Zwei Frauen, eine noch dazu reich – von so was kann jemand wie er nur träumen. Ihm würde ja schon eine reichen, und wär sie arm wie eine Kirchenmaus. »Der will um keinen Preis auffliegen …«

»Bingo! Und die Apothekerin ist nicht blöd. Die kann sich das ausrechnen. Also muss man die Erpresserin loswerden und kann gleichzeitig einen Teil von deren Erbe einstreichen – ja, das sind wirklich schöne Mordmotive, Franz.«

»Für die Apothekerin *und* für ihren Doktor. Setz ihn auf die Liste.« Fassl schaut auf die Uhr. Viel Zeit hat er nicht mehr. »Weiter, Martin, ich muss dann gehen. Wen haben wir noch?«

»Natürlich immer noch den René Burgstaller. Immerhin hat der geglaubt, er erbt nach seiner Mutter. Und dass ein Legat unterschrieben werden muss, davon hatte der keine

Ahnung. Andererseits – warum sollte er sie grad jetzt umbringen?«, gibt Martin zu bedenken. »Er hätte doch warten können, bis sie ihren Anteil bekommt. Warum die Eile?«

Fassl: »Das Verhältnis zwischen den beiden war offenbar nicht ungetrübt. So wie der über seine Mutter redet! Er hatte vielleicht Angst, dass sie alles verprasst und ihm nichts gibt oder später vererbt. Da wollt er halt auf Nummer sicher gehen.«

Martin schaut von den leeren Tellern auf Fassls Bauch. Er nimmt sich vor, ihn unbedingt mit ins Fitnessstudio zu nehmen. »Willst wegen der Erpressung nichts unternehmen?«

»Noch nicht. Das können wir immer noch, wenn wir einen Grund für eine Festnahme brauchen. Außerdem müsste die Kirchhofer ihn anzeigen, was sie vermutlich nicht tun wird. Wen hast noch?«

»Dieser Max mit den zwei Millionen kommt mir eigenartig vor. Jedenfalls hat mir der Elvis Hudlicka erzählt, dass der Max schon vorher gewusst hat, wie viel er erben wird. Das wär doch ein Motiv für einen Mord an der Wallner, was sagst?«

Fassl winkt ab. »Aber nicht an der Burgstaller. Und die Wallner, da wühl ma besser nix mehr auf. Die ist doch kremiert worden, da kommt sowieso nix raus dabei. Wir werden uns doch net a Fleißaufgab aufhalsen. Vergiss die Sissy Wallner, konzentrier ma uns auf den Fall Burgstaller. Was ist mit deiner Freundin aus Kärnten, der Frau Petuschnigg? Hat die ein Motiv? Oder bist da befangen?«

Martin erzählt, dass Romana das stichhaltigste Alibi aller Zeiten hat: ihn selbst. »Den arroganten Piefke allerdings würd ich gern hinter Gittern sehen, aber ich glaub nicht, dass der was mit dem Tod von der Burgstaller zu tun hat.

Irgendwie hat der nicht das Mörder-Gen, er ist zwar eine zwielichtige Figur, aber mörderisch – also, ich weiß nicht …«

»Und die Zoppot und der Hudlicka, der sowieso das halbe Haus kriegt, haben kein offensichtliches Motiv. Also bleiben die Apothekerin mit ihrem Liebhaber und der René.«

»Aber der Max, der hat richtig erschrocken reagiert …«, setzt Martin noch an. Da läutet Fassls Mobiltelefon. Der Chef wartet schon.

»Vielleicht war das Ganze aber auch wirklich nur ein Unfall«, bemerkt Franz Fassbender abschließend.

Martin geht zurück in sein Kammerl, um sich ein weiteres Mal die Aufnahme von Burgstallers Tod anzuschauen. Wieder und wieder zoomt er alle, die um sie herumstehen, heran. Es bringt genauso wenig wie bisher, weil ihm niemand den Gefallen tut, in die Kamera zu schauen und die Burgstaller deutlich sichtbar auf die Gleise zu stoßen. Aber Martins Bauchgefühl schreit »Mord!«.

Gegen zwölf ruft Franz aufgeregt an. Ein neuer Fall habe ab sofort oberste Priorität. »Totes Mädchen aus dem Donaukanal gefischt. Das geht jetzt vor, hat der Chef angeordnet. Die Burgstaller, wo es ja überhaupt nicht klar ist, ob das ein Mord oder ein Unfall war, wird erst einmal auf Eis gelegt.«

Martin schweigt.

»Bist noch dran?«

»Ja eh. Ich hab trotzdem das Gefühl, dass es Mord war.«

Fassl, jetzt leiser: »Wenn's dir keine Ruh lasst, Martin, kannst ja diskret weiterermitteln. Wir reden uns einfach zsamm, wenn du was rausgefunden hast, okay? Ich hab jetzt halt grad keine Zeit dafür.« Seufzend: »Mir haben sie nämlich den Florian Bernhard zugeteilt für den Donaukanal-Fall. So bequem wie der ist, werd ich alles allein machen müssen …«

***

Er fühlt sich fast wie ein Bilderbuch-Familienvater, als er das Gartentor öffnet. In der blühenden Wiese räkelt sich Lily in einem Liegestuhl, dabei wirft sie Blau träge hin und wieder einen Ball zu, dem dieser mit Vergnügen nachjagt. Vater, Mutter, Hund, haha. Soll er diese Idylle wirklich stören, indem er heute nach dem Typen fragt, mit dem Romana sie in Velden gesehen hat? Gestern hat er sich nicht getraut. Aber er will darüber schon Klarheit haben, bevor es ernster wird.

Als Lily ihn kommen hört, dreht sie kurz den Kopf und wirft ihm eine Kusshand zu. Blau rast herbei mit der unausgesprochenen Frage: *Hast mir was mitgebracht?*

Hat er tatsächlich. Der Dackel verzieht sich mit dem Kaustangerl auf die Wiese. Lily wird zur Begrüßung ausgiebig geküsst, dann beschließen beide, dem ersten Stock noch einen Besuch abzustatten. Den Hund leinen sie für alle Fälle an, dann entschwinden sie so schnell nach oben, dass Blau kaum hinterherkläffen kann.

Blaus ständiges Kratzen, als sie am späteren Abend auf der Terrasse bei Spaghetti und Rotwein sitzen, macht Martin nervös. »Hat der Tierarzt angerufen?«

»Ja. Der Allergietest aus der Blutprobe war negativ. Und das Ergebnis der Biopsie wegen der Milben bekommen wir in zwei Wochen. Er meint, es könnten schon Milben sein, aber auch eine Futtermittelallergie. Um das zu klären, müsste er eine Ausschlussdiät machen. Ist extrem kompliziert bei so einem verfressenen Hund. Er tut mir jetzt schon leid.«

Das glaubt Martin ihr aufs Wort. Wie zur Bestätigung nimmt Lily sich noch eine Portion Spaghetti aus der Schüssel.

»Komisch war das gestern schon mit dem Max Rainer, meinst nicht?«

Lily ist anderer Meinung: »Kurz darauf ist er ja ganz normal zurückgekommen, und er hat Blau während der Untersuchung doch super unter Kontrolle gehalten. Vielleicht hat ihn was anderes irritiert und nicht, dass du dich als Polizist geoutet hast?« Lily möchte sich nicht vorstellen, dass der tierliebe und fesche Max zu den Bösen gehört. Auch wenn Martin meint, der sei zu gut, um wahr zu sein.

Sie hat sich intuitiv auf die Apothekerin eingeschossen. »Außerdem, wer weiß, wen die Burgstaller sonst noch erpresst hat mit ihren Groschenromanen.«

»Na ja, sie hat sicher über alle in Sissy Wallners Umgebung was gewusst. Noch Wein?« Martin öffnet eine zweite Flasche. »Das hat ja auch die Romana schon erzählt. Nur bei der hat die Burgstaller keinen Stich gemacht. Romana ist unerpressbar. Ich muss einfach schauen, dass ich an die Liebesromane komme, dann wissen wir mehr.«

Aber Lily hat die Lust an dem Thema verloren, ist ja nicht ihr Fall, seiner eigentlich auch nicht. »Wow, schau dir den Sonnenuntergang an! Fast so spektakulär wie bei uns am See.« Tatsächlich versinkt die Sonne als immens großer Feuerball hinter den Hügeln des Wienerwalds und färbt die Bäume rot. Martin sieht nur kurz hin, das Spektakel kennt er schon.

»Aber warum hat sie die G'schichten überhaupt geschrieben?«, kehrt er zu seinem Fall zurück. »Sie hätt die Leute doch einfach so erpressen können.«

»Wahrscheinlich ist sie in der Liebe zu kurz gekommen und hat den Drang verspürt, wenigstens darüber zu schreiben. Putzfrau als unentdeckte Künstlerin.«

»Ich werd die Frauen nie verstehen.« Martin küsst sie auf die Wange und überlegt kurz, ob er den Typen in Velden einfach vergessen sollte. Weil's so schön ist. Und so bleiben könnte. Und dann galoppiert der Wahrheitssucher über alle romantischen Bedenken hinweg: »Wer ist eigentlich der Typ, mit dem du dich neuerdings in Velden herumtreibst?« Uiii, das war jetzt aber kein gutes Timing. Und eine sprachliche Meisterleistung schon gar nicht. Und der Tonfall eindeutig aggressiv.

Lily rückt ein Stück von ihm ab. »Was für ein Typ? Und wer erzählt solche Sachen? Deine Romana?«

»Na ja, ich hab nur gehört, dass man dich öfter mit einem feschen dunkelhaarigen Mann mit Bart sieht.«

Ihre Stimme klingt auf einmal patzig. »Ja und? Ist das verboten?«

»Gar nix ›und‹. Ich bin halt neugierig.« Martin fragt sich jetzt, ob er an diesem Punkt ihrer Beziehung, falls es schon eine Beziehung ist, das Recht hat, solche Fragen zu stellen. Er hat ihr doch auch im Vorjahr wochenlang verschwiegen, dass er verheiratet ist. Und genau genommen ist er es immer noch. Was also will er? Mutwillig etwas zerstören, das gerade erst im Werden ist?

Als Lily aufsteht und wortlos das Geschirr abräumt, sucht er verzweifelt nach Gummibären in der Jackentasche, die er über den Liegestuhl geworfen hat. Darunter liegt ein Handy, das vibriert. Lilys Handy. Er wirft einen kurzen Blick auf das Display. Sophie. Gott sei Dank.

»Lily, dein Handy läutet!«

»Hallo, mein Schatz. Wie geht's euch?«

»Kann Papa das nicht richten? Gib ihn mir einmal.«

Martin beschließt, ins Haus zu gehen.

Er räumt gerade den Geschirrspüler ein, als Lily in die Küche kommt und den unter Paaren legendären, verhängnisvollen Satz sagt: »Wir müssen reden.«

Kurze Pause. »Also erstens: In meiner Wohnung gibt es einen Wasserrohrbruch, und ich müsste eigentlich sofort zurück. Da ich aber zu viel Wein getrunken habe, fahre ich morgen in aller Früh. Zweitens: Der Mann, mit dem mich Romana wohl gesehen hat, ist Sophies Vater.«

Ist das jetzt gut oder schlecht? »Sophies Vater ... der Italiener?«

»Giovanni ist vor Kurzem aufgetaucht, aber das ist eine lange Geschichte. Jedenfalls ist er jetzt da und will sich als Vater profilieren. Das hat nichts mit mir zu tun. Aber Sophie ist begeistert. Sie ist wie verwandelt, Giovanni tut ihr richtig gut. Drittens bin ich nicht der Typ, der mit zwei Männern gleichzeitig was anfängt. Und viertens mag ich es nicht, wenn man mir nachspioniert oder Besitz von mir ergreifen will.«

Deutlicher hätte sie es nicht ausdrücken können. Und das Gemeine ist: Sie hat auch noch recht. Er sollte jetzt etwas Wunderbares sagen. Oder besser noch – sie in den Arm nehmen. Ihr zeigen, dass er ihr vertraut und ihre Bedingungen akzeptiert. Doch irgendwas blockiert ihn. Männlicher Stolz. Wie sie dasteht mit verschränkten Armen und dem Frauenblick, der da sagt, du hast eh keine Chance gegen mich. Mit dem Dackel, der ihn anknurrt, als wolle er gleich zubeißen.

Martin steht auf und geht wortlos nach oben. Er hat wieder einmal den Fehler gemacht, eine Frau in sein Herz zu lassen.

Kapitel 13

Harmonie ist ein Irrtum. Hat einer von Österreichs Literatengrantlern gesagt. Martin ist geneigt, dem zuzustimmen. In keiner seiner engen Beziehungen – Mutter, Vater, Ehefrau, Freunde – hat Harmonie eine große Rolle gespielt. Verbrüderung, Unterwerfung, Scharmützel, Schlacht und Waffenstillstand in wechselnder Reihenfolge. Wenn der Frieden zu lange anhielt, wurde er unruhig, witterte Verrat. Und jetzt steht er an der Straße und sieht Lily nach, wie sie mit aufheulendem Motor davonfährt. Sie hält sich für eine verhinderte Rennfahrerin, während Martin sie insgeheim Kamikazepilotin nennt. Auch dies ein Punkt, an dem sich ihre Geister scheiden.

Das Ende einer Schlacht. Sie hatten keinen Sex in der letzten Nacht. Lagen still am jeweiligen Bettrand und taten so, als ob sie schliefen. Laute, vorwurfsvolle Atemzüge. Es war eine grausliche Nacht, irgendwann hat er es nicht mehr ausgehalten und ist auf die Wohnzimmercouch umgezogen.

Der Gestank war fast weg, aber ihm war kalt trotz Daunendecke. Kälte so von innen her. Weil die Harmonie, die er gespürt hatte, wie eine Seifenblase zerplatzt war. Worte, die wie Pfeile trafen, oh, sie haben sich gegenseitig nichts geschenkt. Und das alles nur, weil er eine harmlose Frage gestellt hatte. Vielleicht ein wenig falsch im Ton. Aber dass Lily gereizt wie ein Stier darauf reagieren würde, war schon seltsam. Angriff als Verteidigungsstrategie – das kennt Martin aus Polizeiverhören. Also hat sie was zu verbergen.

Und am Morgen, als sie sich in der Küche trafen, da hätte sie nur lächeln müssen, dann wär alles gut gewesen. Oder er. Vielleicht. Aber sie sahen aneinander vorbei und schwiegen, sie trank rasch ihren Kaffee, ging dann mit Blau Gassi. Als sie zurückkam, sagte sie nur: »Ich fahr jetzt. Danke für deine Gastfreundschaft.« Kein Lächeln, kein Kuss, gar nichts. Und er stand da wie ein beleidigter Götze. Nein, eher wie ein trauriger Clown. Einer, der mit schiefem Lächeln sagte: »War mir beinah ein Vergnügen.« Obwohl sie sich sträubte, trug er ihr den Koffer zum Wagen. Diese blöde Hoffnung, dass die paar gemeinsamen Meter was ändern könnten. Blau bellte den Gartenzwerg an. Der schaute blöd zurück.

Jetzt ist Lily weg. Und er ist traurig. Zündet sich eine Zigarette an. Er sollte mit dem Rauchen endgültig aufhören. Und Larissa anrufen, die zweimal auf seinen Anrufbeantworter gesprochen hat. Wieder genesen von ihrer Grippe. Es hat ihn ja beinahe gerührt, seine künftige Ex, die sonst immer so perfekt ist, wieder einmal mit wirren Haaren und roter, triefender Nase zu sehen, als er ihr das Medikament brachte. Sie wirkte richtig menschlich, und natürlich tat sie ihm leid. An ihrem Krankenlager wollte er das Thema Scheidung nicht anschneiden. Larissa war so dankbar und liebenswürdig, es war geradezu unheimlich. Er brachte ihr Hustentee ans Bett, sie nannte ihn »Florence Nightingale«, und dann sahen sie sich zusammen eine Serie von Netflix an. Doch Martin wusste, dass es die Grippe war, die Larissa weichgespült hatte. Über sie und Lily denkt er nach, während er auf Wien hinunterschaut, seine Zigarette ausdrückt und sich dann fürs Joggen fertig macht. In den Rucksack steckt er Jeans und Pullover, in seinem sogenannten Büro ist es völlig wurscht, wie er angezogen ist. Fällt eh keinem auf außer dem Pförtner vielleicht, der ihn kaum noch grüßt. Franz, der immer Anzug und Krawatte trägt, schaut ihn manchmal komisch an, sagt aber nichts zum Besenkammer-Style.

Martin sprintet los, den Küniglberg hinunter, vorbei an blühenden Wiesen und duftenden Sträuchern und ausschlagenden Bäumen. Die Luft ist klar und frühlingskalt, und am Morgen sind in Hietzing vor allem Schüler unterwegs, Hundebesitzer und ein paar Touristen, die Schloß Schönbrunn fotografieren. Er nimmt seine Umgebung wahr wie einen Film, der im Hintergrund läuft. Park und Villenstraßen hat er hinter sich gelassen, jetzt stauen sich die Autos vor der Inneren Wienzeile, der übliche Morgenwahnsinn stadteinwärts, der Blütenduft ist Abgasen gewichen. Martin rennt durch seine Stadt, die er trotz allem mag. Allem Gehupe und Geschrei und Gezerr, dem Gejammer und Gemauschel, der Gier und der Gemeinheit zum Trotz.

Niemals wäre er nach Klagenfurt umgezogen, also war die Geschichte mit Lily ohnehin aussichtslos. Besser jetzt den Schnitt machen als irgendwann später, tröstet er sich. Und mit dem Kindsvater, der aus der Versenkung aufgetaucht ist, könnte er ohnehin nicht konkurrieren.

Als er an einem Typen vorbeiläuft, der ganz ungeniert am Geländer lehnt und Marihuana raucht, denkt Martin plötzlich an René Burgstaller. Und die Geschichten seiner Mutter, die bestimmt noch mehr Sprengstoff bergen. Martin nimmt sich vor, den Sohn anzurufen, sobald er in seinem Büro ist.

***

René Burgstaller hat sich mit Max Rainer am Gumpendorfer Gürtel verabredet, im *Café Musenkuss* im Arik-Brauer-Haus. In der Straße kennt er sich aus, da sind Volkshilfe, Suchthilfe und die Drogenberatungsstelle zu finden. Sein Revier gewissermaßen, hier wird in dunklen Hausfluren auch gedealt, gekifft oder gespritzt. René hat schon alles ausprobiert, was der Suchtmarkt zu bieten hat und was er sich leisten kann. Auch das Zeug von der Apothekerin, das er nebenbei vertickt. Die wird das nicht mehr machen, jetzt, wo sie noch mehr erbt, weil Renés Mutter tot ist. Andererseits hat er sie in der Hand mit ihrem lukrativen Nebenjob. Wenn das auffliegt, kommt die feine Frau Magister ins Gefängnis. Er aber auch, was nicht so lustig wäre.

Während René bei einem »Einspänner« auf Max Rainer wartet, bereitet er sich auf das kommende Gespräch vor. Auf dem Tisch liegt ein schmales Heft, in dem ein Verkehrsunfall in Untermittelstetten beschrieben ist, der Täter verliebt sich in die Polizistin, und sie rettet ihn vor dem Gefängnis. Happy End. Seine Mutter war eine hoffnungslose Romantikerin, wenn sie ihre Erpressungsromane mit Liebesgeschichten schmückte, die ausnahmslos gut endeten. Altmodischer Oberkitsch. Aber nützlich vielleicht, das Geld vom Sparbuch wird nicht ewig reichen. Da sind die Kosten fürs Begräbnis, für Kokain und ein Motorrad. Ist billiger als ein Auto, so eine alte Knatterfunzn, und männlicher, die Mädels stehen drauf. Es wird wieder Zeit für eine Beziehung, seit dem Tod der Mutter fühlt er sich irgendwie einsam. Obwohl er sich mit ihr ständig gestritten hat, war sie der einzige Mensch, der ihm nahestand. Sie und Rita, das waren die Frauen in seinem Leben.

Alles so traurig und ungerecht, die Welt hat es nie gut mit ihm gemeint. Vielleicht hätt er ja auch studieren können wie dieser Max Rainer. Wenn er nicht mit sechzehn von der Schule geflogen wäre, bloß weil er mit Hasch gehandelt hatte. Und dann diese Gärtnerlehre, eine dreckige Hacklerei war das, für so was ist er nicht geschaffen. Dann lernte er Rita kennen, und eine Weile sah es aus, als würd es aufwärtsgehen.

Aber dann fiel alles wie ein Kartenhaus zusammen. *Vom Pech verfolgt*, das wär wohl die Story seines Lebens. Immer wenn er dachte, dass alles gut wär, hat ihm das Schicksal einen bösen Streich gespielt. So was kann einen Menschen schon zermürben. Weshalb er jetzt aufsteht und sich auf dem Klo eine Prise einverleibt. Das Zeug macht schön und stark, man muss nur mit den Nasenscheidewänden aufpassen. Jetzt sieht er sich im Spiegel an und lächelt Johnny Depp zu. Ein Siegertyp. Einer, der alle Frauen kriegen kann, die er haben will. René geht aus dem Häusl wie einer, der sich selbst besiegt hat.

Max Rainer ist nur gekommen, weil René am Telefon von einer »Riesenüberraschung« sprach, die er ihm unbedingt persönlich überreichen wollte.

Jetzt sitzt er ihm gegenüber, und auf dem Tisch liegt ein Heft mit etwa zwanzig Blättern, eng getippt auf einer Schreibmaschine, schon überraschend in diesen Zeiten. Er nimmt es in die Hand: »Das soll die Überraschung sein?«

René grinst. »Genau. Kannst du mitnehmen, ich hab mir eine Kopie gemacht. Das hat nämlich meine Mutter geschrieben, eines ihrer Liebesheftln. Nur wollte niemand den Schund kaufen.«

Max: »Mein Beileid. Deine Mutter hat übrigens einmal erwähnt, dass sie auch aus Untermittelstetten kommt, so wie die selige Frau Wallner – und ich.«

René bestellt ein Glas Sekt, weil er sich so high fühlt und sich darauf freut, das gütige Lächeln aus dem Gesicht seines Gegenübers zu wischen. So fesch und liab, der Traum aller Schwiegermütter. Aber leider ist nicht alles Gold, was glänzt.

»Ja schon, das ist ja der Witz des Ganzen. Meine Mama hat in ihrer … G'schicht … über einen Unfall geschrieben.

Von einem jungen Burschen, der ohne Führerschein nachts unterwegs war, neben ihm der Opa. Dann läuft plötzlich ein Hirsch über die Straße, der Fahrer war zu schnell, elend langer Bremsweg, Hirsch fliegt übers Auto, Auto überschlägt sich. Fahrer bleibt wundersam unverletzt, aber der arme Opa ist tot. Das ist die Kurzfassung, meine Mutter hat es viel dramatischer beschrieben.«

René macht eine Kunstpause und genießt das überraschte, erschrockene Gesicht seines Gegenübers: »Und der Opa war – wie's der Zufall so will – jener Franz, die Jugendliebe unserer seligen Sissy Wallner. Vom eigenen Enkel getötet.«

Max hat sich gefangen und sieht René ernst an. »Das war ein tragischer Unfall. Und ich bin nur gefahren, weil mein Opa zu betrunken war. Er hat mir die Autoschlüssel quasi aufgedrängt, wie hätten wir sonst vom Gasthof nach Hause kommen sollen? Außerdem hatte ich schon Fahrpraxis, es war kurz bevor ich den Führerschein gemacht hab. Und ja, ich war fünfzehn Stundenkilometer über dem Limit. Es war auf der Landstraße, kein Verkehr, stockdunkel.«

René lächelt der jungen Frau am Nebentisch zu, sie ist hübsch, aber eindeutig auf der magersüchtigen Seite. Sie schaut weg. Schüchtern auch noch. Er sieht wieder auf den feschen Opamörder. »Na, na, ich verurteil dich nicht. Menschen machen Fehler, und du warst ja noch so jung. Mildernde Umstände, weshalb du nur ein halbes Jahr auf Bewährung gekriegt hast. Hat meine Mama alles gecheckt und aufgeschrieben. Den Liebesplot hat sie dazuerfunden, damit's nicht zu tragisch wird. Sie liebte Happy Ends, die Mama. Ich übrigens auch.«

Max beschäftigt sich mit seinem großen Schwarzen, bevor er antwortet: »Okay, und warum erzählst du mir das alles? Und was soll ich mit dem Manuskript?«

Du kannst dir damit den Hintern abwischen, denkt René, sagt es aber nicht. Er möchte nicht vulgär wirken, hat sich extra den neuen Kaschmirpullover angezogen zur Jeans. Die weißen Turnschuhe sind auch neu. »Du kannst damit machen, was du willst, Max. Du weißt schon, dass meine Mutter es der Sissy zu lesen gab. Ein Wunder, dass sie dir trotzdem so viel Geld vermacht hat, oder? Du bist schuld am Tod ihrer großen Liebe, das hatte sie sicher nicht gewusst – vorher. Die Mama hat erzählt, dass Sissy dich enterben wollte, nachdem sie es erfahren hat. Da kannst du von Glück reden, dass sie dafür keine Zeit mehr hatte. So ein Zufall! Oder war's kein Zufall?«

»Ich versteh nicht, was du meinst«, sagt Max mit seiner sanften Stimme.

»Du warst an Sissys Todestag noch in der Wohnung, stimmt's?«

Max sieht René auf eine Art an, die ihn ohne Koks echt erschreckt hätte. So hält er dem Blick stand, nur seine Hände spielen nervös mit dem Sektglas.

»Das ist richtig, René. Deine Mutter hat mich reingelassen, aber Tante Sissy hat fest geschlafen, ich wollt sie nicht wecken. Maria und ich haben ein paar Worte gewechselt, dann bin ich wieder gegangen. Ich wollt die Sissy zu einer Ausstellung einladen. Über Hunde.«

Könnt gut sein, dass er lügt, denkt René. Die beiden Frauen, um die es geht, sind tot. Aber vielleicht sagt er ja doch die Wahrheit. »Hast du das auch der Polizei erzählt?«

Max lächelt unbestimmt. »Ich war nur kurz in der Wohnung und nicht bei Tante Sissy im Zimmer. Das kann Maria bezeugen.«

»Kann sie nicht mehr.« René versucht, cool zu bleiben, aber bedrohlich zu klingen.

»Oh ja, entschuldige. Und was Sissy und diese unglückliche Geschichte betrifft: Sie hat mir verziehen. Franz hätte mir die Autoschlüssel nicht geben dürfen. Der Hirsch hätte nicht die Straße überqueren dürfen. Ich hätte schleichen müssen, um rechtzeitig bremsen zu können. Es war eine Verkettung tragischer Umstände. Ich hab sehr darunter gelitten, das kannst du mir glauben.«

Er sieht auf seine Uhr. »Entschuldige, aber ich muss los in die Uni.«

Max erhebt sich und steckt das Manuskript in seine Umhängetasche. Er ist groß, viel größer als René. Und er hat dieses offene Gesicht, das Menschen einlädt, ihm zu vertrauen. Der federnde Gang, als er den *Musenkuss* verlässt. Alles in allem genau der Typ, der René immer sein wollte. Also ist Renés Blick, der Max folgt, neiderfüllt. Es gibt ja noch andere G'schichten von der Mama, vielleicht sind die ergiebiger.

Sein Handy piepst. René schaut auf die im Display angezeigte Nummer, kennt sie nicht und drückt das Gespräch lieber weg. Als er aufsteht und gehen will, fängt es draußen an zu schütten. Typisch, denkt er, klaut einen Schirm aus dem Ständer und verlässt das Kaffeehaus.

Kapitel 14

Edgar von Siebers-Adelmauseder kann sich zwischen seinen zwei Lieblingslokalen schwer entscheiden, dann wählt er doch das *Schwarze Kameel*, weil dort nicht so viele Touristen herumsitzen wie in der *Onyx-Bar* mit ihrem Blick auf den Stephansdom. Das *Kameel* ist mehr die Wiener Schickeria, ein Biotop für seinesgleichen, und Alma Zoppot schlägt sein Angebot auf ein »Glaserl Champagner« erwartungsgemäß nicht aus. Er war immer schon ein Champagner-Verführer, die meisten Frauen stehen auf so was.

Die Erben haben sich wieder einmal beim Notar getroffen und wurden darüber informiert, dass das Legat der Verstorbenen unter den Anwesenden aufgeteilt würde. Die Freude darüber war groß, auch wenn sie's nicht zeigten. Was alle aber noch viel mehr interessierte, war, wie viel jeder kriegen würde? Wie viel ist ein Siebtel von einem halben Palais?

Der Notar hielt sich bedeckt, es müsse erst ein Gutachten erstellt werden, dies sei in Arbeit. Er wollte sich partout auf keine Summe festlegen. Edgar errechnete für sich etwas mehr als zwei Wohnungen, in eine würde er einziehen und endlich standesgemäß logieren, die andere verkaufen. Er sandte seiner alten Freundin eine stumme Botschaft ins Jenseits: *Jetzt hast du mir doch noch ein nettes Sümmchen vererbt, liebste Sissy. Womit deine posthume Rache mit den Schmuckimitaten stark relativiert wurde. Und auch die intrigante Burgstaller, die es dir vermutlich gesteckt hatte, weilt bereits im Jenseits – vielleicht trefft ihr euch dort, und du kannst sie weiter schikanieren …*

Die Anwesenden redeten durcheinander, und der Notar, an Kummer mit Erben gewöhnt, klopfte mit seinem silbernen Hammer auf den Schreibtisch. »Meine Herrschaften, ich muss doch sehr bitten. Bis zum nächsten Treffen, bei dem es um das Gutachten geht und – notabene – die anfallenden Kosten der Erbschaft, sollten Sie darüber nachdenken, ob es nicht am einfachsten wäre, das Haus zu verkaufen und den Erlös nach Abzug der Steuern und Gebühren untereinander aufzuteilen.«

Zustimmendes Gemurmel, ein paar Einwände, dann erklärte der Notar das Treffen für beendet, und draußen vor der Tür passte Edgar die Siebtelerbin Alma ab, die ganz in Schwarz erschienen war und eine große, dunkle Sonnenbrille trug, die sie auch im Notariatsbüro nicht abgenommen hatte. Jetzt sitzen sie draußen auf der Straße im Schanigarten des *Kameels* und prosten einander mit Champagner zu.

»Auf die gute Sissy und ihr Häusl.« Alma lächelt der Adelmaus zu, er ist in ihrer Gesellschaftsleiter gestiegen, seit er Miterbe ist. Und ein Mann von Welt ist er schon – bis hin zum weißen Seidentüchlein. Sicher gibt es schönere Männer, aber in Almas Gewässern schwimmen halt keine Goldfische mehr, sondern nur noch Karpfen. Halbglatze, Wampe, Tränensäcke, Truthahnhals ... so was lässt sich lediglich mit Geld aufwiegen. Edgars Mund ähnelt einem Fischmaul, doch er hat schöne Augen und sehr gepflegte, noch dichte Haare mit grauen Strähnen. *Was ein Mann schöner is als ein Aff, is ein Luxus,* sagt Tante Jolesch in Torbergs Buch. Alma muss kichern.

Verträgt sie keinen Alkohol? Dann hätte sie ihr Glas nicht so schnell leer trinken sollen, denkt Edgar. Doch er lächelt verbindlich und ordert zwei weitere Gläser, die wird er sich wohl noch leisten können als Erbe. »Wir zwei haben uns das aber auch redlich verdient«, meint er, »weil die Sissy schon sehr enervierend sein konnte.«

»Das kannst du laut sagen.« Alma entschuldigt sich für das unvermittelte Du, doch dann einigen sie sich darauf, waren sie doch Leidensgenossen in der Sissy-Ära.

»Das mit dem Mops hat sie dir nie verziehen«, sagt Edgar. »Einmal meinte sie sogar, dass du ihn absichtlich vors Auto geschubst hast, weil du nicht mehr mit ihm Gassi gehen wolltest.«

Sie war so eine faule, gemeine Bissgurn, denkt Alma. »Und dir hat sie nicht mehr über den Weg getraut, seit die Burgstaller ihr das mit dem Schmuck gesteckt hat. Sissy hat drüber nachgedacht, dich anzuzeigen, wusstest du das?«

Tat er nicht, schließlich liebte Sissy ihn – soweit sie zu einem Gefühl wie Liebe fähig war. Der Gedanke ist posthum schockierend.

Alma ist nicht zu bremsen: »Und der Maria hat sie ständig vorgehalten, dass René sie bestehlen würde, wenn er die Mutter in Sissys Wohnung aufsuchte. Weißt du, dass ich erst die Maria im Verdacht hatte, dass sie bei der Sissy nachgeholfen hat? Weil sie von ihr dermaßen drangsaliert wurde. Ist ja nicht schwer, eine alte, schlafende Frau umzubringen. Man braucht ihr nur ein weiches Kissen aufs Gesicht zu drücken bis ... zum Exitus. Hinterlässt keine Spuren.«

Woher weiß sie das?, denkt Edgar. Lernt man so was in der Filmbranche? »Na ja, wenn Maria etwas mit Sissys Tod zu tun hatte, dann schmort sie jetzt in der Hölle.«

»Neben Sissy«, sagt Alma lachend. »Das wär dann die Superhölle.«

Edgar hofft, dass er im Jenseits keiner seiner Geliebten begegnet, das wäre fatal. Aber noch ist es ja nicht so weit, er fühlt sich durchaus jung und fit und schätzt, dass Alma mindestens zehn Jahre jünger ist. Wär mal was Neues! Er entscheidet sich für den direkten Angriff: »Hast du eigentlich einen Freund, Alma? Einen Mann in deinem Leben? Alles andere wär ja ein Wunder bei deiner Attraktivität!«

Na, der geht ja in die Vollen. Alma wählt die ganz spontane Lüge und lässt Eduard kurzerhand unter den Tisch fallen: »Ich bin ganz und gar solo zurzeit. Und wenn du dich fragst, warum ich die Sonnenbrille aufhabe: Ich will nicht erkannt werden, weißt du. Ich hasse es, wenn mich Leute auf der Straße ansprechen oder gar um ein Autogramm bitten.«

Ach ja? Edgar zweifelt, doch er lächelt. In der Liebe hat Wahrheit nichts verloren. Die Liebe lebt von der Lüge. Weshalb er Alma jetzt sagt, dass sie nichts von ihrer jugendlichen Schönheit eingebüßt habe, sodass die Fans sie immer noch erkennen. »Warum spielst du eigentlich nicht mehr? Gibt es denn keine Rollen für Frauen über dreißig?«

So schmeichelhaft! Alma könnte ihm antworten, dass ihr einfach keine Rollen mehr angeboten werden. Als sie dreißig wurde, war es mit der Karriere auch schon vorbei. Wahrscheinlich, weil sie nicht mit genügend Produzenten geschlafen hat. »Ach weißt du, alles, was sie mir anbieten, ist total unter meinem Niveau. Darauf kann ich verzichten.« Ihre letzte Rolle war ein Auftritt in einem Werbespot für eine Hämorrhoiden-Salbe, darauf hätt sie gern verzichtet, doch sie brauchte das Geld. Themawechsel! »Hat dieser missratene Burgstaller-Sohn eigentlich versucht, dich zu erpressen?«

Gegenfrage: »Warum sollte er?«

»Na, wegen der Schmuckgeschichte. Die Burgstaller hat allen hinterherspioniert – und sie hat Sachen aufgeschrieben. Über jeden von uns.«

Edgar verneint und fragt sogleich, was Maria beziehungsweise René denn gegen Alma in der Hand habe?

Sie lügt wieder: »Die Sache mit dem Mops. Angeblich hat Maria mich beobachtet, wie ich den Hund vors Auto gestoßen hab. Daraus hat sie eine Story gebastelt. Und René will damit Geld verdienen, dieser habgierige Trottel!«

Er legt seine Hand mit dem Siegelring auf ihre. »Liebste Alma, darüber muss man sich doch nicht aufregen. Keine Beweise, nur dumme Gerüchte.«

Alma hat ihr zweites Glas geleert und findet die Adelmaus von Schluck zu Schluck anziehender. Weshalb sie einen Vorstoß in Richtung Wahrheit wagt: »Da ist noch was. René hat aus Sissys Wohnung eine Videokassette gestohlen. Darauf ist eine Art Sexfilm, in dem ich mal mitgespielt habe, am Anfang meiner Karriere. Ganz harmlos wirklich, aber doch etwas peinlich. Wenn ich die Kassette haben will, muss ich in seine Wohnung – Montag. Und wer weiß, was er da von mir verlangt, im Gegenzug?«

Edgar ist sich sicher, dass er diesen Film auch sehen will. »Und deshalb hättest du gern, dass ich mitkomme.«

Alma nickt. Männer müssen nicht schön sein, aber immer nützlich. »Schon. Wenn es dir nichts ausmacht?«

Er hat Zeit, und wenn er schon dort ist, wird er auch das Manuskript, das ihn betrifft, einfordern, also zwei Fliegen mit einer Klappe schlagen. »Ich habe Kampfsportarten trainiert. Mit diesem Kleinganoven werde ich mit links fertig.«

»Ooh«, sagt Alma. »Du bist so ein Gentleman. Dann darf ich jetzt einen ausgeben? Und vielleicht ein paar Sandwiches dazu?«

Er wehrt ab und zahlt auch die nächste Runde und die berühmten belegten Brote des *Schwarzen Kameels*. Edgar von Siebers-Adelmauseder lässt sich nicht von Frauen einladen – anfangs. Dass er später den Spieß umdreht, ist der Choreografie seiner Affären geschuldet. Und den Altersunterschieden. »Was, denkst du, hat die Burgstaller von den anderen rausgekriegt? Vielleicht können wir ihm ja alles abnehmen – auf einen Streich sozusagen.«

Alma findet den Gedanken entzückend. »Also, ich glaub ja, dass die Apothekerin und der Hausarzt ein Pantscherl haben. Ich hab ein Gespür für so was. Das hat die Maria garantiert g'wusst. Der Hundeflüsterer? Weiß nicht. Und der Student? Vielleicht ist er gar nicht der Enkel von Sissys Jugendliebe. Wär eine Option. Und diese Kärntner Trutschn soll a Zockerin mit Millionenschulden sein. Geld is immer a Motiv!«

Wie recht sie hat. Jeder, der ausscheidet, macht die anderen Erben reicher, denkt Edgar. Oh ja, er wird diesem René auf den Pelz rücken. Denn er kann auch anders als vornehm, das hat er in Thailand gelernt. Kampfsportarten. Das schnelle Zuschlagen, bevor man selbst verdroschen wird. Es ging um Scheckbetrug damals, und er konnte froh sein, dass er heil aus der Gefängnishölle rauskam.

Um die Mittagszeit füllt sich das *Kameel* bis auf den letzten Tisch drinnen und draußen. Die Ober legen, wie sich das in Wien gehört, deshalb keinen Gang zu. Gäste sind eh lästig und werden in der Edelmischung aus Arroganz und Devotion abgespeist. Edgar begrüßt seinen Barbier, der sich »Starfriseur« nennt und Alma Zoppot leider nicht als Filmstar erkennt. Sie ist beleidigt, lässt sich aber nichts anmerken. Außerdem beschäftigt sie sich mit ihren Zweifeln an Edgars Charakter. Er stiehlt, nimmt alte Frauen aus und ist bei allem Charme ein Typ, der über Leichen geht. Marias Leiche zum Beispiel? Oder Sissys? Die hatte öfter damit gedroht, Edgar zu enterben. Dass er ihren Schmuck stahl und durch Kopien ersetzte, ging schon zu weit. Dafür hätte er ins Gefängnis müssen, der adelige Herr. Für ihn stand deutlich mehr auf dem Spiel als so ein blöder Pornofilm ... na, so was sollte sie nicht mal denken: dass sie mit einem Doppelmörder flirtet!

Alma spürt diesen wohligen Schauer, sie liest wahnsinnig gern Krimis und schaut sich jeden im Fernsehen an. Weshalb sie sich in Mordsachen spitzenmäßig auskennt. Eine Enttäuschung ist der Dicke, der sie vor Kurzem vernommen hat – Leutnant Fass... – irgendwas mit Fass, was ja gut zu ihm passt. Der war so was von lahm, obwohl sie ihm die krimimäßigen Schmankerln quasi vor die Füße gelegt hat. Dann schaute kurz einer zur Tür rein, der hätte ihr schon besser g'fallen. Dunkle Haare und ein gutes Gesicht, schlank. Aber er fragte dieses Fass nur was und verschwand dann gleich wieder. So typisch, dass sie immer auf die falschen Männer trifft – egal, ob bei der Polizei, im Kaffeehaus, in der Eisenbahn oder im Flugzeug. Wenn sie Geld haben, sind sie alte Langweiler. Jetzt, da sie selber nicht mehr zu den Ärmsten zählt, könnte sie sich schon eine Affäre mit einem halbseidenen Adeligen gönnen, oder nicht? Oder doch?

Der Starfriseur zieht weiter, und Edgar wendet sich wieder Alma zu. »Entschuldige, aber Friseure sind die allerbesten Klatschspalten. Die Cathy Lugner soll ihm erzählt haben, dass sie niiiiie wieder Sex mit einem Greis haben will, das arme Mausi.«

Ich auch nicht, denkt Alma, aber das interessiert ja keinen. Das dritte Glas ist leer, und sie sollte sich ladylike verabschieden, bevor sie mit ihren Stöckelschuhen hinfällt. Aber dann lässt sie sich doch noch zu einem Kaffee überreden und schaut interessiert auf das Paar, das grad gekommen ist und auf den einzig freien Tisch draußen zusteuert: der fesche Polizist, der zur Tür reingeschaut hatte, und die

Alte mit den roten Haaren. Sie stupst Edgar an, der auch hinsieht. »Meinst, dass er sie verhaftet?«, flüstert Alma.

»Aber doch nicht im *Schwarzen Kameel.*« Edgar wendet seinen Blick ab und bestellt beim Kellner, der ihn als guten Trinkgeldgeber kennt, zwei Espresso. »Magst noch was Süßes?« Alma verneint. Mögen schon, aber öffentlich isst sie nichts, was dick machen könnte. Heimliches Essen schlägt nicht an! Schlimm genug, dass das Alter die Figur verändert. Alles sackt irgendwie, und Speckringe legen sich um Bauch und Hüfte wie Jahresringe am Baum. Sie sollte weniger trinken, Alma nimmt sich das immer wieder vor. Mehr trainieren. Nur noch gute Nahrungsmittel essen. Ja genau, das macht sie – ab morgen!

***

»Wien ist ein Dorf«, sagt Romana, als sie sich setzen. Sie hat die beiden Miterben auch gesehen und hat kurz hinübergenickt. Sie zeigt Martin, wo die Adelmaus mit Alma sitzt, diskret natürlich. »Wenn die zwei sich zusammentun, ham sie schon vier Wohnungen.«

»Du denkst nur ans Geld«, sagt Martin, der vergeblich versucht, die Aufmerksamkeit eines Obers zu gewinnen. Er ist müde, weil er schlecht geschlafen hat. Er ist immer noch traurig. Und durstig ist er auch. Romana schafft es schließlich, zwei weiße Spritzer zu bestellen, dazu zwei Brote mit Schinken und Kren. Sie will noch ein paar Tage bleiben, bevor sie nach Kärnten zurückfährt. Romana fängt an, Wien zu mögen. Das Spielcasino. Die Beisln. Lottes WG. »Du sollltest dich mehr um deine Mutter kümmern, Martin.«

Die Leierkastenmelodie, seit Romana und Lotte sich wundersam angenähert haben. Ob es das Alter ist?, denkt

Martin. Andererseits sind weder Romana noch Lotte mit den Jahren gütiger geworden. Eher boshafter … aber sie hat ja recht, und er wird Lotte anrufen. Morgen. »Geht dir der See nicht ab?«

Romana sieht bewundernd auf ihre blaugrünen Prada-Schuhe, auf denen sie kaum hatschen kann. »Doch, aber nit der Baulärm. Jetzt schau ich mir ein bisserl Wien an – so die Highlights. Erbschaftsmäßig ist so weit alles unter Dach und Fach. Jetzt wird das Palais geschätzt. Obwohl's ja eher a Mietshaus ist. Und wir sollen alle als Erben unterschreiben, damit die Kosten gerecht verteilt werden. Find ich fair. Gibt's was Neues in der Arbeit?«

Martin schüttelt den Kopf. »Nicht wirklich. Den Fassl haben sie auf einen anderen Fall angesetzt, und irgendwann wird die Akte Maria Burgstaller ergebnislos geschlossen. Aber ich mach noch ein bisserl weiter, weil ich sonst sowieso nix zu tun hab.«

»Ich sage nur eins: René Burgstaller!«

»Du bist nicht Adele Neuhauser«, erwidert Martin.

Sie ist nicht beleidigt, sondern fixiert den Ober, der ihren Hypnoseblick richtig deutet und mit der Bestellung an den Tisch eilt. »Das war aber auch Zeit, junger Mann«, sagt Romana in ihrem besten Hochdeutsch. Als er weg ist, flüstert sie ihm ein »Tachinierer« hinterher. Dann trinken sie. Dann reden sie, das heißt, Martin schüttet Romana sein Herz aus, sein demoliertes. Dem Franz hat er es auch erzählt, aber der sagte nur, dass Martin ein Depp sei. Ein Frauennichtversteher.

Romana ergreift Martins Partei. Er sei ja schließlich im Recht gewesen, Lily nach einem möglichen Rivalen zu fragen. Und dass sie so pampig drauf reagiert habe, sei doch sehr verdächtig. Ein Kindsvater habe halt immer den natürlichen Vorteil. Und gut ausschauen tät er auch noch auf diese levantinische Art. Wer so was mag.

»Du streust Salz in meine Wunden, Romana.« Martin greift nach zwei Gummibären.

»Ach geh, das war doch eh nur so ein besserer Flirt. Lass dich erst einmal scheiden, bevor du gleich wieder auf Brautschau gehst.«

»Für einen Flirt war der Sex echt gut. Spitzenmäßig sogar.«

So, das musste mal gesagt werden. Sie schaut ihn an und beginnt dann zu lachen.

»Ach geh. Ich weiß gar nit mehr, wie das geht.«

Kokettiert sie? Martin dachte immer, dass ihre Freundschaft mit Flock auch sexuelle Züge hätte. Er könnte sich irren. »Weißt, die Lily ist schon was Besonderes.«

Das findet Romana zwar nicht, aber sie tätschelt Martins Hand in falscher Zustimmung. Der Bub ist zu sensibel, auch wenn er sich manchmal wie ein Alphatier aufführt. Er wird schon drüber hinwegkommen, Liebeskummer ist immer temporär. Man muss ihn auf andere Gedanken bringen. »Weißt, was ich beschlossen habe: Ich kauf mir einen Hund. Einen kleinen. Eine französische Bulldogge, die sehen so herzig blöd aus.«

Er starrt sie entgeistert an. Wie kommt sie von Lily auf eine Bulldogge?

»Spinnst du jetzt? Und wenn du schon einen Hund kaufst, dann hol ihn dir aus dem Tierheim, Romana, statt einen Haufen Geld für eine überzüchtete Rasse auszugeben.«

Die Gläser sind leer, Romana hypnotisiert ihren Kellner für eine weitere Bestellung. »Bist jetzt unter die Tierschützer gangen?«

»Nein, aber dann schau dich doch einmal im Tierheim vom Elvis Hudlicka um. Vielleicht find'st einen Hund, den du magst – und dann tust du gleich noch ein gutes Werk.«

Romana wiegt zweifelnd den Kopf. Doch als sie gerade zu einer Antwort ansetzt, hört sie ein lautes Klatschen. Schaut hin – wie Martin und die meisten anderen Gäste auch. Drei Tische weiter hat eine Frau mit dunkler Sonnenbrille einen Mann geohrfeigt.

»Die Zopott'sche hat der Adelmaus eine Watschn gegeben«, sagt Romana sehr vergnügt. »Jetzt wüsst ich noch zu gern, warum.«

Kapitel 15

Stippvisite des Sommers im Frühling: Achtundzwanzig Grad und kein Lüfterl. Obwohl nicht auszuschließen ist, dass Ende April der Winter noch kurz vorbeischaut, hat Martin Glück schon einmal die Oben-ohne-Saison ausgerufen und das Fetzendach seines Käfers zurückgekurbelt. Unter strahlend blauem Himmel gleitet er mit Romana im Cabrio die Simmeringer Hauptstraße entlang. Ziel: Hudlickas Hundeheim. Aus dem Radio erklingt Charles Aznavour. *Parti avec un autre amour*. Für Martin, der leidlich Französisch kann, der passende Text: *Meine Freundin ist mit einer anderen Liebe fortgegangen …* Wie wahr und sentimental und verdammt kitschig …

»Wenn ma nit nach links und rechts schaut, könnt ma meinen, wir san zwa Turteltauben an der Côte d'Azur.« Romana, deren Französisch sich in Grenzen hält und die dem Text nur das Wort *amour* entnommen hat. »Aber leider fahr ma statt an Palmen an Gemeindebauten vorbei …« Sie verzieht das Gesicht beim Anblick der gesichtslosen Wohnanlagen aus den architektonisch bescheidenen 1950er- und 1960er-Jahren.

Martin antwortet nicht. Immerhin wirken die zwei Aspirin langsam, dazu der erfrischende Fahrtwind. Sein Kopfweh wird besser, und auch die Übelkeit lässt nach. Aber nach Small Talk fühlt er sich trotzdem nicht, eher nach Chansons, die seine Gemütslage verstärken.

»Die Strecke kenn ich eh«, versucht Romana noch einmal ein Gespräch in Gang zu bringen. »Da geht's zum Zentralfriedhof, der neuen Wohnstatt unserer lieben Sissy.«

Als Martin noch immer nicht antwortet: »Bist scho wieder übernachtig? Konntest vor Liebeskummer nit schlafen?«

»Bin versackt«, kommt es einsilbig retour. »Kannst im Handschuhfach nachschauen, ob da meine Sonnenbrille ist?«

Er war im *Porgy & Bess*, seinem Lieblings-Jazzlokal, das er ursprünglich Lily zeigen wollte. Stattdessen hat er seinen Kummer gemeinsam mit Fassl ersäuft, der ebenfalls Jazz-Liebhaber ist und wie er in der Single-Falle sitzt, die sich langsam zuzuziehen scheint.

»Mit wem bist versackt?« Romana ist indiskret und hartnäckig wie immer.

»Kennst du nicht, noch so ein einsamer Stadt-Cowboy.«

»Geh, jetzt wirst aber rührselig! Ich bin zwar nicht so begeistert von ihr, aber genau genommen hast du ja den Streit mit der Lily provoziert. Irgendwie kommst mir bei den Frauen schon ein bissel ung'schickt vor. Zuerst suchst dir mit der Larissa eine aus, die nit zu dir passt, und bei der Nächsten verpatzt du es mit einer blöden Bemerkung. War das immer schon so?«

Während sie im Handschuhfach wühlt und dort CDs, Notizen, Gummibären, aber keine Sonnenbrille findet, richtet Martin einen Blick zurück in sein frühestes Liebesleben. »Meinst jetzt die Zeit so ab zwölf, als ich in dich verliebt war? Oder früher?«

»Früher, du Schmeichler.« Natürlich hat sie damals bemerkt, dass die pubertierenden Söhne ihrer Pensionsgäste am Wörthersee sie anbeteten. Und ja, sie hat es genossen.

»Ja, war schon beim ersten Mal so«, grinst er. »Hast jetzt die Sonnenbrille?«

»Na. Aber eine Aufmunterung fürs Gemüt.« Sie drückt ihm zwei Gummibären in die Hand. »Also erzähl schon: Wer war deine erste unglückliche Liebe?«

»Die Bibi Grasmuck. In der Volksschule. Blonde Locken, Masche im Haar. Die Einzige, die immer ein Kleid anhatte und keine Jeans. Hat irgendwie gar nicht in unsere damals schon recht coole Zeit gepasst. Aber ich war von ihr fasziniert.«

»Wie alt warst?«

»Acht. Ich hab immer mit der Bibi gerauft, weil ich mich lang nicht getraut hab, lieb zu ihr zu sein, aber sie trotzdem körperlich irgendwie spüren wollte. Und eines Tages sagt sie zu mir: *Willst mit mir gehen?* Tja, und dann sind wir miteinander gegangen.«

»Mit Küssen und so?« Romana dreht den Kopf interessiert zu Martin.

»Na ja, wie man so busselt in dem Alter.«

»Und warum war's dann aus?«

»Weil sie mir buchstäblich über den Kopf g'wachsen ist. Eines Tages war sie auf einmal größer als ich. Und da hab ich meinen Freund Tommy vorgeschickt, damit er ihr ausrichtet, dass ich sie freigebe.«

»Feigling«, sagt Romana aus tiefster Überzeugung. »Hast sie später wieder getroffen?«

»Ja, das erste Mal, als wir beide Anfang zwanzig waren. Sie war damals eine Schönheit, inzwischen wieder kleiner als ich, aber leider verlobt. Fünfzehn Kilo später hab ich sie dann bei einem Klassentreffen wiedergesehen. Diesmal geschieden und frei. Tja, da war ich dann vergeben.«

Romana seufzt. »Solltest dir vielleicht doch auch einen Hund zulegen, statt dich ständig unglücklich zu verlieben.«

Er überhört es: »Wie bist eigentlich du auf die Idee mit dem Hund gekommen? Ich hab Romana Petuschnigg gar nicht so tierlieb in Erinnerung.«

»Weil ich unlängst vom Barhocker gefallen bin ...«

Martin sieht sie ungläubig von der Seite an. »Dass du eine Spielerin bist, weiß ich ja. Aber dass du auch trinkst bis zum Umfallen, ist mir neu.«

»Blödsinn. Ich hab doch bei der Renovierung auch die Küche in der *Villa Romana* umbauen lassen. Und da haben sie mir so eine moderne Küchenbar mit Barhockern hing'stellt statt meiner alten Essecke. Und als ich von einem oberen Kastel was herausholen wollte, war kein Sessel da zum Draufsteigen, deswegen hab ich einen Barhocker genommen. Bin damit umgekippt. Da lag ich dann so allein am Boden – der Alex war wie so oft in letzter Zeit nit da –, und keiner hätt die Rettung rufen können, wenn mir was Ernstes passiert wär. So hab ich mir gedacht, ich kauf mir einen Hund.«

»Du meinst, ein Hund könnte im Notfall die Rettung rufen oder statt Alex die Arbeiten im Haus erledigen?«

»Sei nit blöd! Nein, ich mein wegen dem Alleinsein.« Ihre Stimme hat plötzlich einen ernsten Ton angenommen.

Martin fragt nicht weiter. Das mit der Einsamkeit, das versteht er. Eine Zeit lang schweigen sie beide, bis Martin blinkt und links abbiegt, dem Hinweis »Simmeringer Heide« folgend.

»Wo is hier eine Heide? Da sind doch nur Monsterbauten«, weist Romana nach vorn.

»Das war früher einmal eine Heide, bevor alles verbaut worden ist. Viel weißt aber nicht über Wien, Romana, obwohl du hier aufgewachsen bist.«

»Aufg'wachsen ist gut. Wir sind ja nach Kärnten gezogen, als ich noch klein war, weil die Mama dort eine Stelle als Köchin bekommen hat. Bin eh froh. Ich bin eine Wörtherseepflanze und nicht Großstadt und so. Außerdem haben wir in Favoriten gewohnt, Arbeiterbezirk. Hat ja auch zu uns gepasst damals. Alles, an was ich mich erinnern kann, ist der Böhmische Prater dort. Mit Ringelspiel und Karussell. Prater für die Armen. In den großen Prater bin ich gar nie kommen. Gibt's den Böhmischen Prater eigentlich noch?«

Martin muss nachdenken. Immer wieder wird geschrieben, dass er abgebaut werden soll, was aber dann doch nicht passiert. »Ich denk schon. Soll ma einmal hingehen und Ringelspiel fahren?«

»Geh, pflanz mich nit. Was, daas is des Tierheim? So klein?«

Sie haben vor einem altersschwachen Eisentor gehalten mit der Aufschrift »Treue Pfoten«, daneben ein Schild, das ein durchgestrichenes Auto zeigt mit dem Text »Wir müssen draußen bleiben«.

Sobald sie das Gelände betreten, werden sie von teils bellenden, teils schweifwedelnden Hunden umringt.

»Ich denk, in einem Tierheim sind die Hunde in Käfigen«, wundert sich Romana.

»Nicht bei mir«, antwortet Elvis Hudlicka, der ihnen zur Begrüßung entgegenkommt. »In den normalen Tierheimen heißt es immer, dass man die Hunde trennen muss, weil sie gestresst sind und dann aggressiv aufeinander losgehen. Ich lass alle frei herumlaufen, da kommt kein Stress auf, und sie sind auch nicht aggressiv. Gell, Schnecki!«

Das Riesenexemplar eines Vierbeiners, mit dem sowohl Martin als auch Romana schon Bekanntschaft gemacht haben, kommt angerannt, als es seinen Namen hört. Als hätte er ihn Monate nicht gesehen, begrüßt Schnecki sein Herrchen stürmisch und bedeckt dessen Gesicht mit feuchten Hundeküssen. Dann wendet er sich in ähnlicher Absicht Romana zu, die erschrocken zurückweicht. »So an großen will ich aber nit. Eher was Mopsartiges.«

Elvis ruft seinen Hund zurück. Zu Romana: »Das nennt man Schnauzenzärtlichkeit. Ein ganz besonderer Liebesbeweis. Sollten Sie schon wissen, wenn Sie sich einen Hund zulegen wollen. Mops haben wir übrigens keinen, aber einen Mischling zwischen französischer Bulldogge, Zwergpudel und noch irgendwas. Der is drinnen in der Ordination, wird grad geimpft, der Schweindi. Gemma hinein.«

»Schweindi?«, murmeln Romana und Martin gleichzeitig, als sie hinter Elvis durch das relativ kleine Gelände zu einem primitiven Gebäude gehen, an dem ein Schild mit dem Schriftzug *Haus Rita* prangt.

»Das ist unser Haupthaus«, erklärt Elvis. »Da drinnen ist mein Büro, dort haben die Hunde ihre Schlafplätze, und dort haben wir auch eine kleine Ordination. Ist ja alles ein bisserl klein. Aber jetzt mit der Erbschaft können wir endlich was Größeres kaufen.«

»Ja Max, Sie? So ein Zufall …« Romana wundert sich nur kurz über die Anwesenheit von Max Rainer in der sogenannten Ordination. Denn ein wundersames kleines Wesen, halb Hund, halb Plüschtier, das gerade von Max mit Leckerlis gefüttert wird, nimmt sofort ihre Aufmerksamkeit in Anspruch.

»Ich helfe hier aus«, erklärt Max in Richtung Martin, »weil sich der Elvis nur in äußersten Notfällen einen richtigen Tierarzt leisten kann. Bis jetzt. Eigentlich dürfte ich wie in der Klinik nur unter Aufsicht arbeiten, aber ich bin eh bald mit dem Studium fertig. Dann darf ich offiziell Tiere behandeln. Vorläufig mach ich die Impfungen, versorge kleinere Verletzungen etc. Der Schweindi bekommt heute seine Tollwutimpfung. Aber vorher zur Einstimmung noch ein paar Leckerlis.«

Romana hört nur halb zu. Denn der Kleine hat sich neugierig zu ihr umgedreht und schmiegt sich jetzt an ihre Beine, während sein kurzer Schweif im Turbotempo mitteilt, dass die spontane Zuneigung auf Gegenseitigkeit beruht. Ihr Herz setzt einen Schlag aus bei so viel plüschiger Liebe. Zu Elvis und Martin: »Den da will ich!«

Nicht überraschend. Elvis: »Das is eh der, den ich gedacht hab für Sie. Aber vorher kriegt er noch seine Impfung.«

»Geh, Tollwut, so a klaner siaßer Kerl, der kann doch nit tollwütig werden«, argumentiert Romana mit unschlagbarer Unlogik. »Tut ihm des Impfen nit weh?«

»Na ja, es sticht ein bisserl. Nicht sehr.« Max, der das letzte Leckerli noch in der Hand hält, öffnet den Medikamentenschrank, um den Impfstoff herauszuholen. Da springt Schnecki freudig auf Max und das Leckerli zu, Max wankt kurz, der Schrank wackelt, und heraus fallen mehrere Glasfläschchen, aus denen Flüssigkeiten austreten, die sich auf dem Steinfußboden mit den Glasscherben vermischen.

Neugierig betrachtet Schnecki, was er angerichtet hat, und will von dem interessanten Gemisch kosten. Elvis zerrt den Hund weg und beginnt, den Boden aufzuwischen. Dann wirft er den Lappen in den Mülleimer und verlässt mit Schnecki die Ordination.

»Ich bin im Büro, zweite Tür links«, ruft er Romana zu. »Wegen der Formalitäten für die Übernahme von Schweindi.«

»Stellen Sie jetzt bitte den Schweindi auf den Tisch für die Impfung – und halten ihn fest?«, fordert Max sie dann auf.

Romana macht, was ihr gesagt wird. Aber während sie ihre neue Liebe in eisernem Griff hält, muss sie einen Entschluss verkünden: »Ich will kein kleines Schwein im Haus haben. Ich glaub, ich werd dich Alex nennen, neuer Hund. Den Namen bin ich schon so gewöhnt. Was meinst, Martin?«

Dieser wird durch das Läuten seines Handys einer Antwort enthoben.

Franz Fassbender: »Bist du noch mit deiner Bekannten im Hundeheim in Simmering?«

»Ja, warum?«

»Das trifft sich gut. Kannst du um die Ecke in die Etrichstraße fahren? Mich haben die von der Rettung angerufen. Drogentoter. Die wurden von einem anonymen Anrufer verständigt. Ich bin noch mit meiner Wasserleiche beschäftigt, komm aber gleich mit der Spurensicherung nach.«

Martin sieht auf seine Uhr. Romana muss sich halt ein Taxi zurück nehmen. »Sicher, kann ich machen. Aber seit wann interessieren wir uns für Drogentote? Oder ist was faul dran?«

Fassbender seufzt diesen Satz beinahe: »Der Tote ist René Burgstaller.«

Kapitel 16

Romana entschwindet mit dem Taxi in Richtung Zentrum. Von Schweindi alias Alex musste sie sich vorerst schweren Herzens verabschieden. Den Hund werden sie am nächsten Tag abholen. Besser so. Denn wie Romana Martin gestanden hat, wissen Lotte und ihre WG noch nichts von dem neuen Mitbewohner. Auch wenn sie bis zu ihrer Abreise nach Kärnten nur noch kurze Zeit mit ihrem Vierbeiner dort logieren wird, sollte doch ein gewisses Einverständnis vorhanden sein. Was bei einem herzigen kleinen Hund wie diesem kein Problem sein dürfte. Sagt Romana.

Als Martin zu seinem Auto kommt, stößt seine prinzipielle Tierliebe an ihre Grenzen. Ein Vogel hat den Fahrersitz seines offenen VW als Toilette missbraucht. Fluchend säubert Martin ihn mit einem Glasreiniger, den er im Kofferraum hat, und legt ein ebenfalls dort verwahrtes Plastiksackerl darüber, auf das er sich dann setzt.

Während der kurzen Fahrt in die Etrichstraße überlegt er, dass man nicht unbedingt von Fremdverschulden ausgehen muss, wenn einer wie René Burgstaller eine Überdosis abbekommt. Sein Bauchgefühl schreit andererseits schon wieder »Mord!«. Allzu viele Leute hätten ja wohl ein Motiv, den erpresserischen Junkie ins Jenseits zu befördern.

***

In seiner Kindheit und Jugend hat Martin viele Sozialwohnungen von innen gesehen. Die meisten seiner Fußballfreunde haben in solchen Gemeindebauten gewohnt. Er konnte daran nie etwas Schlechtes oder Trostloses entdecken. Kleiner waren die Wohnungen halt und niedriger als die Altbauwohnung seiner Eltern. Lustiger war es dort sowieso. Denn in den meisten dieser Anlagen gab es große Wiesen und jede Menge Platz zum Kicken. Ein bisschen gefürchtet bei den Kindern war die jeweilige Hausmeisterin, der nichts entging und die streng darauf achtete, dass alles seine Ordnung hatte.

Dagegen sind viele der heutigen Gemeindebauten Monstersiedlungen ohne Fußballfelder und ohne Hausmeister. Die wurden von Reinigungsfirmen abgelöst. Jetzt gibt es dort vor allem billigen Wohnraum, dessen Vermietung allerdings auch von Beziehungen und vom Parteibüchel abhängt.

Als er das Haus in der Etrichstraße betritt, umfängt ihn gleich die Trostlosigkeit eines heruntergekommenen Gemeindebaus. Martin versucht, so rasch wie möglich, immer zwei Stufen auf einmal nehmend, in den zweiten Stock zu gelangen und die Umgebung auszublenden. Aus einer Wohnung hört man einen Mann und eine Frau streiten, aus der nächsten die Klospülung. Rap-Musik hämmert bis ins Treppenhaus. Dünne Wände, Scheißakustik und Menschen, die auf Rasierklingen balancieren.

Von Stufe zu Stufe wächst Martins Mitleid mit René Burgstaller. Aufgewachsen auf der Seite Wiens, die nicht viele Chancen vergibt. Und wenn ein Batzen Geld als Fahrkarte in ein besseres Leben winkt ... wer weiß schon, was einer dafür tun würde? Aber jetzt ist er selbst tot, der René. Unfall oder Mord?

»Chefinspektor Glück?«, fragt der Mann in Rettungsuniform, der ihm vor der Wohnungstür der Burgstallers entgegenkommt.

Martin nickt und zeigt seinen Ausweis.

»Ihr Kollege Fassbender hat Sie schon angekündigt. Der Tote liegt in der Küche. Wir wurden anonym verständigt, dass man hier die Rettung braucht. Aber da war nix mehr zu machen. Ziemlich klar eine Überdosis. Spritze liegt daneben, und die Einstichstelle ist gut erkennbar. Aber dafür ist ja Ihr Gerichtsmediziner zuständig. Ich hab unseren Teil protokolliert. Wenn's recht ist, gehen wir jetzt.«

Martin hält den Mann, der es eilig hat, zurück: »Eine Frage noch: Wer hat den Anruf entgegengenommen?«

»Jemand von der Notrufzentrale. Soll ich nachfragen?«

»Ja, das könnte für uns ein wichtiger Hinweis sein. Fragen Sie bitte, wer angerufen hat – ein Mann oder eine Frau, ältere oder junge Stimme, Akzent, auffallendes Verhalten und so weiter.«

Während der Rettungshelfer telefoniert, betritt Martin die kleine verwahrloste Wohnküche. Geschirr, das sich in der Abwasch türmt und schon Schimmel angesetzt hat, eine alte Schreibmaschine auf dem Küchentisch, ein umgeworfener Sessel. Daneben liegt René gekrümmt auf dem Fußboden.

Martin beugt sich über den jungen Mann, den sie vor Kurzem noch als Verdächtigen verhört haben und den er pampig bis zornig in Erinnerung hat. Es passiert in seinem Job eher selten, dass man ein Opfer persönlich kennt. Der war kein wirklich schlechter Kerl, denkt er, halt einer, dem das Leben und die Umstände über den Kopf gewachsen sind. Es ist immer eine Tragödie, wenn ein junger Mensch stirbt. Daran wird er sich nie gewöhnen. Auch wenn René ganz friedlich aussieht, fast ist das ein Lächeln in seinem Gesicht.

Martin wendet sich von dem Toten ab und geht durch die kleine Wohnung. Vorzimmer, Wohnküche, Schlafnische,

Bad und Klo. Das Ganze sicher nicht größer als fünfunddreißig Quadratmeter. Also etwa halb so groß wie Larissas Designer-Wohnzimmer.

Inzwischen hat der Rotkreuzmann sein Telefonat beendet. »Die in der Zentrale haben mir gesagt, es war ein Mann, der angerufen hat. Vor genau siebenundvierzig Minuten. Er hat ein bissel hochtrabend und geschwollen geredet und war ziemlich aufgeregt. So mittleres Alter, denken die. Seinen Namen wollte er nicht nennen. Die Nummer war unterdrückt.«

Martin bedankt sich, und die Rettungstruppe zieht ab. Er streift Handschuhe über, um eventuell vorhandene Fingerabdrücke nicht zu zerstören, und setzt seinen Kontrollgang durch die Wohnung fort. Auf dem Couchtisch ein Laptop und eine leere Wodkaflasche, daneben Reste weißen Pulvers – Koks vermutlich –, auf dem Fußboden ein Berg schmutziger Wäsche, am Fenstergriff hängt ein Missoni-Bademantel in leuchtenden Farben. Eine Hinterlassenschaft der Mutter?

Der Fernsehapparat ist riesig und offenbar neu. Daneben ein Videorecorder, auf dem ein kleiner Stapel von maschinenbeschriebenen Papieren liegt. Martin liest quer und erkennt Marias als Liebesromane getarnte Erpressungsgeschichten. Er rollt sie zusammen und steckt sie in die große Innentasche seiner Lederjacke. Vielleicht findet sich darin ein Hinweis auf Marias – und Renés? – Mörder. Andererseits: Wenn ein und dieselbe Person Maria *und* René auf dem Gewissen hat, warum hat er oder sie die belastenden Manuskripte nicht mitgenommen? Wurde der Täter gestört? Oder war es doch eine Überdosis?

Unter dem Papierstapel kommt eine Videokassette zum Vorschein. Ein Porno: *Alma vögelt auf der Alm*. Er beachtet sie zunächst kaum. Doch nach einer neuerlichen Runde durch die kleine Wohnung kehrt er zur Kassette zurück. Irgendetwas stimmt da nicht. Warum sollte René sich einen Porno auf einem uralten Video anschauen, wo das Internet in dieser Richtung doch wesentlich mehr zu bieten hat? Er nimmt die Kassette zur Hand, beäugt sie näher. Nichts Auffälliges, außer dass ihm die nackte Frau auf dem Cover vage bekannt vorkommt.

Da läutet es an der Tür. Fassl und seine Leute, denkt Martin, während er öffnet.

Vor ihm steht mit Kopftuch und Sonnenbrille die ältere Ausgabe jener Alma, die auf der Alm ...

Hinter ihr der Adelsfuzzi in sommerlichem Leinenanzug. Der Abscheu vor dem Ambiente steht ihm ins Gesicht geschrieben.

Aus der Tasche seines Sakkos holt Edgar ein Fläschchen Handdesinfektion, aus dem er sich reichlich bedient. Im Gegensatz zu Alma, die Martin fragend ansieht, scheint die Adelmaus von dessen Anwesenheit wenig überrascht.

»Was machen Sie hier beim René, Herr Chefinspektor Glück?«, fragt Alma.

»Und Sie beide?«, gibt Martin die Frage zurück.

»Wir wollten nur schnell etwas abholen. Wir sind mit ihm verabredet.«

»Ich habe Frau Alma meine Begleitung angeboten. Eine Dame kann doch nicht ohne Schutz so ein Haus betreten«, wirft Edgar ein.

»Ist René da? Oder haben Sie ihn womöglich verhaftet?« Alma versucht, über Martins Schulter in die Wohnung zu schauen, ihr Blick bleibt schließlich an der Kassette in Martins Hand hängen.

»Suchen Sie vielleicht das?« Er kann sich eines wahrhaft schmutzigen Grinsens nicht enthalten.

Die Adelmaus tritt ein paar Schritte zurück, ganz Diskretion – oder Feigheit. Alma errötet, was Martin schon wieder putzig findet.

»Ja, also, ich meine, Sie dürfen von mir jetzt nicht denken, dass ... also wenn man jung ist und als Schauspielerin Geld braucht, das machen ja die meisten.«

»Schon gut«, sagt Martin. »Ich bin ja kein Moralapostel. Sondern auf Mord spezialisiert«, fügt er mit Blick auf Edgar hinzu.

Der schaut auf Martin herab. Er ist größer, das auch. Arroganter, aber das ist teilweise Show. Hier und jetzt fühlt er sich höchst unwohl. Und der Bulle hat so einen starren, gemeinen Blick.

»Haben Sie René umgebracht, als Sie vor einer Dreiviertelstunde hier waren?«, setzt Martin einen überraschenden Schachzug.

Edgar sieht ihn verblüfft an und hustet dann in ein Taschentuch mit bestickten Initialen. Er wünscht sich weit weg – nach Monte Carlo zum Beispiel oder zur Not auch Ibiza.

In dem Moment hat Alma den Toten entdeckt, zumindest seine Füße, und schreit filmreif auf.

»Was ist denn hier los?«, poltert Franz Fassbender, der sich mit Kollegen von der Spurensicherung und dem Gerichtsmediziner in die Wohnung drängt. Edgar sieht seine Chance zum geordneten Rückzug übers Treppenhaus. Doch Martin folgt ihm.

»Er war schon tot, als ich kam! Das müssen Sie mir glauben«, flüstert Edgar plötzlich mit leicht zitternder Stimme. »Und dann lag da auch diese Spritze. Also ich hab nichts angegriffen, ehrlich nicht. Sondern rasch die Rettung gerufen.«

»Ich könnte Sie wegen Behinderung der Ermittlung in einem Todesfall verhaften lassen«, sagt Martin streng. Ist zwar Blödsinn, macht aber Spaß. Er steht nun eine Stufe über der Adelmaus und ist gleich groß. Fühlt sich größer. »Sie können jetzt gehen, aber morgen um zehn will ich Sie beide im Büro von Leutnant Fassbender sehen, Herr Siebers-Adelmauseder. Ach ja, die Kassette müssen wir vorerst als Beweisstück behalten.«

Alma hat das gehört. Sie schluckt, doch sie senkt züchtig die Augen und hakt sich bei ihrem Begleiter unter. Die Filmohrfeige, die sie ihm im *Kameel* demonstrieren wollte, ist ein bisserl fest ausgefallen. Aber er hat ihr verziehen, weil er ein Gentleman ist.

Aus dem Stiegenhaus hört man bis in die Wohnung seine Stimme: »Man soll an dieses Milieu gar nicht anstreifen, liebe Alma. Wenn ich mir vorstelle, dass die Frau Maria hier gehaust hat ... Nein! Wie schrecklich! Wer weiß, welche Keime sie zu uns getragen hat. Nicht auszudenken, dass sie womöglich auch noch das halbe Palais geerbt hätte. Da ist es schon gut, dass höhere Mächte sie auf ihren Platz verwiesen haben.«

Dann fällt unten die Haustür zu. Martin informiert Franz, die Kollegen sichern Spuren, der Gerichtsmediziner untersucht die Leiche. Franz kaut an einer mitgebrachten Extrawurstsemmel, nach der Wasserleiche ist diese hier geradezu appetitanregend.

Als Martin sich überflüssig fühlt und sich verabschiedet, trifft er im Erdgeschoß auf eine Frau Mitte fünfzig, die hinter einer halb geöffneten Wohnungstür hervorschaut. Sie hätte in früheren Zeiten eine klassische Hausmeisterin abgegeben, denkt er. Dem Klischee nach wäre diese tüchtig, goschat bis gemein, unerschrocken und extrem neugierig gewesen.

Martin grüßt, was sie ermutigt, herauszukommen und ein Gespräch anzufangen. »So tragisch!«

Martin bleibt stehen, lächelt einladend. »Was ist tragisch, gnä' Frau?«

Sie zündet sich genüsslich eine Zigarette an und bläst ihm den Rauch ins Gesicht. Die klassische Hausmeisterin hat nicht einmal Angst vor den Kieberern. »Na des mit dem René. Hot er si totg'spritzt?« Angewidertes Seufzen.

»Wieso glauben Sie, dass dem Herrn Burgstaller was passiert ist?«

Die Frau schnaubt verächtlich. »I bin ja net auf der Nudelsuppn daherg'schwommen. Z'erst die Rettung, dann gehn die weg ohne wem, dann kummt die Polizei. Da kann i zwa und zwa z'sammzählen. Alles klar, Herr Kommissar?«

Falco lebt. »Haben Sie den Herrn Burgstaller gut gekannt?«

»Na sicher, und die arme Mama von ihm aa. Die jungen Leit von heut haben's einfach zu guat, sonst kämen s' net auf die Idee mit die Drogen. Sollten liaber arbeiten gehen. A Schand is des. Z'erst des Madl, und jetzt der René.«

Martin ist ganz Ohr: »Welches Mädchen?«

»Na, die Freundin von dem René. A fesches Madl. Schod drum. Die is doch erst vor a paar Monat in der Wohnung von der Burgstaller an aner Überdosis g'storben.«

Elektrisiert: »Wann denn genau? War die Polizei da?«

»Sowieso waren welche von euch Kieberer da. Haben eh ermittelt, so heißt des doch, oder?«

Martin nickt.

»Muass so vor Weihnachten g'wesen sein. Na ja, und dann vor Kurzem erst der U-Bahn-Bumserer von der Burgstaller, und jetzt der Bua. Alle san s' tot.« Nach einem pietätvollen Seufzer: »Bin scho neugierig, wem die Wohnung jetzt zuateilt wird. Hoffentlich niemand mit klane Kinder.«

Das goldene Wiener Herz, denkt Martin nicht zum ersten Mal seit seiner Rückkehr aus der Provinz. »Sie wissen nicht zufällig, wie die Tote g'heißen hat?«

»Hat sich mir net vorg'stellt«, schnappt sie und schaut vorwurfsvoll auf den Tschick, der fast runtergebrannt ist. Die Audienz ist beendet, sie nickt abschließend und wirft ihre Wohnungstür vor ihm zu.

»Dank schön für das Gespräch«, sagt Martin zur geschlossenen Tür, bevor er pfeifend aus dem Haus geht. Irgendwas sagt ihm, dass sie eine heiße Spur haben. Was nach drei Toten aber auch an der Zeit ist.

Kapitel 17

Franz ist nebenan bei der Wasserleiche, während Martin seinen Vormittag mit Dr. Gaby Wiesenbrunner und René Burgstaller verbringt. Ein frischer Drogentoter ist angenehmer als eine Leiche, die fünf Tage in der Donau trieb. Gaby ist außerdem ein Lichtblick mit ihren kastanienbraunen Haaren und den grünen Augen. Sie flirten immer ein bisserl während der Leichenschauen, das Leben geht weiter, auch und gerade im Angesicht des Todes.

Gaby raucht während des Sezierens, obwohl es eigentlich verboten ist, aber hier gelten andere Regeln. Unterirdische. Während sie resolut den Schnitt vom Brustbein bis zum Schambein vollzieht, tritt Martin einen Schritt zurück und versucht, die Nase zu blockieren. Er hat es schon so oft gesehen und kann sich nicht daran gewöhnen, wie ein Körper plötzlich auseinanderklafft. Wie der Mensch auf ein Stück Fleisch reduziert und ausgeweidet wird.

Außerdem ist er müde, hundemüde, hat er doch bis vier Uhr morgens die Geschichten der Maria Burgstaller gelesen. Interessante Lektüre, wenn auch unglaublich kitschig aufbereitet. Liebesgeschichten allesamt, Maria muss eine überaus romantische Seele gewesen sein. Und neugierig. Und eine Erpresserin. Da haben wir die Apothekerin mit ihrem Verhältnis, dem Hausarzt. Frau Magister nutzte – mit dessen Wissen oder nicht? – Rezepte, um René Burgstaller Drogen oder Drogensubstitute zu verkaufen. Ein Topmotiv für einen Mord.

Dann die gute Alma mit ihrem Porno – das ist peinlich, aber echt kein Grund, jemanden umzubringen. Da hatte die Adelmaus schon eher Anlass, wenn die Geschichte mit dem verkauften und gefälschten Schmuck stimmen sollte. Und schließlich der perfekte Max: Hat als Jugendlicher einen Unfall verursacht, bei dem sein Großvater zu Tode kam. Ob Sissy Wallner das wusste, als sie Max als ihren Haupterben einsetzte?

Romana, die Frau mit den Spielschulden, ist in Marias Geschichte eine böse Lebefrau, die dem edlen jungen Mädchen ihren Prinzen wegnehmen will. Martin war bei dieser letzten Geschichte mit dem Gedanken eingenickt, nie wieder im Leben Liebesromane zu lesen. Morgens, drei Stunden später, wachte er mit dem Gedanken auf, dass Elvis Hudlicka als Einziger nicht vorkommt in den Burgstallerischen Wortfußbädern von Liebe, Leid und Sünde. Was vermutlich daran liegt, dass die Mutter Teresa der Vierbeiner keinen Dreck am Stecken hat, zumindest keinen, von dem die selige Maria wusste. Martins Vermutung. Kann aber auch falsch sein.

»Willst einen Tschick?«

Gaby hält ihm ihre Packung vors Gesicht, und er schüttelt den Kopf. »Ich versuch wieder einmal aufzuhören.«

»A geh, Martin, willst vielleicht gesund sterben?« Sie formt ihren Mund zu ihrem verführerischen Ich-bin-sowas-von-lebendig-Lächeln, bevor sie sich der Leber widmet, die sie in kleine Streifen schneidet und auf verschiedene Gefäße verteilt.

Der spürt nix mehr, denkt Martin, während er zwei Gummibären in den Mund schiebt. Der große, endgültige Schlaf, das wär ein tröstlicher Gedanke, wenn er ihn nicht im Obduktionssaal hätte. »Abwehrspuren hast keine gefunden?«

Gabys moosfarbene Augen versenken sich in seine. »Na, überhaupt nicht. Der war Linkshänder, hat sich in den rechten Arm gespritzt, und wenn ein Zweiter dabei war, dann hat der René sich nicht gewehrt. Sieht nach einer ordinären Überdosis aus, aber genau kann ich's erst sagen, wenn ich die Substanzen untersucht habe.«

»Wann?« Martin versucht seinen Ich-seh-dir-in-die-Augen-Kleines-Blick.

Er wirkt. »Wann brauchst es denn?«

»Heut noch?«

Gaby seufzt, weil das Überstunden bedeutet. Andererseits hat sie eh keine Lust auf das Fitnessstudio, dann lieber im Labor hocken und anschließend ... »Lädst mich dafür heut Abend ein? Dann bring ich dir die Ergebnisse mit.«

Genauso gut hätte sie ihm eine Pistole vor die Brust halten können, denkt Martin, lächelt aber zurück. »Na sicher, wohin denn?«

»Sag ma ins *Miznon*? Mein neues Stammbeisl. So gegen halb neun? Dann müsst ich fertig sein und geduscht und aufgehübscht.«

»Du bist doch immer hübsch«, sagt Martin. Fast aufrichtig. Sie hat ein Koboldgesicht und einen seltsamen Pagenschnitt, und sie ist zu dünn für seinen Geschmack. Außerdem trägt sie zu viel Parfum, was vermutlich mit dem Leichengeruch zu tun hat.

»A geh, du Schmeichler.« Sie hat einen sehr blassen Teint, doch jetzt schimmern ihre Wangen in leichtem Rosa. Sie mag Martin Glück, seit sie sich zum ersten Mal gemeinsam über eine Leiche gebeugt haben. Den Brandgeruch hat sie heut noch in der Nase, sonst ist sie eher immun gegen die diversen Düfte der Toten. Gaby ist geschieden, kinderlos und geht auf die vierzig zu. Das ist kein Alter, aber die Männer, die sie in diversen Bars aufreißt, die bringen es auf die Dauer halt auch nicht. Es wär an der Zeit für einen festen Freund. So einen wie Martin zum Beispiel. Er ist so eine Melange aus Macho und Seelchen, das mag sie sehr. »Kannst ruhig gehen, hier g'schieht nimmer viel. Du kriegst alles, was du willst, heut Abend.«

Der Satz macht ihn sprachlos, also hebt er nur die Hand zum Abschied, während Gaby zur Säge greift, um den Kopf der Leiche zu öffnen. Martin schließt leise die Tür und schaut nebenan bei Fassl vorbei, der ganz grün im Gesicht ist und so was von dankbar, als Martin sagt, dass beide dringend zurückmüssten. Zieht seinen Schutzmantel aus und flieht geradezu aus dem Raum. »Den Befund können S' mir schicken«, sagt er, bevor er die Tür schließt.

»Danke, Martin. Ich hasse Wasserleichen.«

Martin sieht auf seine Uhr. »Sollen wir frühstücken gehen auf dem Weg?«

So schlecht ist Fassl auch wieder nicht. Er nickt, und sie steuern das erstbeste Kaffeehaus an. Fassl bestellt eine Eierspeis mit Speck und Kaffee und Martin auch Kaffee und zwei Eier im Glas mit Schnittlauch.

»Was Neues?«, fragt Fassl.

»Die Ergebnisse vom René krieg ich heute Abend. Im *Miznon*.«

Der Kollege sieht ihn fragend an.

»Ein relativ neues Beisl hinterm Stephansdom. Israelisch. Stammlokal von der Gaby.«

Ach, die Gaby, denkt Fassl, die könnte ihm schon gefallen, doch sie würdigt ihn keines Blickes. Hat also ein Auge auf Martin geworfen, was soll man davon halten? »Sie ist ja ganz fesch, aber irgendwie riecht sie komisch.«

Martin lacht. »Zu viele Leichen, zu viel Parfum und zu viel Knoblauch. Im *Miznon* sollen sie super kochen, aber mit Tonnen von Knofel. Na, und wenn es ihr Stammbeisl ist …«

Fassl widmet sich erst seinen Eiern, bevor er weiterredet. »Ich hab übrigens einen Anschiss vom Chef gekriegt. Wegen dir. Da haben wieder irgendwelche netten Kollegen blöd getratscht, dass ich dich überallhin mitnehm und du meine Arbeit machst.«

Martin seufzt, aber nicht deshalb. Seine gekochten Eier, die ihm der Kellner auf den Tisch geknallt hat, sind fast kalt und riechen irgendwie fischig. Aber vielleicht hat er noch den anderen Geruch in der Nase. »Das tut mir leid, Franz. Ich will dich ja nicht in Schwierigkeiten bringen. Will nur helfen.«

»Weiß ich doch.« Franz hat ihm die Gaby schon verziehen, wahrscheinlich wär so eine Leichenaufschneiderin eh nix für ihn. »Hab ich dem Chef auch gesagt. Und dass du sowieso unterfordert bist in deinem Kammerl.«

»Und? Ist er immer noch bös wegen der Schlägerei?«

Franz hebt die Achseln. »Keine Ahnung. Du weißt schon, der hat so ein Gesicht, die reinste Maske. Am Ende war er dann wieder ganz leger und hat g'meint, dass wir halt ein bisserl diskreter vorgehen sollen. Underground work und so.«

Arsch, denkt Martin, und meint seinen Chef. Und alle anderen Maskengesichter, die an den Hebeln sitzen, mit denen er und seinesgleichen bewegt werden. Er schiebt die kalten Eier weg. Franz nimmt sich eine Semmel, die dritte. Seine letzte Freundin hat Fassl beim Abschied eine neue Diät empfohlen: Er soll sich immer nackert vor den Spiegel setzen und essen ... das fand er überhaupt nicht lustig.

»Außerdem hab ich dir das Protokoll vom Adelmauseder und der Porno-Alma auf den Schreibtisch gelegt, Martin. Also, er sagt, dass er zu früh da war, wo er sich mit der Alma verabredet hatte. Die wollten zusammen den Pornofilm abholen. Er ganz der Gentleman, der eine Dame nicht allein lässt und so. Na ja, er ist also schon hinauf und hat geklingelt, und dann drückt er gegen die Tür, und die war offen. Geht rein und sieht in der Küche den René liegen. Ist vor Schreck sofort wieder raus aus der Wohnung und hat die Rettung angerufen.«

Martin erinnert sich, dass der Sanitäter auch von einer unverschlossenen Tür sprach. »So weit, so gut. Aber warum ist er dann mit der Alma zurückgekommen?«

Franz bestellt noch ein Stück Guglhupf zum »Drüberstreuen«. »Na vielleicht, weil ihn die Alma genervt hat mit ihrem Porno. Sie musste ihn unbedingt haben und dachte, sie kann den Sani überzeugen, ihr die Kassette zu geben. Sie wussten ja beide nicht, dass du schon vor Ort warst.«

»Hast ihm die Geschichte geglaubt?«

Franz sticht mit der Gabel in den Guglhupf, der zerbröselt und sein Alter verrät. So was verdirbt ihm die Stimmung. »Na ja, irgendwie schon. Warum soll er lügen?«

»Weil sie beide von René erpresst wurden zum Beispiel? Ich hab heut Nacht die Ergüsse der Burgstaller gelesen, alle.«

»Die hättest du gar nicht mitnehmen dürfen«, sagt Franz, der die Brösel mit dem angefeuchteten Zeigefinger aufwischt und ihrer Bestimmung zuführt. »Das sind Beweisstücke, Martin.«

»Ich weiß. Ich hab dir alle auf den Schreibtisch gelegt, kann dir aber eine Zusammenfassung geben, falls du keine Zeit zum Lesen hast. Besonders interessant fand ich die Geschichte von Max Rainer. Dieser Unfall als Jugendlicher in Untermittelstetten, den er verursacht hat. Da ist sein Großvater gestorben, die Jugendliebe von Sissy Wallner. Ich frage dich: Hat sie das gewusst, als sie ihn zum Haupterben einsetzte? Und wurde er von Maria Burgstaller damit erpresst? Und danach von René? Da würde sich nämlich Motiv an Motiv reihen, verstehst?«

Fassl wischt sich mit der Serviette Schweißperlen von der Stirn. Es ist viel zu heiß für die Jahreszeit – draußen wie drinnen. Und jedes Mal, wenn er fertig gegessen hat, denkt er, dass er abnehmen sollte. Dann würde er nicht mehr so schwitzen. Und bei Frauen wie der Leichen-Gaby einen Stich haben. »Wär raffiniert – drei Morde. Bloß schwer, ihm die nachzuweisen, oder? Außerdem stellt sich die Frage: Gibt es nur einen Mörder – oder eine Mörderin?«

»Du musst auf jeden Fall seine Alibis nochmals überprüfen – für alle drei Todesfälle. Und bei der Apothekerin und dem Arzt auch. Vielleicht waren es ja doch die zwei. Illegaler Handel mit Drogensubstituten. Erpressung. Von Berufs wegen wär es für beide einfach, dem Erpresser eine Überdosis in den Arm zu jagen.«

Franz nickt, er merkt schon, dass sich sein Kollege auf die drei Verdächtigen eingeschossen hat. Gott sei Dank ist er jetzt die Wasserleich los, das war allem Anschein nach Selbstmord, meinte der Gerichtsmediziner. »Erst mal les ich mir im Büro die Burgstaller-G'schichten durch, danach dann. Du schaust übrigens aus, als würd'st gleich einschlafn. Was für einen Hund hat sich die Romana denn ausg'sucht?«

Martin: »Ach so ... an Plüschtierhund mit einem komischen Namen. Da war noch was, das ich dir erzählen wollt, aber jetzt hab ich's vergessen. Ich glaub, ich schlaf im Büro einmal zwei Stunden, merkt sowieso niemand.«

Er winkt dem Ober, der sich Zeit lässt, bevor er mürrisch abräumt. Ein böser Blick auf die Eier im Glas, doch er lässt das Geschehen unkommentiert und bringt auf Verlangen sogar die Rechnung. Als es trotz allem ein Trinkgeld gibt, revanchiert er sich mit einem »Habe die Ehre« und der zarten Andeutung eines Dieners. Martin und Franz verlassen das Kaffeehaus und schlendern zurück ins Büro.

***

Martin verbindet Gaby mit einem OP-Kittel, weshalb er sie zunächst nicht erkennt. Gut, das *Miznon* ist so voll, dass er sich zur Theke durchkämpfen muss. Und dort steht sie in einem grünen Minikleid mit viel Rückendekolleté, und sie dreht sich um, gerade als er vor ihr steht. Knallrote Lippen zu Katzenaugen, da kann er ihr nur in stummer Ergriffenheit ihre Hand küssen, ironisch, und sie lächelt wie eine Königin.

Nicht mein Typ, sagt Martin zu sich selbst. Zu dünn, Typ schöne Hysterikerin. Eine Frau, die jeden Tag Leichen aufschneidet und das auch noch gerne, die muss einen kleinen Huscher haben. Aber ihr strahlendes Lächeln schmeichelt ihm, sie fällt auf, selbst in diesem hippen Laden mit überwiegend jungen und schönen Menschen. Die werden bedient von ebensolchen hinter der Theke, man duzt sich, spricht gerne Englisch und bestellt Speisen und Getränke unter Namensnennung: »Bier für Martin!« und »Gin Tonic für Gaby!« – Für sie der gegrillte Karfiol und für Martin eine mit Lamm gefüllte Pita.

Israelisch-mediterrane Küche, überirdisch gut, sagt Gaby, nein, sie brüllt es, weil die Musik laut ist, und die Gäste sind es auch. Alle sind so gut drauf, dass Martin schon wieder grantig werden könnte, das ist das Alter, denkt er, dass man so viele Menschen und so laute Musik nicht mehr goutiert wie früher. Aber Gaby scheint's zu gefallen, sie brüllt ihm ins Ohr, dass sie nicht kochen kann und deshalb jeden Abend auswärts isst oder sich was bringen lässt. Sie ist Vegetarierin, dafür hat Martin Verständnis bei ihrem Beruf.

Er würde gern über die Obduktionsergebnisse reden, aber das scheint ihm hier und jetzt unmöglich. Also essen sie erst einmal, nachdem ihre Namen aufgerufen wurden und sie sich ihr Essen an der Theke abgeholt haben. Und Martin muss zugeben, dass seine Pita überirdisch schmeckt, nein, er will nicht von ihrem Karfiol kosten, obwohl sie behauptet, es sei der Beste, den sie je gegessen habe.

Mit neuen Getränken gehen sie dann vor die Tür. Frische Luft! Beinahe Stille. Martin hängt ihr sein Jackett um, weil sie friert in ihrem hauchdünnen Kleid.

Gaby deutet auf ihre überdimensionale Handtasche: »Da drin hab ich ein vorläufiges Protokoll der Obduktion, kannst es dann mitnehmen. Der wichtigste Punkt ist der: René Burgstaller ist nicht an einer Überdosis Heroin gestorben, sondern an einer starken Dosis Propofol. Es ist ein Hypnotikum, das in der Allgemeinanästhesie verwendet wird. Missbräuchlich auch als wahnsinnig potentes Schlafmittel: Erinnerst dich an den Tod von Michael Jackson? Das Propofol erklärt natürlich nicht, ob René die Todesdroge absichtlich und freiwillig genommen hat. Ich hab auch Spuren von Kokain, Marihuana und anderen Barbituraten gefunden. Sein Körper ist das reinste Drogendepot. Und seine Leber war schon ziemlich hinüber, lang hätte er es sowieso nicht mehr gemacht bei seinem Konsum. Ach, ist das schön, dass wir uns einmal ohne Leiche sehen. Meinst nicht?«

Der Themenwechsel irritiert ihn für eine Sekunde, dann stimmt er ihr zu. Es ist ein lauer, wenn auch kein warmer Abend, und die Wiener Nachtschwärmer sind in der Domgegend in Scharen unterwegs. Und René ist an Propofol gestorben. Propofol, ja, im Zusammenhang mit Michael Jackson hat er das gelesen. Aber – und jetzt fällt es ihm wieder ein – der Name stand auch auf einem der Fläschchen, die in der Tierheimordination aus dem Medizinschrank gefallen sind. Das bringt ihn sofort auf Max Rainer, der Zugang zu dem Sedierungsmittel hat. Damit rückt Max, denkt Martin, in der Verdächtigenliste ganz nach vorne. Andererseits haben natürlich auch die Apothekerin und ihr Fernsehdoktor Zugriff auf Propofol.

»Woran denkst du?«, fragt Gaby.

Dass Frauen das immer fragen müssen! Wenn man es sagen wollte, würde man es doch tun. »Ach, ich hab nur sinniert, wer von den Verdächtigen leichten Zugang zu Propofol hat: der Tiermedizinstudent, die Apothekerin, der Arzt.«

»Du glaubst also, dass er es nicht selber getan hat? Das wirst aber schwerlich beweisen können, Martin. Auf dem Spritzbesteck sind nur seine Fingerabdrücke, und es gibt keinen Hinweis auf Gewalt oder Abwehrverletzungen.«

»Es könnte ja jemand sein eigenes Spritzbesteck mitgebracht, verwendet und wieder mitgenommen haben«, denkt Martin laut.

»Grau, teurer Freund, ist alle Theorie.« Gaby stößt ihr Glas an seines und schaut ihm tief in die Augen. So wie ihre geschminkt sind, sieht sie einer Katze entfernt ähnlich – aber auch irgendwie Larissa, seiner künftigen Ex. Und das ist kein gutes Omen. Außerdem raucht sie eine nach der anderen, und ihr Parfum riecht überwältigend nach Moschus und dichtem Urwald. Er erwidert ihren Blick, aber ganz unverbindlich und harmlos. Denn er wäre ein Idiot, sich eine Kollegin, die er immer wieder trifft, zur Feindin zu machen. Also muss er einen Abend lang so tun, als würde er nicht merken, dass sie ihm Avancen macht. Der Gedanke erzeugt Durst, und er holt von der Theke noch zwei Drinks. Drinnen ist es inzwischen so laut, dass die Gäste sich fröhlich anschreien. Draußen hört man nur noch die Musik, ein paar Leute stehen zusammen und rauchen und reden und lachen, und Gaby nimmt ihr drittes Glas Gin Tonic huldvoll entgegen.

»Natürlich ist es auch möglich, dass ich völlig danebenliege«, sagt Martin. »Könnten alles natürliche Todesfälle sein. Beziehungsweise Unfälle. Unwahrscheinliche Zufälle. So was gibt's. Und andererseits hab ich das Gefühl, dass ich was Wichtiges im Zusammenhang mit Renés Tod gehört habe – und es fällt mir nicht mehr ein. Es ist zum Verrücktwerden ...«

Sie lehnt sich ganz zart an seine Schulter, sieht zu ihm auf. »Ach, Martin, der Abend ist so schön. Wir müssen nicht immer über Leichen reden, weißt ...«

Doch, denkt er, weil mich was anderes grad nicht interessiert. Ihr Parfum steigt ihm in die Nase, und der Zigarettenrauch in die Augen. Martin muss jetzt an Lily denken, was sie wohl gerade so tut. Mit ihrem Ex poussieren? Der Gedanke macht ihn wütend, weshalb er sich ein paar Gummibären in den Mund schiebt.

Gaby zittert jetzt trotz seines Jacketts. »Du, ich hab mich nicht warm genug angezogen, und drin ist es heut einfach zu laut. Sollen wir noch auf ein Fluchtachterl zu mir gehen? Ich wohn um zwei Ecken. Kannst auch einen Kaffee haben. Was immer du willst ...«

Nein, will Martin sagen. Aber dann schaut sie ihn so flehentlich an, dass er doch Ja sagt.

Kapitel 18

Immer wenn er seine Mutter trifft, hat Martin ein schlechtes Gewissen. Er sieht sie zu selten und ruft auch nur an, wenn er gerade an sie denkt. Als einziges Kind ist er nicht gerade die Stütze ihres Alters. Weshalb es ihn immer wieder verblüfft, wie vorwurfslos sie ihn begrüßt, wenn sie sich treffen.

Dieses Mal hat Lotte einen kleinen Hund im Schlepptau, den Martin als Alex alias Schweindi kennt. Der Hund bellt durch den Zaun die Gartenzwerge der Nachbarn an, und Lotte zerrt an der Leine. »Komm schon, du Blödian, wir werden nebenan erwartet.« Keine Reaktion, er sperrt sich mit den Vorderpfoten, bis sie aufgibt, ihn aufhebt und zum nächsten Gartentor trägt.

»Du bist auf den Hund gekommen«, lächelt Martin, während er sie vorsichtig umarmt. Er hat Lotte zum Sonntagsfrühstück eingeladen, Romana auch, aber die hat kurzfristig abgesagt. Sie wollte lieber zum Pferderennen.

»Und deshalb muss ich auf Alex aufpassen«, erklärt Lotte, die ihren Sohn jetzt von oben bis unten mustert und offenbar nichts auszusetzen hat. Dann lässt sie das Wollknäuel von der Leine. »Lieb ist er schon, aber wer bellt denn Gartenzwerge an?«

»Oh, da kenn ich noch einen.« Ein kurzer Stich in der Herzgegend. Dann führt er Lotte, die zum zweiten Mal in sein neues Zuhause kommt, hinein. »Zum Draußensitzen ist's heut leider nicht warm genug.«

Er hat auf dem Esstisch aufgebaut, was der Feinkostladen hergab. Lotte kramt aus ihrer Tasche ein in Staniolpapier gewickeltes Stück Mehlspeis hervor. »Ist von gestern

Abend übrig geblieben. Hast auch einen Tee? Eigentlich hab ich gar keinen Hunger.«

Sie setzt sich auf die Fensterbank und platziert Alex neben sich. Lotte sieht erschöpft aus, denkt Martin. Seine Mutter ist zweiundsiebzig und eigentlich gut in Form. Sie macht Yoga, ernährt sich vorwiegend vegetarisch und lebt in einer Art Späthippie-Kommune. Möglich, dass sie sich mit ihrem neuen Leben übernimmt. Oder sie raucht zu viele Joints. »Geht's dir nicht gut, Mutter? Du siehst irgendwie – mitgenommen aus.«

Er stellt ihr einen Kamillentee hin. Schenkt sich Kaffee ein und registriert mit Missfallen, dass Lotte den Hund mit Schinken füttert. Vom Tisch. Vom Iberico-Schwein.

Lotte verzieht das Gesicht. »Du hättest mich warnen können, Martin! Romana hat gestern für uns gekocht. Irgendein Rezept aus Äthiopien, bitteres Gemüse und Maisbrei und steinharte Fladen. Es war grauslich, sag ich dir. Und die Mehlspeis, die sie gebacken hat ...«, Lotte schiebt ihm das Stück hin, »... kost es mal, damit du weißt, wie die Hölle schmeckt.«

Martin weiß genau, wovon sie redet, und er nimmt nur ein winziges Stück von der Mehlspeis, die eine komische orange Farbe hat und ganz klebrig ist. Schiebt es vorsichtig in den Mund, und seine Geschmacksnerven kreischen lautlos um Hilfe, als er es runterschluckt.

Lotte seufzt, schon beim Anblick von Romanas Backkunst könnt ihr schlecht werden. »Eine Melonen-Dattel-Torte mit Chilis. Israelisches Rezept. Ich saß die halbe Nacht auf dem Klo. Und ich war nicht die Einzige. Gut, dass wir zwei in der Wohnung haben.«

Martin könnte lachen, verkneift es sich aber. »Tut mir leid. Ich wusste ja nicht, dass ihr sie in die Küche lasst. Der Witz ist, dass Romana sich für eine großartige Köchin hält.«

»Man sollte sie wegen Körperverletzung anzeigen«, murmelt Lotte.

»Ihr dürft sie einfach nicht mehr kochen lassen. Sonst ist Romana aber schon in Ordnung, oder?«

Lotte greift jetzt doch zum Iberico-Schwein. Der Hund sieht sie waidwund an, während sie isst. Seine Augen folgen dem Objekt der Begierde, bis es in ihrem Mund verschwindet. »Ja eh, es sind nur noch drei Wochen, dann fährt sie wieder heim, Gott sei Dank. Romana ist schon okay, aber sie passt irgendwie nicht zu uns. Sie ist so eine Wertkonservative, weißt du.«

Das warst du früher auch, denkt Martin, bevor du dich um hundertachtzig Grad gedreht hast. Er kann sich nicht erinnern, dass seine Mutter je Jeans getragen hat. Jetzt tut sie es. Darüber ein T-Shirt, auf dem »Fuck Trump« steht, und eine Strickweste aus dem Dritte-Welt-Laden. Turnschuhe, die sie bemalt hat. Man könnte sagen, dass Lotte sich mit siebzig neu erfunden hat. Doch sie scheint glücklich zu sein, ist das nicht die Hauptsache? »Du weißt schon, dass Romana in zehn Tagen Geburtstag hat? Ich dachte, ich führ sie zum Essen aus. Ins *Steirereck* – ganz standesgemäß.«

Lotte zeigt mit dem Messer auf ihn. »Ja, spinnst du. Weißt du, was das kost? Davon können wir in der WG vier Wochen lang einkaufen. Wie alt wird sie überhaupt? Achtzig?«

So ganz hat sie ihre Abneigung gegen Romana nun doch nicht abgelegt, denkt Martin. »Geh, sie wird neunundsechzig. Sagt sie. Und mit Romana kannst nicht einfach irgendwo hingehen zum Geburtstag.«

»Schenk ihr doch einen Kochtag im *Vestibül*. Da hätt sie wenigstens was davon – und alle, die bei ihr essen müssen, auch. Meine Frauenärztin hat mir's erzählt, die hat so einen ›aktiven Kochtag‹ geschenkt bekommen von ihrem Mann. Du stehst einen Tag lang in der Küche, hilfst mit, lernst eine Menge ... ich hab vergessen, was es kostet, aber die Welt war es nicht.«

Alex bellt zustimmend. Und schielt weiter auf den Schinken. Martin schaut auf sein piepsendes Handy, auf dem Gabys Nummer aufscheint. Er drückt sie weg. »Na ja, vielleicht keine schlechte Idee. Mal was anderes. Obwohl ich nicht glaube, dass ein einziger Tag was bringt bei der Romana. Aber wer weiß ...«

»Billiger wird's auf jeden Fall. Und wie schaut's in deinem Leben so aus? Abgenommen hast, seit ich dich das letzte Mal gesehen hab. Wann war das eigentlich? Ich kann mich gar nicht mehr erinnern ...«

Oh, oh, denkt Martin und sagt: »Vor zwei Wochen, Lotte. Ich hab halt viel zu tun. Helf dem Fassl aus, der ein bisserl überfordert ist mit komplizierten Fällen.«

»Ist das der Blade?« Sie kennt den Franz von einer Feier im Kommissariat. Lotte ist sehr stolz auf ihr Gedächtnis, das sie jeden Tag am Computer trainiert. Denksportaufgaben. Algorithmen. Wer sagt denn, dass Frauen ab siebzig verblöden müssen? Da drehen die erst auf, besonders, wenn sie davor zu viel geschlafen haben.

»Er hat ein wenig abgenommen, der Franz. Weißt du, er bräuchte nur die richtige Frau, aber die kriegt er nicht, weil er denkt, dass er zu dick ist. Die Kilos erschlagen sein Ego, und deshalb traut er sich nicht. Und weil ihn das traurig macht, isst er.«

»Der Teufelskreis der fetten Einsamkeit«, sagt Lotte bedeutungsschwanger. Sie hat ihre Kilos immer mit einem gewissen Stolz getragen. Nachkriegsgeneration. Da galt Speck auf den Rippen noch was. Sie ist außerdem nicht dick, sondern kurvig, was im Alter sowieso besser ausschaut als die dürren Spinatwachteln. Weshalb sie sich jetzt noch eine Semmel nimmt und sie mit Schinken, Gurkerln und Kren belegt. So ganz vegetarisch wird sie wohl nimmer werden, aber zumindest isst sie Fleisch nur heimlich. Außerhalb der WG. »Und du? Hast wenigstens Sex?«

Martin stöhnt innerlich. Früher hätte sie nie so geredet, sie war katholisch und prüde. »Geh, Mutter, darüber müssen wir wirklich nicht reden. Alles ist gut. Ich hab die Arbeit, ich hab den Garten, das Joggen, den Jazz ...«

Alex verfolgt nach wie vor jeden Bissen mit den Augen, ein Bild des Jammers, ein Hund am Verhungern. Lottes freie Hand geht in Richtung Schinken.

»Man soll Hunde nicht vom Tisch füttern«, sagt Martin.

Ihre Hand zuckt zurück. »Ist ja nicht mein Hund, wer weiß, was Romana dem armen Viecherl vorsetzt. Wenn sie für ihn kocht, wird er's nicht lang machen. Außerdem wünsch ich mir Enkelkinder. Du bist ja nicht mehr der Jüngste, Martin.«

Weiß er. Jetzt fängt Lotte auch noch an, ihn damit unter Druck zu setzen. Larissa wollte kein Kind; nein, es war komplizierter, und eigentlich hat er es vergeigt. Weshalb er sich ewig schuldig fühlen wird. »Es fehlt die passende Mutter dazu, Lotte. Ich bin ja noch nicht einmal von Larissa geschieden.«

Lotte, deren Magen sich erholt hat, schenkt sich aus der Kaffeekanne ein. »Apropos Larissa. Ich hab sie unlängst getroffen am Graben. Zufällig. Sie war so was von freundlich, ich war echt baff. Wo wir uns doch nie mochten. Na ja, dann ham wir einen Kaffee getrunken beim *Meinl*. Sie erzählte von Ärger in ihrer Agentur. A jüngere Kollegin, die mit dem

Chef a Gspusi hat, will die Larissa aushebeln. Mobbing auf hoher Ebene. Sie sah echt schlecht aus, deine Frau, noch magerer als sonst. Am Schluss hat sie mir g'sagt, dass es ein Fehler war, dass ihr auseinander seid. Stell dir vor.«

Verdammt. Dazu fällt ihm nichts ein. Außer dass er Larissa, die um ihre Stellung kämpfen muss, bedauert. Manchmal ruft sie ihn an und klagt ihm ihr Leid, und dann hört er ihr zu und versucht, keine Ratschläge zu geben. Sie hat sich selber hochgeboxt in ihrer Agentur, aber wenn jetzt eine Jüngere kommt und sie das Opfer ist ...

Lotte verfüttert ihr letztes Stück Semmel an Alex, der sie dafür sekundenlang liebt.

»Also, ich hab ihr geraten, sich einen anderen Job zu suchen. Das Feld räumen, bevor man abgeräumt wird. Ich glaub, das wird sie auch machen. Mei, bin ich froh, dass ich schon in Pension bin. Und wie schaut's mit deiner Karrier aus?«

Martin versucht ein zuversichtliches Lächeln. »Wird schon. Wenn das Jahr rum ist, hab ich meinen Sündenfall abgebüßt. Und ich mach gute Fortschritte in der Wuttherapie. Hab meinen Gummibärenkonsum um mehr als die Hälfte reduziert.«

Das hat er von seinen Eltern, denkt Lotte. August und sie waren auch so aufbrausend. Was ihrer Ehe gar nicht gutgetan hat. Tempi passati. Yoga und Meditation sind ihre Gummibären, und wenn es sie einmal überkommt, geht sie auf den Berg und schreit den Himmel an. Hilft auch. »Das ist fein, Martin. So gesehen steht einer neuen Liebe und einem Enkerl ja nix mehr im Weg. Was macht eigentlich diese Kärntnerin, weißt schon ... Namen kann ich mir überhaupt nicht mehr merken ...«

»Lily«, sagt Martin. »Sie hat mich hier besucht, aber dann haben wir gestritten, und sie ist früher weg.«

»Idiot! Die ist doch noch im gebärfähigen Alter – oder?«

Martin schlägt Lotte spielerisch auf die Hand, worauf Alex zu kläffen beginnt. »Hörst jetzt auf mit deinem Enkelwahn!« Zum Hund: »AUS!«

Beide schweigen, das findet Martin schön. Er schenkt Kaffee nach und wechselt das Thema. »Und was macht dein Liebesleben, wenn man fragen darf?«

Lotte errötet. Sie streichelt Alex und überlegt dabei, was sie ihrem Sohn erzählen soll und was nicht. »Na ja, da ist der Ferdi, er ist Maler – irgendwie schein ich's mit den Künstlern zu haben. Er ist vor ein paar Wochen bei uns eingezogen, ein sehr netter und höflicher Mensch. Kaum jünger als ich. Witwer. Ein tragisches Schicksal, sag ich dir. Die einzige Tochter war rauschgiftsüchtig und ist an einer Überdosis gestorben. Einen Tag nach dem Begräbnis hat sich die Mutter umgebracht. Der Ferdi hat daraufhin seine Zelte abgebrochen und ist in ein buddhistisches Kloster in Nepal gegangen. Blieb dort drei Jahre, bevor er wieder nach Wien zurück ist. Er malt furchtbar düstere Bilder, aber ich möcht sagen, seine Grundstimmung ist fast heiter. Abgeklärt. Als ob ihm das Schicksal nichts mehr Schlimmes anhaben könnt.«

Beim Wort »Überdosis« fällt Martin endlich ein, was er vergessen hatte: den Tod von René Burgstallers Freundin. Von dem ihm die Nachbarin erzählt hat. Das muss er nachprüfen, es wird ja eine Akte geben, wenn sie sich zu Tode gespritzt hat.

Lotte schnippt mit den Fingern. »Martin? Hörst mir überhaupt zu?«

»Doch«, sagt er, »mir ist nur grad was Wichtiges eingefallen. Als du mir von der Tochter erzählt hast. Und du hegst also eine Zuneigung zu dem Witwer. Ist es was Ernstes?«

Lotte wählt ihre Worte vorsichtig. »Nona, gefallen tät er mir schon. Nur seine Bilder net, aber mit denen muss ich ja nicht ins Bett …«

»Mutter!«

»A geh … ma wird doch wohl noch Sex haben dürfn in meinem Alter!«

»Schon. Aber bitte keine Details!«

Lotte schüttelt ihren Kopf. »Spießer. Ich lad dich demnächst zum Essen ein, dann wirst du den Ferdl kennenlernen. Du wirst ihn mögen.«

Das bezweifelt Martin, doch er lächelt seine Mutter beruhigend an.

Alex winselt, er will nach draußen, und Lotte denkt, dass das ein guter Abgang wär. Martin ist ein lieber Kerl, aber doch anstrengend in dieser Kombi aus Macho und Softi. Warum fällt es Männern so schwer, über Gefühle zu reden? Die meisten haben doch welche. Aber selbst Ferdl, dem sie seine traurige Vergangenheit aus der Nase ziehen musste, lächelt lieber zen-haft, als über sein Innerstes zu reden. Daran muss sie noch arbeiten.

Lotte steht auf. »Du, Martin, ich dank dir für den Brunch, aber ich sollte jetzt besser … der Alex muss auch … und du hast sicher noch was vor … Soll ich dir beim Abräumen helfen?«

»Aber nein«, sagt Martin ganz emanzipiert. »War schön mit dir – wir sollten das öfter machen.«

Sie schaut ihn schräg an. »Na, von mir aus schon. Ruf halt öfter an, und dann treffen wir uns spontan zu was. Und wenn du ein Problem mit deinem Computer hast …«

»Danke dir.« Er begleitet sie bis zum Gartentor, das Alex markiert. Sieht ihr nach, wie sie davongeht, und denkt, dass er sich wirklich mehr um sie kümmern muss. Auch wenn sie nicht einsam lebt, eine Karriere als Hackerin anstrebt und mit einem düsteren Maler Sex hat. Ach, Lotte ...

Dann zieht er sich zum Joggen um und läuft den Küniglberg runter und wieder rauf. Er hat sein Handy nicht mitgenommen und checkt es zu Hause nach Telefonaten. Gaby hat ein zweites Mal angerufen. Larissa einmal. Lily nie. Nur Fassl hat eine Botschaft auf der Mailbox hinterlassen. Er war fleißig: Die Apothekerin und der Arzt geben sich gegenseitig Alibis und wollen nichts mit den Todesfällen zu tun haben. Oder dem Handel mit Opiaten. Und der Max Rainer hat ebenfalls ein Alibi. Der war bei seiner Freundin Bea Martini. Der Burgschauspielerin. Die habe er zwar noch nicht erreichen können, aber das wird er sich nicht entgehen lassen, die zu befragen. Ob Martin Lust habe, ihn zur Prämierung der Heiner Jubiläumstorte zu begleiten? Nachmittags um fünf?

Hat er nicht. Martin geht unter die Dusche, dann zieht er sich bequem an und setzt sich auf die Kissen in der Fensternische. Liest *Kafka am Strand*, das Buch hat ihm Lily mitgebracht. Er könnte sie anrufen und fragen, wie es ihr geht. Sagen, dass ihm das Buch gut gefällt. Irgendwas reden. Ihre Stimme hören.

Eigentlich ist der Sandsturm du selbst. Etwas in dir. Also bleibt dir nichts anderes übrig, als dich damit abzufinden und, so gut es *geht, einen Fuß vor den anderen zu setzen.*

Ja, er könnte ihr sagen, dass er das Buch mag. Und die Frau, die es ihm geschenkt hat. All das könnte er ihr sagen. Er müsste nur nach dem Handy greifen und ihre Nummer wählen ...

Kapitel 19

»Ein wunderbares Stück! Wie für Sie gemacht!«

Das findet Karin Kirchhofer auch. In der Mitte des breiten Weißgold-Colliers prangt ein Einkaräter, links und rechts davon sind je zwei Brillanten mit einem halben Karat platziert. Alles in allem funkeln ihr im Spiegel drei Karat entgegen. Das Collier schmiegt sich sanft, geradezu liebevoll an ihren Hals. Ersatz für echte Zärtlichkeit? Von Ludwig kann und will sie in dieser Hinsicht ja nichts erwarten. Aber Stefan, ihr Stefan ... seit gut einer Woche fehlt er ihr schon. Angeblich wenig Zeit, Probleme mit der Ehefrau, und zuletzt überhaupt Funkstille.

Drei Tage ist Ludwig nun schon mit einer Parlamentarier-Delegation in Südafrika, und sie ist frei, hätte Zeit. Eine Gelegenheit, die sie in ähnlichen Situationen zu nutzen wussten, Stefan und sie. Aber jetzt? Sie hat ihn nicht einmal telefonisch erreicht.

»Kann ich zurückrufen?«, war jedes Mal seine lapidare Antwort. Nur dass der Rückruf nie kam. Schließlich hat sie ihm eine SMS geschickt: *Notfall! Heute 18 Uhr in der Bar unseres Hotels.* Seine kurze Antwort: *OK.*

»Zahlen Sie mit Karte oder bar?«, will die Schmuckverkäuferin wissen.

»Mit Karte«, antwortet Karin ein bisschen von oben herab. Immerhin ist die Karte jetzt wieder freigeschaltet – mit deutlich höherem Überziehungsrahmen. Testament, Protokoll der Erbanteile und eine Kopie der Einantwortung haben den Bankberater überzeugt, ihr im Hinblick auf die nun doch recht üppige Erbschaft jede Menge Kredit zu gewähren.

Glück, Pech oder Schicksal, dass neben der Bank ihr Lieblingsjuwelier residiert. In der Auslage das Collier, das sie einfach haben MUSSTE. Funkelndes Trostpflaster gegen Liebeskummer …

Noch ist sie nicht sicher, ob sie Grund zu Liebeskummer hat. Aber sie kennt die ersten Anzeichen. Der Umgangston wird kühler, Treffen und Anrufe werden seltener, und schließlich: »Kann ich zurückrufen?«

Das allerdings erst seit einer Woche. Vielleicht interpretiert sie zu viel hinein? Karin versucht, sich selbst davon zu überzeugen, dass sie das Steuer noch einmal herumreißen kann. Heute Abend. In Zimmer 108.

Im Nachmittagsstau auf dem Weg zu dem kleinen Hotel außerhalb von Wien, wo sie sich regelmäßig treffen, hat sie Zeit, sich ihre Strategie zu überlegen. Soll sie ihn auf bewährte Art verführen? Sein letztes Geschenk von Agent Provocateur trägt sie jedenfalls unter ihrem braven Armani-Kostüm. Oder doch lieber eine ernste Aussprache? Ein bisschen Tränendrüse? Wenn sie nur wüsste, was mit Stefan los ist.

Vielleicht ist er wirklich nur im Stress. Oder sie hat eine ungeschickte Bemerkung gemacht, die ihn gekränkt hat? Schließlich waren sie ja vor Kurzem noch total wild aufeinander. Mausespitz und Hubsibär …

Sie will Stefan auf keinen Fall verlieren – und das hat nicht nur mit dem fabelhaften Sex zu tun. Im Gegensatz zu ihrem humorresistenten Erbsenzähler von Ehemann ist Stefan immer gut drauf, lustig und locker, was auch sie selbst in gute Stimmung versetzt. Wie schön wäre es, wenn er jetzt neben ihr säße. Sie würden sich über die Stausteher links und rechts dumme Geschichten ausdenken und sich amüsieren.

Dagegen die Autofahrten mit Ludwig! Schon beim Gedanken daran krampft sich ihr Magen zusammen. Egal ob er selbst am Steuer sitzt oder sie. Seine penible Art, jede kleinste Verkehrsübertretung als Schwerverbrechen zu klassifizieren, die Raunzerei über andere Autolenker, vorwurfsvolles Zischen und der tadelnde Oberlehrerfinger, wenn sie nicht rechtzeitig blinkt oder bremst oder gar eine Sperrlinie fünf Zentimeter überfährt. »Regeln geben Sicherheit« – sein Wahlspruch. In der Politik und privat.

Verdammt! Offenbar reicht schon der Gedanke an Ludwig, um sie nervös zu machen! Jetzt ist sie doch glatt dem Vordermann aufgefahren. Warum bremst der auch bei einer Ampel, die vorher nie da war?

Eiertransport Hofmeister steht auf dem Lieferwagen. Eine eklige gelbe Masse breitet sich in dem offenen Anhänger aus. Sie sind beide ausgestiegen, und der Eiermann schaut wütend aus. »Hobn S' den Führerschein in der Lotterie g'wonnen?«, schnaubt er sie an.

»Warum sind Sie denn überhaupt stehen geblieben?«, faucht Karin zurück.

»San S' farbenblind a no? De Ampel war rot.«

»Aber hier war doch nie eine Ampel«, erwidert Karin und weiß selbst, dass diese Entschuldigung deppert ist. Versucht ein hilfloses Frauenlächeln, ein bisserl untertänig, ein bisserl flirtend. Doch der Eiermann schüttelt nur den Kopf und holt aus dem Handschuhfach ein Formular für die Versicherung.

Karin betrachtet das Fahrzeug und kann keinen Blechschaden entdecken. »Ist doch nix passiert.«

»Und meine Eier? Ja glauben S', des is ka Schaden?«

Eine Meldung bei der Versicherung wäre ihr höchst unangenehm. Das Auto ist auf Ludwig angemeldet! Der Mann lässt sich schließlich überreden, das Ganze bar zu regeln. Dreihundert Euro knöpft er ihr ab, und sie verzichtet auf die Quittung. »Es waren nicht einmal Bio-Eier«, sind ihre letzten Worte, bevor sie in den Wagen steigt.

Inzwischen ist es halb sieben, als sie aufgelöst die Bar ihres Liebeshotels betritt. Stefan sieht ihr mit einer Mischung aus fragendem und vorwurfsvollem Blick entgegen. Etwas, das sie an ihm nicht kennt.

Kein zärtliches »Mausespitz« wie sonst, nur unverbindliches Bussi Bussi in die Luft. Als sie ihm den Zwischenfall mit dem Eiertransporter erzählt, schüttelt er den Kopf. Normalerweise hätten sie sich über so einen blöden Zufall gemeinsam lustig gemacht.

»Was gibt es denn so Dringendes? Welcher Notfall liegt vor? Ich hab nicht viel Zeit. Irenes Eltern haben Hochzeitstag, also muss ich um acht im *Kempinski* sein.«

Karin wird schlecht bei der Erwähnung seiner Frau. Trotzdem versucht sie sich in einem Scherz: »Solange es nicht dein Hochzeitstag ist, Hubsibär.« Noch während sie den Kosenamen ausspricht, merkt sie, wie falsch er heute klingt. Und er lächelt nicht einmal.

»Also, was gibt's?« Hubsibär sieht ungeduldig auf seine Rolex.

»Können wir nicht in unser Zimmer gehen? Da ist es einfach intimer.«

Er ignoriert ihr verführerisches Lächeln. »Das hab ich heute nicht gemietet, weil eh keine Zeit ist. Setzen wir uns da drüben in die Ecke, da sind wir ungestört.«

Stefan steuert mit ihren beiden Weingläsern zwei Clubsessel am anderen Ende der Bar an. Karin folgt mit wachsender Wut. Sie muss sich beherrschen, nicht allzu vorwurfsvoll zu klingen.

»Warum hast du dich so lange nicht gemeldet? Was ist los?«

Stefan zieht ein Taschentuch aus der Hosentasche und beginnt, sich umständlich die Nase zu putzen. Zeitgewinn.

»Liebst du mich nicht mehr?« – Oh je, die falscheste aller Fragen zum falschesten Zeitpunkt am falschen Ort. Sie weiß es. Aber jetzt kann sie nichts mehr daran ändern. In ihrem Zimmer wäre alles leichter gewesen. Da hätte sie einfach Taten sprechen lassen.

Stefans fragender Blick verunsichert sie.

»Also, was ich meine, wir sind doch glücklich miteinander und unglücklich mit unseren Ehen, oder nicht? Wir gehören zusammen, das wissen wir beide«, bohrt Karin weiter.

»Was willst du sagen? Um was geht es hier eigentlich?« Stefan klingt genervt und schaut schon wieder auf die Uhr. Ein Weihnachtsgeschenk der Gemahlin.

Karin nimmt einen tiefen Schluck, bevor sie medias in res geht: »Schau, jetzt, wo wir beide einen Teil von dem Zinshaus geerbt haben, sind wir finanziell unabhängig, und so hab ich mir überlegt, wir könnten uns doch jetzt beide scheiden lassen und zusammenleben.«

Stefan Huber verschüttet vor Schreck seinen Wein. »Scheeeiiiiden? Wie kommst du denn auf die Idee?«

Karin spürt Tränen aufsteigen, etwas, das ihr total fremd ist. Seit ihrer Kindheit hat sie nicht mehr geweint.

Stefans Ton wird milder. »Meine Liebe, wir müssen doch auch vernünftig sein. Wir haben Kinder, da kann man nicht alles so hinschmeißen. Schließlich haben wir eine Verantwortung unseren Familien gegenüber.«

Sie könnte ihre Faust in seine weißen Implantate rammen! Damit er ganz still wird. »Was ist das denn für ein blödes Argument? Meine Töchter sind zwanzig und zweiundzwanzig, und dein Sohn ist fast dreißig. Was heißt hier Kinder?« Sie hat ihre Stimmlage nicht mehr ganz unter Kontrolle.

Stefan wünscht sich an einen anderen Ort. Selbst der bei den Schwiegereltern wäre ihm lieber. »Beruhige dich doch, die Leute schauen schon her.«

»Das ist mir scheißegal! Monatelang hast du dich auf das Geld deiner blöden Irene herausgeredet, und jetzt sind es die *Kinder*? Willst du mit einer Scheidung warten, bis deine zukünftigen Enkel erwachsen sind und keinen psychischen Schaden mehr davontragen können?«

Jetzt fließen Tränen. Der Barkeeper, an Szenen der Liebe gewöhnt, poliert Gläser und schaut in die andere Richtung. Stefan sieht auf seine Uhr, als könnte sie ihm verraten, wie er aus der Lage heil herauskommt.

»Oder hast du eine andere?« Zwei Frauen an der Bar werfen ihr einen mitleidigen Blick zu, dann schauen sie einander wissend an, murmeln »Scheißmänner« und prosten sich mit ihren Aperols zu.

Karin versucht noch einmal, sich zu beherrschen und wieder zur Strategie *Ich hab dich soo lieb* zu wechseln. »Ich hab dich doch so lieb, Hubsibärli. Eine Woche ohne dich ist absoluter Horror. Da komm ich dann halt auf so Gedanken, dass ich dich ganz haben will. Aber darüber können wir ja später reden. Wir sollten uns jetzt einmal ganz auf uns konzentrieren«, zärtlich streichelt sie mit ihrer Hand seinen Oberschenkel.

Er schiebt ihre Hand weg. Seine Stimme ist leise, aber eisig: »Weißt du, was dein Hubsibärli, den du angeblich soo lieb hast, durch dich verlieren kann? Wenn das mit den Rezepten rauskommt, ist es vorbei mit meiner Zulassung, dann *war* ich Arzt! Handel mit Drogensubstitution – noch dazu mit so einem windschiefen Typen! Hast du sie noch alle? Und dann hab ich dir auch noch ein Alibi gegeben, ich Idiot! Nur weil ich total überrumpelt war von diesem Fettklotz bei der Polizei.«

Von Karin kommt jetzt nur noch Schluchzen.

»Alte Frauen sollten nicht öffentlich weinen, meine Liebe. Das schaut furchtbar aus.«

»Ich hasse dich!!!!«, schreit Karin so laut, dass der Barkeeper sich zu ihnen umdreht und den Finger mit einem leisen »Pssst« an den Mund legt.

Stefan steht auf. »Ausgezeichnet. Dann war's das also. Irene hat eh schon Verdacht geschöpft. Nicht auszudenken, wenn sie erfahren sollte, dass ich es mit einer Betrügerin oder gar Mörderin getrieben habe! Hast du den René Burgstaller umgebracht, weil er dich in der Hand hatte?«

Karins Tränen machen jetzt purem Zorn Platz. Sie nimmt die beiden Weingläser und donnert sie gegen die Wand.

»Doppelter Cognac!«, ruft sie hysterisch dem Barkeeper zu.

»Kommt überhaupt nicht infrage! Bezahlt den Schaden, und dann ab die Post mit euch.«

Stefan windet sich vor Scham und beschließt einen Abgang auf Französisch. Als er bei der Tür hinauswill, hält Karin ihn zurück und verpasst ihm eine Ohrfeige, die man wohl bis in den ersten Stock hören kann. Die beiden Frauen an der Bar applaudieren.

»Dann eben anders, mein Lieber: Erstens schenke ich deiner geliebten Irene sofort reinen Wein über uns ein, und zweitens bekommt das Finanzamt von mir einen anonymen Hinweis auf deine Schwarzhonorare.«

Mit diesen Worten verlässt sie das Hotel, während Ex-Hubsibärli vom Barkeeper zur Kasse gebeten wird.

Kapitel 20

Dies ist kein gewöhnlicher Kochkurs, es ist ein Tag mit Ausprobieren, Mitarbeiten und Erleben in unserer Küche …

Als Romana das Informationsblatt für einen »aktiven Kochtag im Restaurant *Vestibül*« durchliest, freut sie sich richtig darauf. Was für ein originelles Geburtstagsgeschenk! Lotte und Martin hatten es zwar »eine Art Kochkurs für Beinahe-Profis« genannt, aber Romana kann sich sehr gut vorstellen, dass nicht nur sie von diesem »aktiven Kochtag« profitiert, sondern durch ihre exotischen Kocherfahrungen eher das dortige kulinarische Angebot bereichern wird.

»Hast du alles?«, fragt Lotte, als sie sich um zehn Uhr auf den Weg macht.

»Klar. Alles, was ich brauche, also meine Ideen für den Domschitz, habe ich im Kopf gespeichert. Schürze werden sie mir ja wohl zur Verfügung stellen. Ich seh euch dann am Abend im Restaurant.« Mit einem kurzen angedeuteten Winken ist Romana auch schon aus der Wohnung.

»Die Schuhe …«, ruft Lotte ihr noch nach, doch Romana scheint sie nicht mehr zu hören.

***

»Die Schuhe …«, merkt die Assistentin der Geschäftsführung, die sich als Sophie vorgestellt hat, etwas zweifelnd an.

»Was ist damit?« Romana legt eine Prise Empörung in diese Frage. Schließlich trägt sie ihre neueste Erwerbung, High Heels mit der berühmten roten Sohle.

»Sie sollten doch flache Schuhe tragen, Frau Petuschnigg. Mit diesen Absätzen könnte es auf dem rutschigen Küchenboden gefährlich werden.«

»Papperlapapp«, würgt Romana jedes weitere Argument ab und stolziert selbstbewusst auf die Küche zu. »Wann mach ma die Menüplanung?«, fragt sie Christian Domschitz, der ihr gerade entgegenkommt. »Ich hätt lei einiges beizutragen. Könnte eine echte Bereicherung für Ihr Restaurant sein.«

Der Küchenchef wechselt einen entsetzten Blick mit Sophie. »Vielleicht könntet ihr euch zu einer ersten Besprechung in die Ruhezone zurückziehen«, schlägt er vor und hat es plötzlich eilig, den Weinkeller zu inspizieren.

Die sogenannte Ruhezone entpuppt sich als Patisserieteil der großen Küche. Fern von Hitze, Fett und Rutschgefahr wird Romana vorübergehend dort geparkt. Sie muss zugeben, dass festere, flache Schuhe praktischer gewesen wären. Als sie an den Kochinseln vorbei zur Patisserie gegangen sind, wäre sie beinahe ausgerutscht. Aber was soll's? Jetzt wird sie sicher nicht ihr Gesicht verlieren, sondern den Tag vorsichtig stöckelnd überstehen.

Sophie regt an, sich erst einmal einen Überblick zu verschaffen, alles zu beobachten, mitzuhelfen, bevor sie eigene Ideen einbringt. Am besten beginne ich mit dem Kosten, denkt Romana und nähert sich dem Saucier, der gerade die Basis für ein paar Saucen vorbereitet. »Darf ich?« Nach dieser rhetorischen Frage, auf die sie keine Antwort erwartet, nimmt sie sich mit einem kleinen Löffel von jeder Sauce eine Kostprobe. »Hier gehört noch Chili hinein«, beschließt sie und greift zum Entsetzen des Sauciers gleich zu den Gewürzen. Der kann im letzten Moment eine kulinarische Katastrophe verhindern und schlägt ihr vor, doch beim Gemüseschneiden zu helfen.

Da erblickt Romana Christian Domschitz, der gerade wieder die Küche betreten hat. »Erzählen Sie mir alles über Ihr Hummerkrautfleisch«, überfällt sie den Küchenchef mit dem Gemüsemesser in der Hand. Freudig überrascht widmet sich Domschitz seinem Lieblingsthema und erzählt Romana ausführlich von Ursprung, Zutaten und dem bevorstehenden fünfundzwanzigjährigen Jubiläum dieser Spezialität.

***

Zur selben Zeit beißt Martin in seinem Kellerstüberl herzhaft in eine Extrawurstsemmel. Wer weiß, ob ihm die Haute Cuisine am Abend schmeckt. Romana hat ihn und Lotte zu einem Menü ins *Vestibül* eingeladen, von dem sie bestimmt einen großen Teil selbst gekocht hat, wie sie meinte. Sie wolle sich schließlich dort aktiv einbringen. Wozu heiße es sonst »aktiver Kochtag«? Er stellt sich vor, wie Romana den luxusverwöhnten Gästen ihre kulinarischen Schreckenstaten serviert, und beschließt, auch die zweite Semmel, die er eigentlich für Fassl mitgebracht hat, selbst zu essen.

Den ganzen Vormittag hat er in den elektronischen Akten der letzten Monate gewühlt und nach einer Drogentoten an der Burgstaller'schen Adresse gesucht. Ohne Erfolg. Auch ein Anruf bei den Kollegen der Suchtmittelerhebungsgruppe brachte kein Ergebnis.

Vielleicht hatte man gar keinen Akt angelegt, weil es keinen Verdacht auf Fremdverschulden gab? Wäre aber ungewöhnlich, wenn die Polizei vor Ort den Todesfall aufgenommen hat. Außer es war ein bequemer Kollege am Werk, der sich nicht die Mühe gemacht hat. Vielleicht gibt es diese Fassl-Spezies auch in der Drogenabteilung. Wer weiß?

Wie gerufen kommt Fassl in dem Moment bei der Tür herein.

»Mmmmh, die Wurstsemmel schaut gut aus!«, merkt er etwas neidisch an. Martin, der sich gerade der zweiten Semmel annehmen wollte, bekommt sofort ein schlechtes Gewissen und reicht seinem Kollegen die Semmel weiter. Während Franz es sich schmecken lässt, berichtet Martin von seinen unergiebigen Recherchen.

»Geh, jetzt mach uns doch nicht unnötige Arbeit, Martin!« Fassl glaubt nicht an einen Zusammenhang zwischen dem Tod des Mädchens und einem möglichen Mord an René. »Lass das sein. Wir haben mit den Verdächtigen eh genug zu tun.«

Doch Martin hat da so ein Bauchgefühl, das er nicht erklären kann. »Ich glaub, ich schau noch in den alten Zeitungen nach.« Fassl schüttelt kauend den Kopf.

»Na, was sag ich!« – Martin ist im elektronischen Archiv einer Gratiszeitung tatsächlich fündig geworden. *»Drogentote in Simmering. Verdacht auf Fremdverschulden? Gestern wurde in einer Simmeringer Gemeindewohnung die 22-jährige beschäftigungslose Rita H. von der Mutter ihres Freundes tot aufgefunden. Da eine Nachbarin zuvor einen Streit zwischen H. und ihrem Freund René B. gehört haben wollte, bestand zunächst der Verdacht, René B. sei in den Todesfall involviert. Doch der junge Mann war zum betreffenden Zeitpunkt nachweislich beim AMS, und es stellte sich heraus, dass die Frau sich die Überdosis Heroin selbst gespritzt hatte. Laut Polizeikommissariat Simmering liegt kein Fremdverschulden vor.«*

Kein Fremdverschulden. Was hat er auch erwartet? Ob überhaupt eine Obduktion gemacht wurde? Er könnte Gaby Wiesenbrunner anrufen und fragen. Aber irgendwie ist ihm das unangenehm. Nach dieser Nacht …

»Sag, Franz, kannst du mir einen Gefallen tun?«

Während Fassl telefoniert, verlässt Martin das Zimmer. Selbst der indirekte Kontakt mit Gaby löst bei ihm Schuldgefühle aus.

Fünf Minuten später rekapituliert Franz das Telefongespräch: »Also, die Obduktion hat nur eine Überdosis ergeben, sagt die Gaby. Kein Propofol. Sie war ein bissel kurz angebunden und wollte wissen, wie ich auf Propofol komme. Da hab ich gesagt, dass du ... Na, und dann hat sie aufgelegt.«

Shit! Jetzt ist das Ganze ja noch peinlicher, wenn sie weiß, dass ich ihn vorgeschickt hab. Martin ärgert sich über die Ungeschicklichkeit seines Kollegen. Er will ihn schon anfauchen, aber dann bremst er sich ein. Immerhin wollte der ihm ja nur einen Gefallen tun. Und woher soll er auch wissen ... Also greift er zum Sackerl mit den Gummibären und bietet auch Fassl welche an.

»Warum wolltest sie nicht selber anrufen?«, fragt Fassl neugierig. »Hast du sie letztens angebaggert, und sie wollte nicht? Oder war da was, und du bereust es?«

In dem Moment läutet Martins Telefon. Lotte. Gerade zur rechten Zeit. Er hat sich noch selten so über einen Anruf seiner Mutter gefreut. Fassl verlässt Martins Zimmer, ohne eine Antwort bekommen zu haben.

Lotte: »Holst du mich ab für unser feudales Dinner?«

»Ja, Mama, klar. Ich bin um sieben bei dir. Bin schon gespannt, was uns die Romana kredenzt.«

»Hoffentlich keine Eigenkreation. Schon bei dem Gedanken wird mir übel«, antwortet Lotte.

***

Romana weiß nun alles über das Hummerkrautfleisch, hat erfahren, wie man eine weiße Tomatensuppe zubereitet, durfte schneiden, rühren und nach den Kellnern klatschen, wenn die Speisen zum Abholen bereitstanden. Würzen war allerdings verboten.

Sie muss zugeben, dass sie doch einiges an Ideen für ihre eigene Küche mitnehmen wird an diesem Tag. Was Petuschnigg-Kreationen betrifft, so hat sie mit Domschitz vereinbart, dass sie ihm per Mail ihre Rezepte schicken wird. Die heutigen Menüs wollte er nicht mehr abändern. Zu viel Stress.

Nach einem hektischen Mittagsgeschäft kann Romana das inzwischen sogar verstehen. Es war aber nicht nur hektisch, sondern auch interessant. Ein Minister war zu Gast, ein Oppositionspolitiker, zwei Schauspieler und einige prominente Geschäftsleute. In der Nachmittagspause hat sie sich dann mit einem Prosecco gestärkt und mit dem Barkeeper Freundschaft geschlossen.

Nun treffen bald die ersten Abendgäste ein, und sie gönnt sich gemeinsam mit ihrem neuen Freund noch eine Zigarette im Freien, bevor es in der Küche wieder drunter und drüber geht. Der Frühlingsabend ist angenehm lau, auf dem Ring stehen die Autos im frühabendlichen Stau, und rund ums Burgtheater ist alles noch sehr ruhig. Die Vorstellung beginnt ja erst in eineinhalb Stunden.

Auf dem Parkplatz vor der Burg steigt eine wunderschöne junge Frau aus einem kleinen roten Auto und winkt dem Barkeeper zu, bevor sie im Bühneneingang verschwindet.

»War das nicht die berühmte Bea Martini?«, fragt Romana aufgeregt, die die Schauspielerin aus der Zeitung kennt. In Wien trifft man halt doch die wirklich prominenten Künstler, anders als in Kärnten.

»Ja, das war die Bea«, grinst der Barkeeper.

»Kennst du die lei persönlich?«

»Ja, schon. Die ist Stammgast bei uns.«

»Und wie ist die so privat?«

»Im Moment eher unglücklich. Sie hat Probleme mit ihrem Freund, glaube ich.«

Romana sieht ihren Gesprächspartner fragend an. »Ja, und warum? Lass dir nicht alles aus der Nase ziehen.«

»Wir reden ja nie über unsere Gäste. Aber die Bea kenn ich ja auch privat recht gut, da ist das schon in Ordnung. Sie tut mir so was von leid. Also, am Montag hat ihr Freund sie versetzt. Sie hat nach der Probe auf ihn gewartet, aber er kam nicht. Telefon hat er offenbar auch nicht beantwortet. Sie hat sogar ein paar Cognac getrunken, obwohl sie sonst nie Alkohol trinkt. Irgendwann ist sie an der Bar einfach eingeschlafen. Wir haben ihr dann ein Taxi gerufen.«

»Mannsbilder!«, schnaubt Romana verächtlich, drückt ihre Zigarette aus und geht zurück in die Küche.

***

»Hallo!!! Da kommt ja unsere Starköchin! Wie war's?« Romana wird am späteren Abend von Martin und Lotte an deren Tisch im Restaurant feierlich empfangen. Sie halten schon ein Glas Champagner für sie bereit, und es wird noch einmal auf ihren Geburtstag angestoßen.

»Ja, ich hab die schon ordentlich aufgemischt in der Küche«, berichtet sie grinsend. »War anstrengend, aber interessant. Und die Promis, die hier verkehren! Echte Promis, nit so halberte wie in Kärnten. Politiker, Schauspieler, sogar die Bea Martini hab ich kennengelernt.«

»Die Burgschauspielerin, die mit dem Max Rainer zusammen ist?«

»Waas, der Max war der, der die Bea am Montag versetzt hat? Das hätt ich mir von dem nicht gedacht. Vielleicht war's ein Notfall in der Tierklinik.«

Martin wird hellhörig. »Am Montag? Da war er nicht mit ihr zusammen?«

»Nein, nein, die Arme hat nach ihrer Probe stundenlang an der Bar hier auf ihn gewartet, und er ist nicht gekommen. Dann hat sie sich betrunken und …«

Martin greift zum Telefon und wählt Fassls Handynummer.

Kapitel 21

Max Rainer sieht aus wie ein Unschuldsengel, als er sagt: »Ich geb ja zu, dass ich wegen des Alibis gelogen hab.«

»Warum denn, wenn Sie nichts verbrochen haben?« Martin sieht Max beinahe liebevoll an. Der Junge ist zu gut, um wahr zu sein, und jetzt hat er ihn genau da, wo er ihn haben wollte: auf dem heißen Stuhl. Auf dem der Millionenerbe jetzt unruhig hin und her rutscht.

Fassl lutscht an einem Zuckerl und versucht, wie ein böser Bulle auszusehen, was ihm schlecht gelingt. Sein pausbäckiges Gesicht lässt sich nicht in strenge Falten legen. Obwohl er Max Rainer böse ist: weil der so gut ausschaut und noch dazu Millionenerbe ist. Wenn ich Millionär wäre, denkt Franz, würde ich sicher fast alle Frauen kriegen. Tut der Lugner ja auch. Obwohl er dessen Mädels nicht haben wollte. Die sind ihm alle zu schlicht. Ein bisserl Hirn müsste die Dame seines Herzens schon haben. Und kochen müsst sie können – das unterschätzen viele Männer an den Frauen: Kochkünste. Ein Backhendl, so knusprig und zart, dass es einem auf der Zunge zergeht ...

»Wir warten, Herr Rainer«, sagt Fassl mit strenger Stimme.

»Na ja, es ist so, dass ich bei einer anderen Frau war.«

Unerhört, denkt Fassl. Da hat der Typ eine Burgschauspielerin zur Freundin und betrügt sie auch noch.

»Hat die Dame auch einen Namen?« Martin spielt mit dem Kugelschreiber. Tacktacktack. Das Geräusch nervt, also lässt er es wieder sein.

Max Rainer redet so leise, dass man ihn kaum versteht. »Den Namen kann ich nicht sagen. Ich mein, sie ist die Frau von einem Politiker. Ein richtig hohes Tier. Wenn das rauskommt ... ich hab niemanden umgebracht ... ehrlich ... das müssen Sie mir glauben.«

Martin seufzt. »Das haben wir hier schon oft gehört, das reicht einfach nicht, Herr Rainer. Sie brauchen jemanden, der Ihr Alibi für den Todeszeitpunkt von René Burgstaller bestätigt. Kommen Sie, bringen wir's hinter uns ...«

»Ich dachte, der hat sich eine Überdosis gegeben? Stand so in der Zeitung.«

Als keine Antwort kommt, sieht er Martin flehentlich an. »Können Sie mir schwören, dass das nicht rauskommt, wenn ich ihren Namen nenne?«

Martin entscheidet sich für Ehrlichkeit: »Nein, beschwören kann ich das nicht. Wir versuchen, so diskret wie möglich zu sein, aber natürlich müssen wir mit der Dame sprechen.«

»Sie wird mich umbringen«, sagt Max Rainer. Er schüttelt den Kopf. »Nein, sorry, ich kann das nicht machen. Bin ich jetzt verhaftet oder was?«

Lügt er so dreist? Martin sieht Franz fragend an, der seine Schultern ratlos hochzieht. Martin zeigt mit dem Kugelschreiber auf sein Gegenüber. »Nein, sind Sie nicht. Aber es wär nett, wenn Sie Wien nicht verlassen würden in den nächsten Tagen.«

Erleichterung ist gar kein Ausdruck: »Hatte ich eh nicht vor. Ich stecke mitten im Examen. Kann ich jetzt gehen, bitte?«

»Sowieso«, sagt Fassl. Er steht auf und öffnet dem Zeugen oder Täter oder unschuldigen Casanova sogar die Tür. Dann kehrt er an seinen Schreibtisch zurück und öffnet eine Schublade, gefüllt mit Zuckerln, Schokolade, Chips, allem, was er so braucht für das flüchtige Glück. »Magst auch was?«

Martin schüttelt den Kopf. »Und, was meinst?«

»Er ist ein Depp. Hat eine Freundin wie Bea Martini und fängt was mit einer verheirateten Frau an. *Und* erbt Millionen. Den Typen müsst man verhaften und lebenslänglich in den Häfn sperren.«

Martin lacht. »Ach geh, er ist halt ein Glückskind. Und ein Hallodri. Aber ein Mörder? Ich mein, wir haben drei Leichen – und das könnte alles nix gewesen sein. Alte Frau stirbt an Herzversagen, Putzfrau fällt vor den Zug, Junkie setzt sich den goldenen Schuss. Vielleicht sollten wir die Akten schließen und zum Heurigen gehen. Uns besaufen ...«

»Und was essen«, sagt Franz, während er sich einen Kartoffelchip in den Mund steckt. »Wusstest du, dass es Food-Designer gibt, die genau entwerfen, wie so ein Kartoffelchip krachen muss, wenn du reinbeißt?«

»Wusst ich nicht. Aber weißt du was, Franz? Ich leer jetzt deine Zuckerlschublade aus, und du tust nie mehr was rein. Und dann meldest dich in meinem Fitnesscenter an. Und versprichst mir, ab jetzt nur noch die Hälfte von allem zu essen. Und in drei Monaten machst du dich dann an Bea Martini ran.«

Martin schüttelt den Inhalt der Schublade in ein Plastiksackerl. Franz sieht stumm zu. Leidend. Er weiß ja, dass Martin recht hat, aber es ist so schwer, sich von etwas zu verabschieden, das wenigstens kurzfristig glücklich macht. Disziplin sagt sich so leicht, aber mit dem Wort stand er schon in der Kindheit auf Kriegsfuß. »Gut«, meint er schließlich, »ich versuch's mal. Aber versprechen kann ich nix.«

Martin klopft seinem Freund auf die Schulter. »Bravo, Franz, ein Anfang ist das schon. Und wir trinken beim Heurigen nur mehr G'spritzte, da mach ich mit.«

Franz versucht sich vorzustellen, wie Bea Martini ihn küsst. Und dann schiebt sich ein Punschkrapfen vor ihr Bild. Ihm läuft das Wasser im Mund zusammen. »Weißt was, ich geh jetzt noch schnell zur Kantine und hol mir eine Mehlspeis, die letzte, ich schwör's. Danach ess ich nix mehr Süßes, nie mehr …« Und bevor Martin auch nur den Mund aufmachen kann, springt er auf und stürzt zur Tür.

Kaum ist er draußen, öffnet sie sich wieder. »Na, hast es dir anders überlegt?«, fragt Martin, den Kopf über Papiere gebeugt. Doch es ist nicht Fassl, der vor ihm steht, sondern ein Mann, der ihm vage bekannt vorkommt. Mittleres Alter, grau melierte Haare, gebräuntes Gesicht, sehr weiße Zähne. Sie blenden, wenn er lächelt. »Bin ich hier bei Chefinspektor Fassbender? Huber ist mein Name, Dr. Stefan Huber. Ich möchte eine Aussage machen.«

»Der Leutnant ist bei den Punschkrapfen«, erwidert Martin. »Aber vielleicht kann ich Ihnen helfen. In welcher Angelegenheit wollen Sie denn aussagen?«

»In der Angelegenheit der Magister Karin Kirchhofer, Herr Chefinspektor ….?«

Jetzt weiß Martin, wo er den Mann schon einmal gesehen hat – in der Apotheke, in der Karin Kirchhofer arbeitet.

»Glück. Martin Glück. Hat sie was angestellt? Sie bestohlen oder bedroht?«

Dr. Huber setzt sich ungebeten auf den Besucherstuhl. »Aber das muss anonym bleiben. Sie darf auf keinen Fall erfahren, dass ich sie angezeigt habe. Diese Frau ist bösartig, abartig …«

»Was hat sie denn angestellt? Ihnen den Parkplatz weggenommen?«

»Sehr witzig«, sagt Dr. Stefan Huber. »Wir sind bekannt, also irgendwie befreundet. Und sie hat mir einen

Rezeptblock gestohlen, und dann hat sie meine Unterschrift gefälscht und verbotene Substanzen an diesen René Burgstaller ausgegeben. Der tote Junkie, er hat damit gedealt, und sie haben sich den Profit geteilt, nehme ich an. Das ist doch kriminell so was. Ich will damit nichts zu tun haben, Herr Inspektor ...«

»Chefinspektor«, sagt Martin. Heuchlerisch: »Wie ist Magister Kirchhofer denn an den Rezeptblock gekommen?«

Fernsehdoktorlächeln: »So genau kann ich's nicht sagen. Sie hat mich in der Praxis konsultiert, und da muss sie ihn mitgenommen haben. Anders kann ich's mir nicht erklären, Herr Chefinspektor.«

Martin malt mit dem Kugelschreiber Herzen auf ein Blatt Papier. Blickt dann auf und sagt: »Sie haben ein Verhältnis mit Magister Kirchhofer. Oder hatten eins, wie es jetzt ausschaut. Und René Burgstaller hat mit Frau Kirchhofer nicht nur gedealt, er hat Sie beide wegen Ihrer Affäre wohl auch erpresst. Wie praktisch, dass er jetzt tot ist, oder?«

Kein Lächeln mehr, sondern ein Anflug von Panik. »Ich hab mit all dem nichts zu tun, das schwör ich.«

Die Leute schwören in einer Tour, denkt Martin und dass er es nicht mehr hören kann. »Warum wollen Sie Ihre Exgeliebte anzeigen, Herr Dr. Huber? Bürgerpflicht wird es wohl kaum sein. Ich tippe da eher auf Rache, oder? Sie wollten die Beziehung lösen, und Magister Kirchhofer hat damit gedroht, Sie in die Sache hineinzuziehen.«

Erleichterung. Das komplizenhafte Lächeln unter Männern: So sind sie, die Frauen, klammern wie die Affen und beißen zu, wenn man sie wegstoßen will. »Na ja, so ähnlich ist es schon, Herr Chefinspektor. Karin dachte, dass ich ihretwegen meine Frau verlasse, obwohl ich nie diese Absicht hatte. Und von ihren Deals wusste ich wirklich nichts. Sie hat mir den Rezeptblock gestohlen, diese Verbrecherin. Und als ich ihr sagte, dass es nichts wird mit uns, da hat sie mir gedroht, alles meiner Frau zu sagen. *Und* mich in ihr Verbrechen mit hineinzuziehen. So als ob ich ihr Komplize gewesen wär. Diese Frau muss aus dem Verkehr gezogen werden, Herr Chefinspektor. Dieser Schritt ist mir nicht leichtgefallen. Wer will schon mit der Polizei zu tun haben?«

Fassl kommt durch die Tür. Er sieht glücklich aus. Registriert den Mann auf dem Besucherstuhl, schaut Martin fragend an, und der erklärt in knappen Sätzen, worum es geht. »Du musst das alles zu Protokoll nehmen und eine Anzeige aufsetzen, weil ich eine Verabredung hab und gleich wegmuss. Hat mich sehr gefreut, Herr Dr. Huber. Und ich bin ganz sicher, der Gerechtigkeit wird Genüge getan.«

Letzte Sätze, ziemlich ironisch. Der Doktor sieht verwirrt aus und Fassl nicht mehr so glücklich. Martin lässt die beiden allein, zieht die Tür ganz sanft zu und durchquert den Gang. Grüßt Kollegen mit einem Lächeln oder Kopfnicken, je nachdem. Unter den Kriminalern ist die Quote der Ungustln genauso hoch wie in jedem anderen Berufszweig. Vielleicht sogar noch ein bisserl höher, weil so ein Gramm Macht über andere zu Obrigkeitsverhalten verführt. Dieser Versuchung hat Martin nie nachgegeben, einigen anderen schon. Und jetzt steht er vor der Tür, und es regnet wie aus Eimern. Kein Regenschirm. Er zieht den Kragen seines Jacketts hoch und sprintet zum Parkplatz. Wird trotzdem nass. Martin lenkt sein Auto in Richtung Apotheke. Er muss mit Magister Kirchhofer reden. Ist nur so ein Gefühl, sie wird natürlich alles abstreiten, aber irgendwie glaubt er, dass sie eine Schlüsselfigur in der Geschichte ist. Sie und René. Er weiß es irgendwie, kann es aber noch nicht beweisen.

In der Apotheke erklärt ihm eine Mitarbeiterin, dass Magister Kirchhofer nicht zur Arbeit erschienen sei. Und auch nicht angerufen habe. Das sei ungewöhnlich, denn sonst sei sie total zuverlässig und immer pünktlich.

Martin kauft Kopfschmerztabletten und lässt sich die Privatnummer von Karin Kirchhofer geben. Ruft an, doch sie meldet sich nicht. Er lässt es läuten, bis ihre Stimme auf dem Anrufbeantworter ertönt. Martin hinterlässt eine Nachricht, dass sie ihn dringend zurückrufen möge. Er geht zu seinem Wagen, für den er wundersamerweise einen Parkplatz gefunden hat, und lässt dem Regen seinen Lauf. Er hat noch nie einen Regenschirm besessen und ist immer nass geworden. Auch im metaphorischen Sinn. Du kriegst, was du verdienst. Oder auch nicht.

Kapitel 22

Ausgerechnet einen Tag bevor sie zurück nach Kärnten fahren will, wird Alex krank. Noch dazu mit Durchfall. Wird irgendwas Falsches gegessen haben im Park, glaubt Romana. Sie hat wenig Erfahrung mit Hunden und auch damit, sich um jemanden, um etwas zu sorgen. Selbst ihre Pensionsgäste können sich nicht über zu viel Fürsorglichkeit beschweren. Sie kriegen ihr Zimmer, ihr Frühstück und die Betten gemacht von der slowenischen Putzfrau. Für alle anderen Kalamitäten fühlt sie sich nicht zuständig. Lästigen Gästen begegnet sie so unfreundlich, dass die nicht zweimal fragen, wo die Sehenswürdigkeiten oder die besten Restaurants am Wörthersee zu finden sind. Dafür, sagt sie ihnen, gebe es Reiseführer, sie sei ja schließlich Pensionswirtin und keine Auskunftei.

Und jetzt schaut das arme Hascherl sie an, als hinge sein Leben von ihr ab. »Ist ja gut, Alex«, sagt Romana und tätschelt ihren allerersten Lebensgefährten. Was tun? Erst klopft sie an Lottes Tür, doch die meldet sich nicht. Dann ruft sie Martin an, und der geht nach langem Läuten ans Telefon. Er klingt zwar gehetzt und gar nicht zum Plaudern aufgelegt, aber das ist ihr wurscht. Sie erzählt ihm von Alex' Leiden, nicht im Detail, aber immerhin so, dass es klingt, als würde der Hund in Lebensgefahr schweben. »Und jetzt sag mir, was ich tun soll, weil deine Mutter macht die Tür nicht auf. Wahrscheinlich meditiert sie wieder, das ist ihr neuester Spleen.«

»Weißt du was«, sagt Martin genervt, »wenn es so ernst ist, dann geh doch in die Notfallambulanz von der Tierklinik. Und wenn du Glück hast, triffst du dort noch den Max

Rainer, der so ausschaut, als könnt er keiner Fliege was zuleide tun.«

Der Gedanke ist reizend. Obwohl der gute Max offenbar auch seine Schwächen hat. »Du magst ihn wirklich nicht, oder?«

»Na ja«, sagt Martin mehrdeutig. »Also, schnapp dir ein Taxi und bring den Hund zum Wunderdoktor. Ich ruf dich heut Abend an.« Dann legt er auf, bevor sie noch Pieps sagen kann.

Romana beugt sich zu ihrem Hund: »Martin kann sehr uncharmant sein, und ich rate dir, mir nicht mit männlichen Launen zu kommen. Die kann ich nämlich überhaupt nicht leiden. Weshalb mir auch nie ein Mann ins Haus gekommen ist. Du bist der Erste, Alex, und ich hoff doch sehr, dass du dich dieser Aufgabe gewachsen zeigst.«

Er wedelt mit dem Schwanz, das ist doch ein gutes Zeichen. Was er dann allerdings macht, ist weniger schön. Romana putzt erst den Boden, ruft dann ein Taxi und schnappt sich den Hund und ein paar Hundesackerl. Im Wagen legt sie Alex auf eine Decke und hofft, dass es gut geht.

»A so a liabs Hunderl«, sagt der Taxler, der die Farbe von Ebenholz hat. Naturalisierter Österreicher. »Wos fehlt eam denn?«

Sie hält es für klüger, den Durchfall nicht zu erwähnen. »Hat was Falsches gessen«, meint sie nur und denkt für den Rest der Fahrt über Martin nach. Der wirkt in den letzten Tagen ein bisserl neben der Spur. Die Klagenfurterin? Scheint ja schon was Ernsteres gewesen zu sein. Lotte, mit der sie darüber sprach, schlug doch ernsthaft vor, die Lily anzurufen und ein gutes Wort für Martin einzulegen. Hubschrauber-Aktion ohne Fallschirm, Romana hat ihr das wieder ausgeredet. Der Bub sei schließlich alt genug, seine

Amouren selber zu meistern. »Liebe«, meint sie zu Alex, dem Hund, »is der schönste Schmäh von allen.«

»Des war jetzt echt guat«, meint der Taxler, der bremst, weil sie am Ziel sind. Romana gibt ihm fünf Euro Trinkgeld und trägt Alex auf seiner Decke in die Klinik. Und sie hat Glück, riesiges Glück, denn in der Ambulanz steht Max am Schalter, er flirtet gerade mit der Rezeptionistin und lächelt strahlend, als er Romana mit Hund sieht. »Na, was fehlt ihm denn, Frau Petuschnigg? Ich hab ihn doch gegen alles geimpft.«

Romana erzählt vom Malheur, und Max zwinkert seinem hübschen Flirt zu. »Dann wollen wir den armen Kerl drannehmen, bevor er ganz dehydriert ist. Ein Dringlichkeitsfall.« Und damit schleust er Romana mit Hund an den Wartenden vorbei in das Behandlungszimmer. Das gefällt ihr sehr, und den anderen überhaupt nicht. Max untersucht Alex und meint dann, dass es keine Anzeichen von Vergiftung gebe. Er gibt dem wimmernden Kerl eine Spritze und Romana ein paar Tabletten, die solle er jeden Tag zweimal nehmen. »Das wird schon wieder, das ist nichts Ernstes. Gell, mein Kleiner?«

Alex, der sich von der Nadel erholt hat, wedelt freudig, bekommt ein Leckerli zur Belohnung, und Romana ist dem angehenden Veterinär vollständig verfallen. So fesch und so liab! Wie sehr sie es bedauert, ein paar Jahre zu alt zu sein. »Was schulde ich?«, fragt sie, und Max antwortet: »Nix. Das geht aufs Haus.«

»Dann darf ich dich wenigstens zu einem Kaffee einladen.«

Max sieht auf seine Uhr, sie ist neu und war teuer. »Mein Kollege ist noch hier, also geht ein schneller in der Kantine. Nur den Alex müssen wir in der Zeit hierlassen.«

Er sperrt ihn in einen der Käfige und schiebt noch ein Leckerli durchs Gitter.

»Wir sind gleich zurück«, versichert Romana ihrem neuen Lebensgefährten, dann folgt sie Max in die Kantine. Sie trinken Kaffee, und Max isst ein Stück Linzer Torte dazu. Blaue Augen unter dichten Wimpern, sie schauen so freundlich-verträumt, und sein Mund ist quasi ins Lächeln verliebt. Sie erzählt ihm, dass sie zurück nach Velden fährt, sobald es Alex besser geht, und lädt Max ein, jederzeit in die *Villa Romana* zu kommen. Als ihr Gast natürlich. Zimmer mit Seeblick, er müsse sich nur rechtzeitig bei ihr anmelden.

Ganz sicher werde er sie besuchen, meint Max, und erzählt ihr dann, dass Elvis ein neues Gelände für sein Hundeheim mit dem *Haus Rita* gefunden habe. Bei der Vermittlung des Überbrückungskredits für den Kauf habe er seinem Freund geholfen, weil Elvis sich mit Gelddingen nicht so auskenne. »Das Gelände ist in Liesing und viel größer als das in Simmering. Und ich überleg mir, ob ich auf einem Teil des Grundstücks eine Tierarztpraxis mit Klinik aufmache, wenn ich fertig bin.«

»Du bist so ein guter Mensch.« Romana neigt zur Bissgurn und nicht zur Schmeichlerin, aber hier sitzt sie nun und kann nicht anders.

»Nur bei den Viechern«, sagt Max wahrheitsgemäß. »Mit Frauen hab ich immer Probleme.«

»Warum denn?« Romana wünscht sich die gute Fee, die ihr einen Wunsch erfüllt: vierzig Jahre weniger!

»Ach weißt«, sagt er lachend, »ich kann einfach keiner widerstehen. Ich seh eine schöne Frau und muss sie ... küssen ... mindestens. Und weil das manchmal nicht hintereinander, sondern nebeneinander passiert, gibt's halt Ärger.«

»Mit Bea Martini zum Beispiel?« Romana wiederholt den Satz mit der Liebe und dem Schmäh, und er meint, dass er dem Elvis auch eine nette Frau wünscht.

Romana schaut skeptisch drein: »Es muss an den Ohrwascheln liegen …«

»Nicht nur«, sagt Max. »Der Elvis kann so perfekt mit Hunden, da macht er alles richtig. Aber mit Frauen kann er nicht gut umgehen. Da wird er täppisch. Und dann ist da die Sache mit Rita. Seiner Schwester. Er hat sie abgöttisch geliebt.«

»Haus Rita«, denkt Romana, damit muss er ihr ein Denkmal gesetzt haben. »Und was ist da genau passiert?«

Max schaltet sein Lächeln ab. »Sie ist gestorben – vor ein paar Monaten. Rita hing an der Nadel. Und das hat aus einem hübschen jungen Mädel binnen zwei Jahren ein Wrack gemacht. Ich hab sie kaum wiedererkannt, als ich sie zum letzten Mal gesehen hab. Rita ist an einer Überdosis gestorben. In Renés Wohnung. Er war ihr Freund. Ritas Tod hat Elvis das Herz gebrochen. Er hat wirklich alles versucht, aber sie hing zu tief drin. Wollte nicht wieder in die reale Welt zurückkehren. Es war, als ob sie nur noch aus tausend kleinen Scherben bestehen würde. Jede davon tat weh – ihr selbst am meisten.«

»Tragisch«, sagt Romana. »Und komisch, dass jetzt René auf die gleiche Art gestorben ist.«

»Ist das nicht das vorhersehbare Ende? Wenn Junkies nicht an Aids oder Hepatitis sterben?« Jetzt klingt Max' Stimme nicht mehr so weich und einschmeichelnd. »Die Hunde sind sein einziger Trost.«

So traurig sieht er aus, dass sie ihn am liebsten an die Brust nehmen möcht. Während sie überlegt, welche Geste angemessen wäre, schaut Max auf die Uhr: »Oh, jetzt muss ich aber wieder arbeiten – und du musst den Alex abholen. Danke für den Kaffee. Es war schön, mit dir zu plaudern.«

Na, na, denkt Romana, so schön war's auch wieder nicht, die traurige G'schicht von Rita zu hören. Von Elvis und René, der seiner Freundin in die ewigen Jagdgründe gefolgt ist. Ob Martin das alles weiß? Sie wird es ihm am Abend erzählen, wenn er sie anruft. Zunächst holt sie Alex aus dem Käfig, nimmt ihn in den Arm und flüstert ihm ins Ohr, dass sie ihn sehr lieb hat. Das hat sie noch nicht vielen Kreaturen gesagt. Man muss Liebe sparsam einsetzen, sonst ist sie als Währung nix wert.

Romana verlässt die Tierklinik und steigt in das Taxi, das Max ihr gerufen hat. Ein Busserl auf die Wange war auch noch drin. Sein Bart kratzte nicht einmal. Für ein paar Sekunden hat sie sich wie ein junges Mädchen gefühlt. Es gibt keine guten Feen, die die Uhr zurückdrehen. Keine Wunder mehr. Aber immerhin hat sie Alex, ihre letzte, sehr haarige Liebe.

Kapitel 23

Rita H., die Drogentote und Freundin von René Burgstaller, war Elvis Hudlickas Schwester. Romana hat es ihm am Telefon gesagt. Aber was heißt das jetzt? Eigentlich gar nichts. Rita ist an einer Überdosis gestorben, René an Propofol, das auch als Droge missbraucht wird. Es sind einfach zu viele Tote, die irgendwie miteinander zu tun haben.

Max Rainer wäre immer noch Martins Lieblingstäter. Sein angebliches Alibi hat er ja nicht preisgegeben. Und Karin Kirchhofer? Die Anschuldigungen von Dr. Huber klingen zwar so, als wollte er in erster Linie seine Affäre ganz unelegant loswerden, aber das mit den Drogendeals könnte ja stimmen. Warum sollte sie dann nicht den René, der sie wegen ihrer Untreue erpresst hat ...

Martin kommt zu dem Schluss, dass er unbedingt mit ihr sprechen muss. Gegen Mittag nach dem Fitnesstraining wird er noch einmal in der Apotheke vorbeischauen. Es ist zwar Samstag und er hat frei, aber ein Kriminalbeamter ist praktisch immer im Dienst. Besonders wenn die Apotheke, wo die Kirchhofer arbeitet, beim Fitnessstudio um die Ecke liegt. Seltsame Logik, doch Martin hat inzwischen gelernt, mit seinen Ungereimtheiten zu leben.

Auf der Mariahilfer Straße kämpft er sich von der U-Bahn-Station bis zur Neubaugasse durch die Menschenmassen. Der ganz normale Samstagvormittagswahnsinn! Er hat auch Franz, der heute endlich zu einer Schnupperstunde mit ins Fitnessstudio kommt, geraten, mit der U-Bahn zu fahren, da die Aussicht auf einen Parkplatz in dieser Gegend gleich null ist. Er selbst hätte zwar noch den Garagenplatz in Larissas Haus, will ihn aber nicht nutzen.

Zu viel Larissa. Auch wenn sie ihm wegen ihrer Jobprobleme leidtut, so will er doch endlich den dicken Schlussstrich ziehen. Und sich bei Lily entschuldigen. Morgen oder übermorgen. Und vielleicht doch einen neuen Anfang wagen – mit ihr. Ohne Larissa. Aber andererseits auch ohne diesen Italiener. Bei dem Gedanken an den Kindsvater wirft er sich schnell einen Gummibären zur Beruhigung ein.

Er wird durch einen kuriosen Anblick aus seinen Gedanken gerissen. Ein massiver Mensch mit feuerrotem Helm rast auf einem Scooter durch die Menschenmenge. Passanten springen in Panik zur Seite. Man weiß ja heutzutage nie. Doch der Lenker des Zweirades entpuppt sich keineswegs als Terrorist, sondern als Franz Fassbender. Der bremst scharf ab, als er Martin sieht, springt vom Scooter und verliert beinahe das Gleichgewicht.

Martin fängt ihn im letzten Moment auf und gerät dabei selbst ins Wanken. »Ja, Franz, seit wann fahrst denn du mit einem Tretroller?«

Fassl strahlt voll Stolz und wischt sich den Schweiß von der Stirn. »Na ja, wegen deiner ständigen Predigten und weil ich endlich Chancen bei einer Frau haben möcht, hab ich beschlossen, ein neues Leben anzufangen. Mehr Bewegung im Alltag, und außerdem hab ich die Jause gestrichen.«

»Gratuliere, Franz! Ich versprech dir, ich helf dir dabei. So, und jetzt auf in die Folterkammer.«

Fassl schaut plötzlich ein bissel verunsichert drein. »Was meinst mit ›Folterkammer‹? Ist das wirklich so anstrengend? Genügt es nicht, wenn ich öfter mit dem Tretroller fahr? Sollen wir jetzt wirklich da rein?«

»Jetzt wirst mir nicht kneifen! Ist alles halb so schlimm, du fangst ja ganz langsam an. Und wenn du dann drin bist im Training, wirst richtig süchtig danach«, beruhigt Martin.

»Apropos süchtig …« Auf dem Weg zum Fitnessstudio erzählt er Fassl von Rita Hudlicka und schlägt vor, dass sie nachher noch einmal bei der Apotheke nachfragen sollten, ob die was von Karin Kirchhofer gehört haben.

»Haben die dann nicht schon zu? Gehen wir doch gleich.«

Martin schätzt Fassls ungewohnten Arbeitseifer ganz richtig ein: als letzten möglichen Ausweg aus der Fitnessnummer. Doch darauf fällt er nicht rein. »Na, jetzt wird erst einmal brav trainiert! Die Apotheke hat bis zwölf geöffnet.«

Die weiten Hosenbeine der schwarz glänzenden Trainingshose, die Fassls massigen Körper bis zu den halben Oberschenkeln extrem locker umspielen, und der figurfeindliche Gummizug um die Taille erinnern Martin an die Turnhosen vergangener Tage. Er kennt Jugendfotos seines Vaters, auf denen dieser in solchen Outfits zu sehen ist. Dabei war sein Vater aber schlank und sportlich.

Die Größe von Fassls Turnhose lässt sich schwer schätzen: XXLarge? Martin versucht, nicht zu offensichtlich auf den cremeschnittengestählten Körper seines Kollegen zu starren. Mit aufmunternden Bemerkungen lenkt er ihn von den neugierigen Blicken der anderen im Umkleideraum ab.

Hat Martin erwartet, dass Franz wie ein tapsiger Bär in den Geräten hängen wird, so belehrt dieser ihn eines Besseren. Interessanterweise stellt er sich bei den Kraftgeräten nämlich recht geschickt an, und es scheint ihm auch Freude zu machen. Das ändert sich, als er nach einer halben Stunde zu den Ergo-Geräten wechselt. Mit Laufband, Fahrrad und Stepper kann Fassl wenig anfangen und ist schon nach fünf Minuten Aufwärmphase außer Atem.

Martin lässt Gnade walten. Für den Anfang war's genug, und schließlich will er nicht, dass sein Freund und Kollege gleich vom nächsten Besuch im Studio abgeschreckt wird.

Nach anschließendem Saunabesuch und Vitamindrink gehen sie wie geplant zur Apotheke. Fassl schiebt seinen Scooter. Er wirkt beinah glücklich. Ein Anfang ist gemacht. Und der ist bekanntlich immer das Schwerste.

»So passen S' doch auf, Se blader Lackl Se. Wann S' kann Plotz hobn, dann lossen S' mi halt vorher aussi.« Die Frau, mit der Fassl in der Tür zur Apotheke zusammengestoßen ist, kommt Martin vage bekannt vor. Er weiß aber im Moment nicht, wo er sie einordnen soll. Sie hat sich ausschließlich auf Franz konzentriert und ihn nicht einmal angesehen.

Eine Kollegin von Karin Kirchhofer gibt ihnen dann die abermals enttäuschende Auskunft: Frau Magister Kirchhofer habe sich weder gemeldet, noch sei sie zum Dienst erschienen. Man mache sich mittlerweile schon Sorgen. Und außerdem müsse sie jetzt deren Dienste übernehmen. Ob denn der Herr Abgeordnete eine Abgängigkeitsanzeige erstattet habe, will sie von den beiden Polizisten wissen. Martin antwortet nicht, weil er gebannt auf den Briefumschlag starrt, den die Apothekerin in der Hand hält. Darauf steht in ungelenker Handschrift: »Für die teufelsrote Frau Magister, mit den vilen Klunkern, die in der Etrichstraße war.«

Die Apothekerin sieht Martins Blick und erklärt: Die Frau, die gerade in der Tür mit Fassl zusammengestoßen sei, habe das abgegeben. »Da Frau Magister Kirchhofer hier die einzige Rothaarige ist und diese Frau unlängst bei ihr ein Rezept eingelöst hat, ist der Umschlag, denke ich, für sie.«

Mit gemurmelten Worten, aus denen vage »abgängig« und »ermitteln« herausklingt, nimmt Martin den Umschlag an sich. Fassl gibt ihr seine Karte mit der Telefonnummer, und die Apothekerin sieht ein wenig enttäuscht aus. Lieber hätte sie die von dem Dunkelhaarigen bekommen. Sie ist frisch geschieden und wieder auf der Pirsch. Und der eine tät ihr schon gefallen, der andere müsst noch was abnehmen, bis er in ihr Beuteschema fällt.

Im Gasthof zwei Gassen weiter, in dem sie ein leichtes Mittagessen einnehmen – Fassl schielt zwar auf das Wiener Schnitzel am Nebentisch, bestellt dann aber doch Fisch und Salat –, öffnen sie den Umschlag.

»Ich weis jetzt, wer sie sind, sie roter Teufel. Habe sie beim René gesehen vor seinem Tot. Schiken Sie 5000 Euro mit der Post an Postfach 2344 in 1110 Wien. Dann sag ich es nicht der Polizei.«

»Jetzt weiß ich, wer die war!«, ruft Martin laut aus. Sein Kollege sieht ihn nur fragend an, während sich einige Gäste nach ihm umdrehen.

Weiter im Flüsterton zu Fassl: »Na, die mit dir zusammengestoßen ist. Es ist die Frau aus dem Burgstaller-Haus, die mir von der toten Rita erzählt hat. So eine Art Hausmeisterin, jedenfalls die neugierigste Person im Gemeindebau. Und die will jetzt offenbar die Kirchhofer erpressen.«

»Ung'schickter geht's ja wohl nimmer.« Franz zieht gerade eine Gräte aus dem Mund und bereut schon, dass er nicht das Schnitzel bestellt hat. »Aber das heißt, dass nicht nur der Adelsfuzzi, sondern auch die Kirchhofer beim René war, bevor die Rettung gerufen wurde. Die wird aber langsam echt verdächtig.«

»Bingo!« Martin schiebt den noch halb vollen Teller weg und will zahlen. Er muss so schnell wie möglich in die Etrichstraße.

»Moment, Moment, Martin. Wir haben's doch nicht eilig«, beschwichtigt Fassl, während er sehnsüchtig einem Millirahmstrudel nachschaut, den die Kellnerin vorbeiträgt. »Du weißt ja gar nicht, ob die überhaupt nach Hause gefahren ist. Vermutlich stehen wir dann vor verschlossener Tür, während die Hausmeisterin in Erwartung des Geldsegens gemütlich auf der Mariahilfer Straße shoppt. Außerdem haben wir beide kein Auto dabei.« Mit einem Grinsen fügt er hinzu: »Könntest natürlich hinten auf meinen Tretroller aufsteigen.«

Martin sieht ein, dass Fassl recht hat. Es ist wohl besser, die Dame morgen aufzusuchen.

»Packen Sie mir bitte zwei Stück Millirahmstrudel ein zum Mitnehmen«, bittet Franz die Kellnerin.

»Für die Jause«, fügt er als Erklärung für Martin hinzu.

Der ist bass erstaunt. »Aber Franz, du hast doch grad vorhin gesagt, dass du die Jause ab sofort streichst!«

»Die Vormittagsjause, Martin, die streich ich. Aber am Nachmittag brauch ich schon was Süßes.«

»Ein Strudel«, sagt Martin. »Und den teilen wir uns. Und du rufst den Mann von der Kirchhofer an, diesen Abgeordneten. Fragst ihn, wo seine Frau geblieben ist und ob er sie nicht als vermisst melden will. Ich hab so ein blödes Gefühl ...«

Ein halber Millirahmstrudel! Das sind drei Bissen, denkt Franz. Und sein Magen fühlt sich nach dem Fisch und dem Salat ganz leer an. Drei winzig kleine Petersilienkartoffeln haben das Kraut auch nicht fett gemacht. Ach warum muss man nur so viel leiden in der Welt? Franz bedauert sich selbst. Aber nur, bis sie vor der Tür sind, wo eine alte Frau auf dem Gehsteig sitzt und ihm bittend die Hände entgegenstreckt. Er kann es nicht – an Bettlern vorbeigehen. Franz bleibt stehen und drückt der Frau zwei Euro in die Hand. »Küss die Hand, gnädiger Herr«, sagt sie und schenkt ihm ein mütterliches Lächeln. Damit ist er wieder glücklich, der Franz.

Kapitel 24

Helga Krautwaschl hat soo an Hals! A Chuzpe is des, dass die zwa Polizisten, einer davon der Blade aus der Apotheke, am heiligen Sonntag in aller Früh an ihrer Wohnungstür läuten. Wo samma denn? Bei den Nazis? »Seids ihr von da Gestapo?«, hat sie Martin und Franz zornig empfangen.

Schuldig? Na, schuldig fühlt sie sich net. *Sie* net. Schließlich hat sie kan umbracht. Im Gegensatz zu der rotschedlerten Nockn. Schreien und Streiten hat sie oben gehört. Und dann is die mit ihre Stöckeln über die Stiegen obag'fetzt, dass sie mit ihrem Schuh fast hängen blieben is. Da hat sie sie genau anschauen können. A Phantombild könnt sie zeichnen, wenn sie die Mörderin net eh bald danach in der Apotheke im siebenten Bezirk zufällig gesehen hätt. Ein Rezept von ihrem Internisten wollt sie dort einlösen, der in der Nähe seine Ordination hat. Da is sie dann da g'standen mit ihr'm weißen Mantel und die roten Haar, die Frau Apothekerin.

Was heißt Erpressung? Des harmlose Brieferl? Ma wird ja wohl no auf an Mörder a bisserl Druck ausüben dürfen, damit der nervös wird. Und a kloane Gabe von fünftausend Euro? Ja, es muass heutzutag jeder selber schauen, wo er bleibt. Das wissen doch sicher die Herren Polizisten aa.

Chefinspektor Glück und Leutnant Fassbender sind halb erschlagen vom Redeschwall der Pseudo-Hausmeisterin Krautwaschl. Immerhin haben sie herausgehört, dass Karin Kirchhofer ungefähr zum Zeitpunkt von Renés Tod vor Ort war. Jetzt ist die Apothekerin an die einsame Spitze der Hauptverdächtigen gerückt.

Martin passt das irgendwie nicht: »Kann aber doch sein, dass die den René schon tot vorgefunden hat und deshalb so schnell abgehauen ist. Vielleicht war der Max Rainer schon vor ihr da?«

Fassl antwortet nicht. Er hat genug damit zu tun, mit Martin auf dem Weg zum Parkplatz Schritt zu halten. Es tut ihm alles weh, jeder Muskel, jeder Knochen, jeder Schritt. Ob diese Fitnesssachen wirklich so gesund sind? Jedenfalls hat er der präpotenten Krautwaschl noch eins mitgegeben, als er zum Abschied sagte, dass sie mit einer Anzeige wegen Erpressung rechnen müsse.

»Was hältst von einem Ausflug nach Sievering?«, fragt Martin seinen Kollegen.

»Am Abend zum Heurigen gern. Aber was willst dort jetzt in der Früh? Ein Frühstücksachterl?« Ächzend lässt sich Fassl auf den Fahrersitz seines Volvo fallen, während Martin Glück seinen alten Käfer aufsperrt.

»Ich dachte, wir statten der Familie Kirchhofer einen Morgenbesuch ab. Vielleicht verschanzt sich unsere Apothekerin ja zu Hause und stellt sich tot. Und wenn sie nicht da ist, können wir zumindest mit ihrem Mann reden – oder vielleicht mit der Tochter. Willst mit uns, dem Käfer und mir, mitfahren, oder fahr ma im Konvoi?«

Fassl entscheidet sich für Konvoi, weil er nachher noch zu seiner Mutter muss, und was soll er dann mit seinem Auto im elften Bezirk?

In der eleganten Villa am idyllischen Ende der Sieveringer Straße, wo man den Wienerwald schon vor der Haustür hat, gibt es, den Türschildern nach, drei Wohnungen. Die Kirchhofers logieren in einer sogenannten Villenetage in einer der teuersten Gegenden Wiens. »Ja ja, die Politiker«, brummt Fassl, »des san alles Gauner. Ich könnt mir so was im Leben net leisten.«

Martin lächelt beinah abgeklärt. Er fühlt bis in die Fingerspitzen, dass sie nah dran sind an der Lösung. Und Karin Kirchhofer ist ein wichtiges Puzzlestück, wenn nicht die Täterin. Er war zu sehr auf Max Rainer fixiert. Auch weil der so unverschämt mit Lily geflirtet hat. Aber vielleicht hat er sich das nur eingebildet, er ist nun mal der eifersüchtige Typ.

Auf das Läuten antwortet niemand. Doch zum Glück kommt ein älteres Ehepaar mit Pudel aus dem Haus. »Der Herr Abgeordnete ist mit einer Delegation in Südafrika, und die Frau Magister haben wir zuletzt vorgestern Abend gesehen«, geben die beiden bereitwillig Auskunft. »Sie schien ein bissel echauffiert, um nicht zu sagen erzürnt. Ist grußlos an mir vorbei, hat die Autotür zugeschlagen und ist davongebraust. Seither steht der rote Alfa nicht mehr vor dem Haus. Ist was passiert? Gar dem Herrn Abgeordneten in Afrika?«

»Nein, nein«, sagt Fassl, man habe ja nur eine Frage an die Frau Magister einen Fall betreffend. »Und einen schönen Sonntag noch.«

Zu Martin auf dem Weg zum Auto: »Weißt was? Wir lassen das jetzt einmal, schließlich ist Sonntag, und ich bin bei meiner Mutter zum Mittagessen eingeladen. Morgen start ma noch einen Versuch, und dann schreiben wir sie zur Fahndung aus.«

Wie kann der nur immer ans Essen denken! »Vorher sollten wir uns aber unbedingt die Überwachungsaufnahmen noch einmal anschauen, jetzt ganz konkret im Hinblick auf die zwei Verdächtigen, den Max Rainer und die Apothekerin. Vielleicht entdecken wir einen von den beiden doch irgendwo auf dem Perron«, schlägt Martin vor. Am liebsten würde er sofort ins Büro fahren, aber ohne Franz kommt er, der mit dem Fall offiziell nicht betraut ist, gar nicht an das Video heran.

»Ja, ja, morgen«, kommt es gleichmütig von Franz, der mit den Gedanken schon beim Sonntagsschweinsbraten seiner Mutter ist. Mit Grammelknödel und Sauerkraut. Und danach ihre berühmte Linzertorte. Das Wasser läuft ihm im Mund zusammen, und er hat das Gefühl, seit Ewigkeiten nix G'scheites mehr gegessen zu haben.

»Hoffentlich passiert bis morgen nicht noch ein Unglück«, versucht Martin den Kollegen umzustimmen. Vergeblich, Franz sperrt die Wagentür auf und lächelt sphärisch in Erwartung kulinarischer Genüsse.

»Nur gut, dass die Kirchhofer von der versuchten Erpressung durch die Krautwaschl nichts weiß, sonst wäre die ja glatt in Gefahr«, legt Martin noch eins nach. »Oder was ist, wenn sie den Mörder vom René beobachtet hat und deshalb davongerannt ist? Vielleicht Max, der sie jetzt womöglich gerade ...«

Doch Martins Worte laufen ins Leere, Fassl hat schon die Autotür hinter sich zugeschlagen und startet den Motor. Winkt noch aus dem Fenster, während er davonfährt.

Martin steht eine Zeit lang unschlüssig vor seinem Käfer. Heimfahren und nichts tun kann er jetzt nicht. Irgendwie muss er mit dem Fall weiterkommen. Also beschließt er, nach Simmering zu Elvis zu fahren und Näheres über dessen Schwester herauszufinden. Womöglich gab es da doch eine Verbindung zu Karin Kirchhofer. Und vielleicht weiß Hudlicka auch mehr über die Achse Kirchhofer–René, das ihn weiterbringen könnte. Er hat das Gefühl, so nah dran zu sein – und der blöde Fassl denkt nur ans Essen!

***

Am späten Nachmittag ist Martin wieder zurück in seinem Schrebergarten und jätet Unkraut. Irgendwie hat sich heute alles gegen ihn verschworen. Elvis Hudlicka war nicht im Tierheim anzutreffen. Und ihn am Sonntag zu Hause stören wollt er nun auch wieder nicht, ganz abgesehen davon, dass er gar nicht weiß, wo der wohnt. Nur um zu fragen, ob seine Schwester die Magister Kirchhofer kannte ...

Und als Martin dann die Lily angerufen hat, um sich endlich zu entschuldigen, da meldete sich niemand. Auf den Anrufbeantworter wollte er nicht sprechen, also hat er aufgelegt. Bei Anrufbeantwortern fängt er immer an zu stottern. So ist er letztlich beim Unkraut gelandet. Er beschließt, nach der Gartenarbeit noch zwei Listen zu machen: Verdachtsgründe Kirchhofer – Verdachtsgründe Max Rainer. Vielleicht bringt ihn das weiter.

***

Martin Glück ist kein Morgenmensch. Aber an diesem Montagmorgen ist er bereits vor allen anderen im Büro und wartet ungeduldig auf Franz Fassbender, dem er eine Nachricht hinterlassen hat, gleich mit der Aufnahme vom Bahnsteig ins Kellerverlies zu kommen.

Der Fall hat auch Fassl keine Ruhe gelassen, überdies hat er ein schlechtes Gewissen, weil er schweinsbratenbedingt dem Kollegen gestern nur mit einem Ohr zugehört hat. Was, wenn Martin wirklich recht hatte und noch was passiert ist? Als er eine halbe Stunde vor dem offiziellen Dienstbeginn eintrifft, verschafft er sich als Erstes einen Überblick über die Vorfälle der vergangenen Nacht. Gott sei Dank keine Leiche und auch sonst keine gröberen Vorkommnisse.

Kurz darauf sitzen Fassl und Martin wieder einmal vor dem Bildschirm, um sich die Aufnahmen der Überwachungskameras anzuschauen. Menschen, Menschen,

Menschen auf dem Bahnsteig. Da wieder der Hut, der offenbar der Maria Burgstaller gehört. Und die Gestalt mit dem Kapuzenpulli. Martin zoomt sie näher heran. »Könnte das Max Rainer sein? Leider sieht man die Gesichter nicht bei diesen blöden Kapuzen.«

»Und die Gestalten dieser mageren jungen Leut schauen alle gleich aus«, sagt Franz mit einem Unterton von Neid. »Aber stimmt ja, auszuschließen ist es nicht, dass das der Rainer ist. Hier is wieder die Blondine mit der Sonnenbrille. Hol die noch mal näher her.«

Martin vergrößert das Bild. Es ist unscharf, trotzdem erkennt man, dass es sich dabei um eine sehr junge Frau handelt. Weder Karin noch Max. »Und daneben die Blonde mit den kurzen Haaren und den abstehenden Ohren kann es ja auch nicht sein«, lacht Fassl. »Würdest du als Frau mit solchen Ohrwascheln eine Kurzhaarfrisur tragen?«

Während Martin gebannt auf das Bild schaut, läutet sein Handy. Lily. Eigentlich hat er keine Zeit, aber wenn er sich nicht alles verderben will, muss er jetzt rangehen.

»Es tut mir leid« – sie sagen es gleichzeitig und lachen dann verlegen. »Ich bin halt ein eifersüchtiger Depp und gelobe Besserung«, haucht Martin ins Telefon.

»Und ich bin die beleidigte Leberwurscht und gelobe ebenfalls Besserung.« Lily lacht erleichtert. Als sie ihm dann noch erzählt, dass der spät aufgetauchte Vater wieder nach Italien zurück ist, könnte Martin vor Glück singen. Irgendeine Liebesschnulzn. »Oh, das tut mir aber leid.« Das sagt er in einem Ton, der genau das Gegenteil verheißt.

»Mir auch«, sagt Lily. »Aber nur wegen Sophie. Die hat das hart getroffen. Sie hat nicht mit einem Kurzzeitvater gerechnet, sondern mit einem dauerhaften. Jetzt dreht sie aus Protest ein bissel durch, geht im Gothic-Stil mit schwarzem

Make-up, schwarzer Kleidung und schwarzer Perücke durch die Gegend.«

Irgendwas klingelt in seinem Hirn: »Perücke?«

»Ja, ich hab ihr bei Taschengeldentzug verboten, sich die Haare färben zu lassen. Also hat sie sich eine Perücke gekauft. Sieht man eh auf den ersten Blick und schaut grauslich aus.«

Martin rutscht ungeduldig auf seinem Sessel hin und her. Er weiß, dass er Lily nicht unterbrechen sollte. Aber er kann es nicht erwarten, zu den Überwachungsbildern zurückzukehren. »Du, ich bin im Dienst und nicht allein. Darf ich dich heut Abend anrufen?«

Er darf. Er muss. Er freut sich sehr, aber jetzt will er mit dem Fall weitermachen. Franz schaltet wieder auf Durchlauf. »Seids ihr jetzt ein Wörthersee-Wien-Paar, deine Lily und du? Du lässt dich ja hoffentlich nicht nach Klagenfurt versetzen?«

»Wer weiß«, antwortet Martin. »Aber zuerst lösen wir diesen Fall.« Er fährt zurück zum Bild der kurzhaarigen Blondine und friert es ein. Vergrößert es. Seine Stimme ist ganz heiser: »Fällt dir was auf?«

Franz rückt näher ran. Setzt seine Lesebrille auf. »Ja, da legst dich nieder. Warum haben wir das nicht früher gesehen?«

Kapitel 25

Er hat die Polizeisirene aufs Autodach gepackt und rast durch Wien, auch über rote Ampeln, wenn er freie Bahn hat. Wie im Film, denkt Martin, und dass dies einer der Gründe war, warum er als kleiner Bub einmal Polizist werden wollte. Schade, dass sie so selten zum Einsatz kommt, die Sirene, und Fassl neben ihm ist schon ganz grün im Gesicht. »Hast was Falsches gegessen?«, fragt Martin, eigentlich schreit er mehr und kann gar nicht sehen, wie Franz den Kopf schüttelt, weil er sich voll auf die Straße konzentrieren muss. Rennfahrer wollt er ja auch werden, und na ja, irgendwie hat es sich gefügt, dass er manchmal beides sein kann. Er fährt in Richtung Simmering zum Tierasyl von Elvis Hudlicka. Natürlich, auf einmal ist alles so klar! Nur eine Sache passt nicht hinein. Weil es kein Motiv gibt. Oder eines, das er noch nicht versteht.

***

Karin Kirchhofer hat Todesangst. Denn sie sitzt in einem Hundezwinger. Seit wie vielen Stunden, weiß sie nicht mehr, es kommt ihr wie eine halbe Ewigkeit vor. Das Letzte, woran sie sich genau erinnern kann, ist, dass sie ans andere Ende von Wien fuhr, nach Liesing, seinen Anweisungen folgend. In einen Bezirk, in dem sie eigentlich gar nicht verkehrt. Sie fuhr zu schnell und wurde bei Schloss Liesing, dem heutigen Pflegeheim, geblitzt. Danach fuhr sie durch ein Gewerbegebiet, bis sie irgendwann von der asphaltierten Straße auf einen Feldweg abbog, der so holprig war, dass sie sich um ihren Alfa sorgte und schon bereute, ihm am Telefon geglaubt zu haben. Was wollte ihr Max Rainer so dringend übergeben, dass es sofort und persönlich abgeholt werden musste? Er sagte ihr, es seien Unterlagen von René Burgstaller. Ja, das waren seine Worte, und natürlich war sie alarmiert. Merkte sich die Stelle, an der er das Marterl beschrieb, danach ging es links auf den Feldweg, der von der Hauptstraße weg zum neuen Tierheim führt. Zum Tierheim von diesem Elvis, einer von Sissys Erbschleichern.

Während der Fahrt hatte sie die ganze Zeit überlegt, welche Dokumente Max Rainer ihr geben wollte. Etwas, das sie in Verbindung zu Renés Drogengeschäften bringen könnte?

Wie bitter sie es bereut, sich mit diesem Junkie jemals eingelassen zu haben. Oder mit Stefan, diesem falschen Fuffziger von Liebhaber. Aber am meisten ärgert sie, dass sie auf Max Rainers Anruf hereingefallen ist. Denn kaum hatte sie die Location gefunden und war aus dem Auto gestiegen, noch dazu mit ihren teuren Schuhen in den Gatsch von den Bauarbeiten ... da kam jemand von hinten und presste ihr ein Tuch mit Chloroform auf den Mund. Sie hatte überhaupt keine Chance, sich zu wehren. War sofort weggetreten. Und das Nächste, was sie weiß, ist, dass sie in einem verschlossenen Zwinger sitzt. Für einen großen Hund, sie kann wenigstens ihren Oberkörper aufrichten. Der Käfig ist neu und geruchlos, aber was für ein Trost ist das denn?

Ihr ist schlecht von dem Chloroform, und sie hat furchtbaren Durst. Trotzdem schreit sie, so laut sie kann. HILFE!!! Bestimmt zwanzig Mal, bis ihre Stimme versagt. Bis sie nur noch »Hilfe« flüstern kann und zu weinen beginnt. Was hat sie Max Rainer getan? Sie kennt ihn doch kaum, bloß als Miterben. Oder steckt Stefan hinter allem, weil er sie loswerden und unter allen Umständen verhindern will, dass sie seiner Frau etwas von ihrer Affäre steckt? Die sie für Liebe gehalten hat, dumme Gans, die sie war. Nein, das kann nicht sein. Zu so was ist Stefan nicht fähig, er ist doch nur ein eitler, feiger Hund.

Und sie sitzt in einem Hundezwinger. Und weiß nicht, warum. Weiß nur, dass ihr alles Schreien nichts nützen wird hier an diesem Ende der Welt. Karin sagt sich, dass sie unter allen Umständen ruhig bleiben muss. Ihre Kräfte schonen. Wenn sie aus dem Zwinger späht, sieht sie unverputzte Wände und Lehmboden.

Sieht alles frisch und unfertig aus. Wenigstens sind noch keine Hunde da, die sie ankläffen. Ein Gedanke tröstet irgendwie: Wenn er sie umbringen wollte, hätte er sie doch gleich erledigen können. Warum also in einen Käfig sperren? Doch der Verdacht, der darauf folgt, ist so entsetzlich, dass sie davon Schnackerlstoßen bekommt. Soll sie hier verhungern und verdursten? Ist das sein Plan?

Karins Hände tasten nach dem Schloss, das außen angebracht ist, ein solides Vorhängeschloss, an dem sie rütteln kann, so viel sie will, da bewegt sich nichts. Sie presst ihr Gesicht gegen das Gitter, als sie erbrechen muss, und es kommt nur Galle. Wie lange dauert es, bis man verdurstet? Sie kann sich erinnern, dass es etwa sieben Tage sein müssen, nach einer Woche ohne Wasser stirbt man. Qualvoll. Und wenn sie daran denkt, kann sie gar nicht anders, als zu beten. *Bitte, lieber Gott, hilf mir. Ich tue alles, was du willst. Eine Wallfahrt nach Lourdes. Verschenke meine Handtaschen ans Frauenhaus und die Designerschuhe an Asylantinnen. Besuche meine Mutter jeden Tag im Altersheim. Bitte, lieber Gott …*

***

In Simmering, wo Martin mit quietschenden Bremsen vor Elvis' Anwesen hält und ins Haus läuft, gefolgt von Franz, der wirklich nichts so sehr hasst wie Joggen, treffen sie auf jede Menge wild bellender Hunde in einem kleinen umzäunten Areal. Und auf ein junges Mädchen, das einen Trog mit Hundefutter trägt. Martin hilft ihr mit dem schweren Behälter, bis sie zum Gatter kommen. Stellt sich unterwegs vor und fragt, ob sonst noch jemand auf dem Gelände sei?

Marie, so heißt die Veterinärstudentin, die zweimal wöchentlich bei Elvis aushilft, verneint das. Weder Max (bei der Nennung des Namens errötet sie sanft, und Martin denkt, oh bitte, nicht schon wieder eine) noch Elvis seien hier. Letzterer habe angerufen, dass er sich um das neue Gelände in Liesing kümmern müsse. Irgendwelche Schwierigkeiten mit den Bauarbeitern; weil die nicht bezahlt wurden, seien sie abgezogen, und da sei Elvis mit Max zur Bank und ... na ja, mehr wisse sie auch nicht.

Marie wendet sich den Hunden zu, öffnet das Gatter und verteilt Futter in verschiedene Behälter. Große Hunde, mittlere und kleine ... es geht erstaunlich friedlich zu bei der Fütterung. Martin und Franz sind vorsichtshalber draußen geblieben, man weiß ja nie. »Sie machen das wirklich fein«, sagt Martin, und Franz verliebt sich auf der Stelle in Marie, die rabenschwarzes Haar hat und so wundervolle Rundungen, dass er reinbeißen könnte.

»Wissen Sie denn, wo das neue Heim gebaut wird?«, fragt Martin.

»Ich war erst einmal da – mit Max, als die Bauarbeiten anfingen. Irgendwo in Liesing. Hinter dem Schloss noch ein kurzes Stück geradeaus und dann links weg in die Wiesen rein. Auf so einen Feldweg, der geht vielleicht einen Kilometer, dann kommt man zum Gelände. Es ist wahnsinnig groß im Vergleich zu hier, aber wenn es erst einmal fertig eingezäunt ist, haben die Hunde dort richtig viel Auslauf. Das wird so schön werden ...«

Franz ist hin und weg. »Das kann ich mir gut vorstellen«, sagt er, »und vielleicht sollt ich mir auch einen Hund anschaffen. Ist gut für die Bewegung und überhaupt, wenn man so allein lebt ...«

Marie lächelt wie jene unter Brechts Pflaumenbaum. Franz errötet. Martin schubst ihn sanft aus seinen Tagträumen: »Du, da müssen wir hin. Und zwar schnell. Das mit dem Hund kannst du später auch noch machen. Danke, Marie, Sie haben uns sehr geholfen.« Und damit zerrt er den leicht widerstrebenden Franz zum Wagen und fährt sofort los. Die Sirene bringt er erst an, als sie auf der Hauptstraße sind.

***

Sie muss vor Erschöpfung eingeschlafen sein. Karin Kirchhofer wacht auf, als jemand am Schloss hantiert. Sie öffnet die Augen und sieht Elvis Hudlicka, der die Käfigtür weit aufmacht: »Gott sei Dank, dass Sie da sind. Mein Retter! Dieser Max Rainer hat mich betäubt und hier eingesperrt! Wir müssen vorsichtig sein – vielleicht ist er noch auf dem Gelände!«

Elvis lächelt seltsam, als er ihr die Hand reicht, um ihr aus dem Käfig zu helfen. Doch das bemerkt sie nicht in ihrer unendlichen Erleichterung.

»Ich hatte Todesangst, wissen Sie. Ich meine, wer macht denn so was? Was hab ich ihm denn getan? Wir müssen sofort die Polizei anrufen. Meine Tasche, er hat mir meine Tasche weggenommen. Und meine Schuhe müssen auch irgendwo sein.«

Elvis weist mit der Hand auf einen Stuhl, neben dem sein Riesenhund sitzt. »Keine Sorge, Schnecki bewacht die Tasche. Und er passt auch auf, dass du nicht wegrennst oder was Dummes machst. Eigentlich ist er ein sehr lieber Hund, der Schnecki. Aber sehr auf mich fixiert. Und er kann auch anders, gell ...?«

Schnecki bellt. Elvis nimmt Karins Oberarm und führt sie zu einem improvisierten Büro. Ein Tisch, zwei Stühle. Baupläne liegen da, ein paar leere Bierflaschen stehen unter dem Tisch. »Setz dich hin«, sagt Elvis und zeigt auf den Stuhl, er nimmt ihre Handtasche dort weg und legt sie auf den Tisch. Er bleibt vor ihr stehen, der Hund ist auf ihrer rechten Seite. Ihr Telefon läutet, sie will nach der Handtasche greifen, doch Elvis schüttelt den Kopf und schiebt die Tasche von ihr weg.

Sonderbares Benehmen, denkt Karin. Der Hund ist ihr unheimlich, schon weil er so groß ist. Elvis Hudlicka dagegen ist eher eine Witzfigur, allein diese Ohren ... einen Retter und Helden hat sie sich immer irgendwie anders vorgestellt.

»Max ist ein guter Freund, eigentlich der einzige, den ich habe«, sagt Elvis jetzt. Sein Gesicht ist vor Wut verzerrt, aber das sieht sie nicht, sondern findet ihn einfach nur abstoßend. Leute wie Elvis zählen in ihrer Welt nicht. Doch jetzt, da er sie anstarrt, als wäre sie ein Monster, kriecht die Furcht in ihr hoch.

»Sollen wir nicht die Polizei ...?«

»Oh nein«, sagt Elvis mit einer Stimme, die anders klingt als vorher, härter. »Ganz sicher nicht. Weil ich dir noch eine

Geschichte erzählen muss, die von meiner kleinen Schwester Rita. Ich hab sie praktisch großgezogen, und wir waren unzertrennlich, sie und ich. Rita war hübsch, begabt, sie konnte wunderbar Gitarre spielen. Sie wollte Musikerin werden. Ja und dann ...«

Was duzt sie dieser Kerl überhaupt? »Was geht mich Ihre Schwester an?«, fragt Karin. »Außerdem hab ich Durst. Und ich möchte nach Hause.«

Sie versucht aufzustehen, doch Elvis drückt sie ziemlich grob zurück auf den Stuhl.

Der Hund knurrt bedrohlich. Karin hatte immer schon Angst vor Hunden dieser Größenordnung. »Sitzen bleiben, sonst wird es ungemütlich!«

»Also bitte ...«

»Halt die Goschn, du hörst jetzt zu. Schweigend. Und zwar so lang, wie ich will. Rita stand die ganze Welt offen ... doch was passiert? Sie trifft in irgendeiner Disco auf René Burgstaller. Verliebt sich in ihn. Und dann gibt er ihr Drogen, erst Marihuana, dann Kokain ... und am Schluss Heroin. Und meine Schwester verwandelt sich innerhalb von zwei Jahren in eine Fremde, zu der ich keinen Zugang mehr finde. Junkies lieben nur eins: die Droge. Und denjenigen, der sie ihnen beschafft. Ich hab alles versucht, ihr zu helfen, hab sie sogar bei der Polizei angezeigt und einweisen lassen. Aber Rita ist abgehauen und untergetaucht. Mit diesem René Burgstaller, diesem menschlichen Abschaum. Ich hab ihn schließlich beobachtet, um meine Schwester zu finden – und was hab ich da gesehen?«

Karin ahnt, was er jetzt sagen wird. Sie schaut an ihm vorbei, an diesem hässlichen kleinen Gesicht, in dem sie jetzt furchtbaren Zorn erkennen kann, auf die unverputzte Wand. Sie wird alles abstreiten!

Elvis' Stimme klingt wie zerspringendes Glas: »Ja genau, einmal pro Woche ging er zu deiner Apotheke, und er hat dir Geld bezahlt für Drogen oder Drogensubstitute. Die feine Magister Kirchhofer – eine Drogendealerin und Komplizin eines Verbrechers.«

Das kann sie so nicht stehen lassen! »Also, so würd ich das nicht sehen. Ich hab ihm Schmerzmittel gegeben für seine Mutter, die hatte Rheuma ...«

Er antwortet nicht, sondern schlägt ihr ins Gesicht. Nicht zu hart, doch sie spürt den Schlag, und jetzt kehrt die Angst wieder, und sie ist stärker als jene im Zwinger.

Elvis zündet sich eine Zigarette an, seine Hände zittern, als er das Streichholz an den Tschick hält. Er nimmt einen tiefen Zug: »Keine Lügen mehr, du Schlampe, es ist vorbei. Was ich sagen will, ist, dass ich drei Menschen für den Tod meiner Schwester verantwortlich mache: René und Maria Burgstaller und dich – ihr drei habt sie umgebracht! Deshalb habt ihr den Tod verdient. Weil ihr mir genommen habt, was ich am meisten auf der Welt geliebt hab.«

Sie weiß nicht, weshalb sie das fragt: »Warum Maria Burgstaller?«

»Weil sie in der Wohnung war, als Rita sich das Heroin gespritzt hat, es war billiger Stoff, stark verschnitten mit irgendeinem Scheiß. Maria hätte Rita retten können, wenn sie rechtzeitig den Krankenwagen gerufen hätte. Hat sie aber nicht getan, vielleicht hatte sie Angst, dass es dann ihrem Sohn an den Kragen gehen könnt. Aber sie hat ihre Strafe bekommen ...«

Karin Kirchhofer versucht, seinen Blick einzufangen. Er hat tief liegende, braunfeuchte Augen, eigentlich ist er eine traurige Kreatur, aber andererseits ein gefährliches Monster ... sie muss jetzt ganz cool bleiben, obwohl sie innerlich vor Angst bebt. Ihn irgendwie überwältigen. Sie ist doch viel klüger als er. Denk nach, Karin! Sie muss ihn irgendwie besänftigen.

»Das mit deiner Schwester tut mir sehr leid, Elvis. René war wirklich ein widerlicher Mensch. Ich hab ihm einmal geholfen, aus Mitleid, und danach hat er mich erpresst. Ich konnte gar nicht anders ... und mit Ritas Tod hab ich rein gar nichts zu tun. Ich hab doch nie Heroin ...«

Die zweite Ohrfeige, dieses Mal auf die andere Seite. Nicht zu hart, er will keine Spuren hinterlassen »Halt die Goschn, das zieht bei mir nicht. Du hast Drogen geliefert und warst mit von der Partie – und deshalb wirst du genauso sterben wie die anderen.«

»Wie?«, flüstert Karin mit kippender Stimme. Aber genau genommen will sie es gar nicht wissen. Sie will nicht sterben.

Elvis lächelt zum ersten Mal, doch es ist kein gutes Lächeln. »Es soll wieder wie ein Unfall ausschauen, weil ich ja schließlich weiter für meine Hunderl sorgen muss. Sonst hätt ich dich im Zwinger verhungern und verdursten lassen, nicht schön so was. Aber nein, ich werd dir eine Überdosis Kaliumchlorid spritzen, und dann setz ich dich in dein Auto und fahr dich in den Wald. Wo du an Herzversagen sterben wirst. Ziemlich schneller Tod – falls das ein Trost ist.«

Ist es nicht. Denk nach, Karin! Sie versucht, ruhig zu bleiben, doch ihr Kopf ist nur mit Panik gefüllt. Und dann fleht sie ihn um Gnade an mit bittenden Händen, und er tritt einen Schritt zurück, als ob es ihn grausen würde.

»Sei still«, sagt er schließlich. »Du kannst es nicht ändern. Erst mit deinem Tod ist meine Rache zu Ende, verstehst du? Dann kann ich weiterleben, irgendwie. Mich um die Hunde kümmern, die von Menschen ausgesetzt wurden, weil sie grausam sind und gefühllos. Im Gegensatz dazu ist jeder Hund grundehrlich, treu und selbstlos. Ich mag die Menschen nicht mehr, seit Rita tot ist …«

Mörder, denkt Karin, doch sie versucht, ihrer Stimme einen warmen Klang zu geben. »Ich bin vielleicht kein guter Mensch. Aber auch kein böser wie René und Maria. Bei denen versteh ich es ja, die haben es wirklich verdient …«

Er lächelt wieder mit seinem schmalen Mund, doch seine Augen erreicht es nicht. Elvis, der seinen Namensgeber für einen Schnulzensänger und Bob Dylan für einen Gott hält, greift nach der Spritze, die er vorbereitet hat, nimmt sie aus dem Schrank mit den Medikamenten. »Sei still jetzt, es ist zu spät.«

Aufspringen! Davonlaufen! Sie will nicht sterben! Sie ist wie gelähmt, schaut ihm zu, wie er die Spritze aufzieht. »Wieso hat mich Max Rainer angerufen und hierhergelockt?«

»Hat er doch gar nicht. Ich habe ja nicht viele Talente, aber schon in der Schule war ich gut darin, Stimmen nachzumachen. Ich dachte mir nämlich, die feine Frau Magister kommt eher, wenn ich sie mit der Stimme von Max anlocke.«

Zeit gewinnen. Vielleicht kommt ja einer der Bauarbeiter. Irgendjemand! »Weiß er denn, was du machst … dass du Leute umbringst?«

Elvis schaut sie beinah amüsiert an. »Ich glaub nicht, aber vielleicht ahnt er was. Ich bin der erste Racheengel mit abstehenden Ohrwascheln, ist das nicht lustig?! Und jetzt mach keine Scherereien, sonst müsste ich dir richtig weh tun …«

***

Sie haben sich verfahren, kostbare Zeit verloren, und holpern jetzt über den Feldweg. Martin hat die Sirene ausgeschaltet, ist ja sowieso kein Verkehr. Sie fahren durch die Einöde, und er hat keine Ahnung, ob dieser Weg zum Ziel führt. Überhaupt irgendwohin. Franz neben ihm ist ganz still, lächelt irgendwie versonnen und hat auch noch nichts von Hunger gesagt.

Es beginnt wieder zu nieseln, Martin schaltet das Licht an. Und dann sehen sie das kleine Schild: *Ritas Hunde-Ranch*. Ein Riesengelände, teilweise schon eingezäunt. Ein einstöckiger Bau, unverputzt. Und zwei Autos, die vor dem Gebäude parken: ein Jeep und ein Alfa Romeo Cabrio.

Elvis' Wagen und der von der Kirchhofer! Verdammt, denkt Martin, hoffentlich kommen wir nicht zu spät!

Er parkt, springt aus dem Auto, schließt es nicht ab. Fassl folgt ihm, nicht ganz im Bilde und außerdem frisch verliebt. Als sie in das Gebäude schleichen, beide mit ihren Dienstwaffen in den Händen, sieht Martin als Erstes ein Paar Schuhe auf dem Boden – Stilettos mit rotschwarzem Girlandenmuster, die er erkennt: Sie gehören Karin Kirchhofer. Er ist gut im Anschleichen, als Kind war er immer lieber Indianer als Cowboy, doch den Hund kann er nicht überlisten. Er hört ihn bellen, bevor sie in das Zimmer kommen. Karin Kirchhofer auf dem Stuhl, blass wie eine Leiche. Und vor ihr Elvis Hudlicka mit einer Spritze in der erhobenen Hand. Der Hund knurrt und setzt zum Sprung auf Martin an.

»Wirf die Spritze weg, sonst erschieß ich den Hund«, schreit Martin. »Pfeif ihn zurück, Hudlicka – sofort!«

Es war die einzig wirksame Drohung.

Die nächsten Augenblicke scheinen in Zeitlupe abzulaufen.

Elvis, der seinem Hund »Aus« zuruft und sich gleichzeitig die Spritze in den Arm rammt.

Karin Kirchhofer, die vom Stuhl zu Boden sinkt, ohnmächtig.

Franz, der den Hund festhält, furchtlos, weil er ein verliebter Held ist.

Martin, der zu Elvis sagt: »Sie sind verhaftet. Was ist in der Spritze?«

»Kaliumchlorid. Ich hab es für Rita getan.«

»Ich weiß.« Martin ruft erst den Notarzt und dann die Kollegen, beschreibt den Weg.

Elvis setzt sich auf den zweiten Stuhl. »Wer wird sich jetzt um meine Hunde kümmern – und um Schnecki?«

»Das hätten Sie sich vorher überlegen müssen«, sagt Franz, und es klingt grausam.

Schnecki sitzt jetzt neben Elvis und hat seinen großen Kopf in dessen Schoß gelegt. Der streichelt ihn. Zeigt auf die Ohnmächtige und sagt: »Sie hätte es verdient zu sterben – nicht ich. Sie ist kein guter Mensch.«

Martin seufzt und holt ein paar Gummibären aus der Hosentasche.

Franz kümmert sich um Karin Kirchhofer und gibt ihr leichte Klapse: »Aufwachen, gnä' Frau, es ist vorbei. Alles ist gut.«

Das stimmt nicht ganz, denkt Martin, sagt aber nichts.

Sie schlägt die Augen auf und sieht in das runde Gesicht von Franz Fassl. Gott? Sieht der wirklich so aus? »Wo bin ich? Bin ich tot?«

»Nein, Sie sind auf *Ritas Hunde-Ranch*, und wir sind von der Polizei. Leutnant Fassbender und Chefinspektor Glück. Und Sie haben echt Glück gehabt, dass wir noch rechtzeitig gekommen sind.«

Elvis hat die Augen geschlossen, seine Hand liegt auf dem Hundekopf, doch sie streichelt nicht mehr.

Martin hört von Weitem die Sirenen. Sie werden lauter.

»Die Rettung kommt«, sagt er zu Elvis, aber der öffnet die Augen nicht mehr, lächelt nur ganz schmal und murmelt: »Die Rettung kommt immer zu spät.«

Kapitel 26

»Das Erbe vom Hudlicka kriegen wir leider nicht«, sagt Romana. Ein Privileg des Alters, ein bisserl herzlos zu sein. Glaubt sie. »Er hat seinen Anteil dem Max Rainer vermacht, weil er doch keine Verwandten hatte. Aber mei, es ist immer noch genug mit dem, was von der Burgstallerin übrig bleibt. Wenn's nur nicht so lang dauern würd, des is ja ein Marathonlauf auf Stelzen.« Verdüsterte Miene: »Vielleicht bin ich tot, bis das Geld kommt.«

»Ach geh, du bist doch noch so jung.« Martin stellt ihren Koffer auf den Bahnsteig. Wien Hauptbahnhof, sie warten auf den Zug nach Klagenfurt. Alex an der Leine bellt einen Uniformträger an. Sein Bellen klingt wie das Piepsen eines heiseren Spatzen. Romana schimpft ihn aus, aber eher zärtlich. »Die Hunderln von dem Elvis tun mir leid. Was passiert jetzt mit denen?«

Ja, der Elvis und seine Hunde! Martin lässt in Gedanken das Geschehene noch einmal Revue passieren: Während er dem Rettungswagen mit Elvis bis ins Krankenhaus folgte, hat er Max Rainer angerufen. Doch gleich nach der Ankunft starb Elvis Hudlicka noch in der Notaufnahme. Herzversagen, dieses Herz sei immer schon schwach gewesen, sagte der behandelnde Arzt, obwohl der auslösende Faktor natürlich das Kaliumchlorid gewesen sei. »Selbstmord« schrieb er in den Totenschein. Gebrochenes Herz, dachte Martin, aber er schwieg, lutschte Gummibären.

Max Rainer kam zu spät, um sich von seinem Freund zu verabschieden. Sie standen dann vor der Tür und rauchten. Martin gab Max seine letzte Zigarette aus der Packung. Erzählte ihm, was in den vergangenen Stunden geschehen war, obwohl er das gar nicht durfte. »Er war trotzdem ein guter Kerl«, sagte Max. Danach nichts mehr.

»Sein Freund Max wird alles weiterführen«, antwortet er schließlich auf Romanas Frage. Er hat Schnecki zu sich genommen und will so eine Veterinär-Kommune gründen, um *Ritas Hunde-Ranch* zu betreiben. Stell dir vor, der Franz Fassl will auch mitarbeiten an seinen freien Wochenenden. Er meint, dass ihm das gut tut mit der frischen Luft und den Hunden – und natürlich ist da Marie, in die er sich unsterblich verliebt hat.«

»Ja, ja, die Liebe«, seufzt Romana. Tempi passati. Na ja, sie hat seinerzeit kaum was ausgelassen. »Und bei dir, wie schaut es da aus?«

Tja, wenn er das wüsste. »Mmhh, ist alles ein bisserl schwierig, weißt du. Erst haben wir uns am Telefon versöhnt, Lily wollte mich besuchen, doch dann gab's Ärger mit der Tochter, und jetzt ist angeblich der Vater wieder in Klagenfurt, damit das Pubertier aufs richtige Gleis kommt. Das steht halt bei Lily an erster Stelle – die Familie. Dann kommt lang nix und dann erst ich. Vielleicht.«

»Armer Bub«, sagt Romana und streicht ihm über die Wange. Dreitagesbart, ihm steht es, obwohl es ein bisserl ungepflegt aussieht nach ihrer altmodischen Ansicht. »Kommst mich halt einmal besuchen und machst ihr deine Aufwartung. Man soll ja auch nix überstürzen. Wann ist die Scheidung?«

Bahnsteig-Abschiedsfragen. Martin lächelt gequält. »In einem Monat. Wir sind uns über das Finanzielle einig, Gott sei Dank. Und du? Holt dich Alex vom Bahnhof ab?«

»Ja, der wird schauen, wenn er seinen vierbeinigen Namensvetter sieht.« Romana betrachtet ihren neuen Lebensgefährten. »Es wird dir gefallen am Wörthersee. Und du kannst jeden Tag baden, wennst magst.« Zu Martin in strengem Ton: »Und du rufst Lotte regelmäßig an, und einmal die Woche gehst du mit deiner Mutter essen. Sie gibt es nicht zu, aber sie hängt schon sehr an dir. Und trotz ihrer komischen WG ist sie ziemlich einsam. Sie kifft zu viel – aber sag ja nicht, dass du das von mir hast. Kümmer dich, Martin!«

Er nickt ergeben. Zu dumm, dass der Zug zehn Minuten Verspätung hat. Romana nutzt die Zeit für weitere Verhöre. »Was ist übrigens mit der Magister Kirchhofer? Kommt die ins Gefängnis? Kriegen wir dann ihren Teil der Erbschaft?«

»Geh, bitte. Den kriegt, wenn überhaupt, ihre Familie. Sei nicht so gierig. Gegen die Kirchhofer läuft ein Verfahren wegen illegalen Handels mit verbotenen Substanzen. Ihre Tage als Apothekerin dürften wohl gezählt sein, selbst wenn sie nicht in den Häfn muss. Sie hat sich übrigens nicht einmal bei uns bedankt dafür, dass wir ihr das Leben gerettet haben.«

»Ja, schade eigentlich, dass ihr nicht ein bisserl später gekommen seid«, sagt Romana, während die Chris-Lohner-Stimme im Lautsprecher verkündet, der Zug nach Klagenfurt fahre ein. So gehen Romanas böse Worte unter, Martin umarmt sie und drückt ihr Küsse auf beide Wangen. Sie wird ihm fehlen, obwohl er andererseits froh ist, dass sie fährt. Zu viele Frauen in seinem Leben.

»Ach, Martin«, sagt Romana kurz vor dem Einsteigen, »kannst mir vielleicht ein bisserl Geld borgen? Ich hab vergessen, zur Bank zu gehen.«

Er greift in sein Jackett: »Wie viel?«

»So viel du hast. Kriegst es natürlich zurück, wenn du mich besuchen kommst.«

Er hat hundertsiebzig Euro im Portemonnaie und gibt ihr drei Fünfziger. Romana steckt sie mit einem Lächeln ein. »Lieb von dir, dafür bin ich ja deine Erbtante, also immer schön geduldig sein.«

Ich werd nichts erben, denkt Martin, weil sie alles ins Spielcasino tragen wird. Aber das ist ihm wurscht. Geld braucht man, muss man aber nicht lieben.

Sie steigt ein, und er reicht ihr den Koffer. Romana nimmt ihn, sagt »Adieu« und verschwindet im Zug. Sie hasst Abschiede, und ab einem gewissen Alter denkst du dann auch noch, dass jeder der letzte sein könnte.

Martin geht die Abteilfenster entlang, erhascht noch einen Blick von ihr und winkt. Als sie ihre Hand hebt, fährt der Zug an. Dann schlendert er in Richtung Ausgang, und weil er so in Gedanken versunken ist, wär er bald mit einem Mann zusammengestoßen, der einen Kopf größer ist als er.

»Entschuldigung«, murmelt Martin automatisch und sieht hoch in das Gesicht der Adelmaus. Die schaut auch überrascht aus.

Edgar von Siebers-Adelmauseder: beiger Leinenanzug, grüner Schal, Panama-Hut, in der Hand einen Louis-Vuitton-Koffer. Die haben keine Rollen, sondern werden standesgemäß getragen. Neben ihm im farblich passenden Hosenanzug steht Alma Zoppot, die eine riesige Sonnenbrille trägt. Sie lächelt mit ihrem rot geschminkten Mund. »Ach, der Herr Chefinspektor. Wollen Sie auch verreisen?«

»Nein, ich hab eine Freundin zum Zug gebracht. Und Sie?«

»Wir wollen nach Bad Aussee, uns ein Häusl anschauen. Zur Sommerfrische. Côte d'Azur wär natürlich besser, aber die Immobilienpreise dort können wir uns nicht leisten. Selbst wenn wir das Geld zusammenwerfen. Nicht wahr, Alma?«

Ihre Augen bleiben hinter der Riesenbrille verborgen. »Ach, Edgar, ich finde Bad Aussee viel schöner als dieses schrecklich überlaufene Südfrankreich.« Zu Martin: »So eine Tragödie mit dem Hudlicka, obwohl der René seinen Tod schon verdient hat. Und seine Mutter, die Spionin. Irgendwie halt. Und die arme Sissy? Ist die etwa auch um'bracht worden?«

Martin antwortet, dazu gebe es keine Erkenntnisse. »Gehen wir also davon aus, dass es ein natürlicher Tod war.«

Ihrem Begleiter reicht es jetzt: »Nun müssen wir los, sonst versäumen wir unseren Zug. Adieu, Chefinspektor.« Die Adelmaus zieht Alma weiter, die ihre Brille abgenommen hat und Martin mit einem Blick anschaut, der besagen könnte: Ja, wenn du schneller gewesen wärst ...

Martin sieht ihnen nach. Ich hab Glück bei den Frauen, denkt er. Aber dann auch wieder nicht. Zwei Gummibären folgen dieser Erkenntnis. Sie schmecken süß und sauer. So wie halt alles andere.